Destino

Cercando la luce ho trovato il mio destino

Romanzo di
Alfredo Bacchelli

Alfredo Bacchelli

Immagine di copertina: *"Blue Power"*
su gentile concessione di Alessia Candeo
Foto selezionata nell'ambito del concorso fotografico CNR
"RiScattiamo la scienza"

Copyright © 2012 Alfredo Bacchelli

Tutti i diritti riservati.

ISBN-10: 1499698488
ISBN-13: 978-1499698480

Alfredo Bacchelli

DEDICA

Dedico questo libro alla mia famiglia e ai colleghi di ufficio che lavoravano con me a Pomezia quando l'ho scritto e mi hanno forse inconsapevolmente aiutato a definire il profilo di alcuni dei personaggi che vi compaiono

INDICE DEI CAPITOLI

Dedica	iii
Ringraziamenti	vii
1. Il campo	1
2. Polifemo	4
3. Elena	13
4. Primo contatto	21
5. L'alieno	30
6. Vengo a prenderti stasera ...	39
7. Innamorati	53
8. A casa	61
9. Vento di tempesta	77
10. In due	86
11. RFM ?	91
12. Universi paralleli	104
13. Casa dolce casa	109
14. Esame	115
15. La sfera di luce	125
16. La mia donna	130
17. Voci amiche	135
18. Weekend	144
19. Il fuoco	164
20. Un filo di speranza	172
21. Ricostruzione	185
22. Preparativi	191
23. Sciopero	199
24. Le cose e l'uomo	212
25. Destino	220
26. Il racconto di Emma	240
Postfazione	251
L'autore	253

RINGRAZIAMENTI

Ringrazio mia moglie per il supporto che ha sempre dato alla mia attività di scrittore. Grazie anche gli amici e colleghi di lavoro che hanno letto il libro durante la fase di scrittura e di messa a punto e mi hanno fornito commenti e consigli, spesso utili. Un ringraziamento particolare va ai colleghi del reparto di optronica della ditta per la quale lavoravo in quel periodo, per la loro preziosa consulenza sui laser a gas.

Alfredo Bacchelli

1. IL CAMPO

Era una mattina di fine Febbraio, ma nel clima mite della campagna romana, con un bel sole quasi primaverile ed il cielo azzurro, non sembrava proprio che fossimo ancora in inverno. Come facevo spesso, anche quel giorno per andare al lavoro avevo preso la via Litoranea: un breve tratto nella pineta, poco dopo aver lasciato casa, con i raggi del sole che filtravano attraverso i pini di Castelfusano e poi, quasi all'improvviso, la spiaggia e il mare. Poi un tratto di costa fatto di piccole dune, coperte da cespugli radi, piegati dal vento come se avessero cercato di raggiungere il mare e ne fossero stati respinti. La strada, a quell'ora poco frequentata, era tutta un susseguirsi di dolci curve e offriva spesso scorci di panorama sul mare, scintillante di luce solare. Poi una curva secca a sinistra e la campagna: uno stretto rettilineo lungo l'aeroporto di Pratica di Mare e poi sali, scendi e gira fra quelle collinette, verso quella stradina quasi sempre deserta che porta a Pomezia e che tanto mi aveva affascinato quando l'avevo percorsa la prima volta. A lato, un grande campo sul quale avevo visto avvicendarsi negli anni grano, mais ed erba medica, e poi più avanti le vigne e il pescheto, che quella mattina cominciava già a tingersi del rosa dei primi fiori. Certo, non era la strada più veloce per andare in ufficio, e nemmeno la più corta; ma invece di tuffarmi nel traffico caotico della superstrada avevo trovato più rilassante quel percorso, che mi consentiva di guidare con calma ascoltando un po' di musica alla radio, dare uno sguardo al luccichio del mare sotto il sole ancora basso e seguire il volgere delle stagioni.

Quella mattina non sembrava diversa dal solito, ma mentre percorrevo la stradina, poco dopo il pescheto, mi parve di cogliere con la coda dell'occhio, nel campo alla mia sinistra, uno strano bagliore. Incuriosito, rallentai per dare un'occhiata, ma non vidi nulla. Rallentai ancora, accostando la macchina a lato della strada, fino a fermarmi.

Nel campo, una specie di valloncello incastrato fra due basse collinette, non c'era nulla; ma ancora una volta, mentre distoglievo lo sguardo per guardare il bordo della strada, avevo avuto l'impressione di vedere, in mezzo al campo, qualcosa di lucente, con una forma alta e stretta.

Eppure ora non si vedeva proprio nulla: scesi anche dalla macchina, per guardare meglio, ma il campo si stendeva davanti a me assolutamente vuoto, come al solito.

Mi riscossi dai miei pensieri per dare un'occhiata all'orologio: quella mattina non dovevo fare tardi. Era finalmente arrivato il momento, come dicevamo scherzando fra colleghi, di "dare la scossa al mostro", e cioè di testare a fondo, per la prima volta a piene prestazioni, il risultato del lavoro di una ventina di persone negli ultimi cinque anni: un laser di potenza all'infrarosso di tipo molto innovativo.

Il suo studio, iniziato al tempo delle ricerche sul programma delle cosiddette "guerre stellari" era poi continuato, una volta cancellato quel programma per lo "scoppio della pace" tra USA e URSS e il successivo dissolvimento dell'Unione Sovietica, su fondi destinati alla ricerca.

Così quello era il grande giorno: la fase di riscaldamento del laser doveva essere già iniziata e tra meno di due ore avremmo finalmente potuto verificare se quel complicato oggetto fosse davvero in grado di mantenere le sue promesse.

Nei giorni scorsi era stata effettuata qualche prova di brevissima durata, dell'ordine dei millisecondi, per verificare i livelli di potenza in gioco e tutto era andato come previsto; oggi avremmo invece provato il laser nella modalità ad emissione continua (che in gergo veniva indicata con la sigla CW, dall'inglese *Continuous Wave*) e a piena potenza.

Con un vago senso di disagio, pensando al fiume di energia invisibile che sarebbe uscito dall'unico occhio del mostro, risalii in macchina e mi avviai verso lo stabilimento dell'Astra, ormai molto vicino. Ancora una volta, però, avviando la macchina, ebbi l'impressione di vedere con la coda dell'occhio uno strano luccichio alla mia sinistra, ma dopo un'ultima occhiata al campo desolatamente vuoto decisi di non pensarci più.

2. POLIFEMO

Il laser, che assieme ai dispositivi di controllo occupava una sala lunga quasi trenta metri, aveva un aspetto complesso ed "arruffato", ma non era certo stato costruito in modo da dover sembrare un oggetto del futuro: trattandosi di una macchina sperimentale, che permettesse modifiche successive di tutti i suoi componenti, uno degli aspetti più importanti del suo progetto meccanico era che tutte le sue parti fossero facilmente accessibili e le interconnessioni fra le parti facili da controllare.

Il tutto era anche collegato a un buon numero di apparecchiature ausiliarie, disposte lungo le pareti della sala, da alcuni tubi e tanti cavi elettrici.

All'inizio, quando era ancora in costruzione, lo chiamavamo "il Mostro", ma poi, quando la sua strana forma ci era ormai diventata più familiare, qualcuno aveva cominciato a chiamarlo "Polifemo" e questo, alla fine, era diventato il suo nome in codice. Dato però che si trattava di un nome abbastanza strano, ritenuto da molti "poco professionale", nelle riunioni interne era diventato poi abituale chiamarlo semplicemente "il laser".

Quando arrivai alla sala trovai tutti molto indaffarati. Due tecnici erano saliti su una piattaforma di servizio in cima alla struttura del laser, alta circa due metri, e stavano sostituendo alcuni circuiti. Antonio Lamanna, detto Toni, il coordinatore del gruppo di progetto, era seduto ad un tavolo vicino all'ingresso e stava esaminando un tabulato; aveva l'aria assorta ed i capelli ancora più arruffati del solito. Altri due tecnici girellavano per la sala discutendo tra loro a bassa voce.

Rossetti, il tecnico anziano di laboratorio, che in genere seguiva il monitoraggio dei dati al calcolatore, stava in piedi accanto al tavolo, come se aspettasse qualcosa.

Quando mi vide entrare mi venne incontro con un cenno di saluto e con un tono di voce basso, come per non disturbare, facendo un cenno con la testa in direzione di Toni mi disse:
- Sono quasi venti minuti che li sta controllando; sono i dati delle prove preliminari fatte stamattina. -

Ero sorpreso; non pensavo che potessero esserci problemi all'ultimo momento: tutto era stato controllato e ricontrollato, e le prove dei giorni scorsi erano andate perfettamente. Così chiesi a Toni che cosa fosse andato storto.
- Non lo so, Giorgio. - rispose - Stavamo provando l'emissione continua alla potenza minima, e ad un tratto l'assorbimento di corrente dalla rete è andato alle stelle per conto suo. -
- E l'emissione laser? - chiesi io.
- Niente! L'emissione è rimasta identica a com'era prima. Proprio quando stavamo iniziando una verifica delle variazioni dei livelli di emissione al variare dell'eccitazione, quel dannato si è messo all'improvviso a succhiare corrente come una bestia! Come se l'avessimo mandato al massimo. Naturalmente sono scattate le protezioni ed è tornato tutto in stand-by, ma nei pochi centesimi di secondo di assorbimento anomalo il livello di emissione era rimasto del tutto inalterato. -
- Un'avaria degli alimentatori? - azzardai senza molta convinzione.
- Non credo. - rispose lui - Comunque adesso stiamo sostituendo tutti i regolatori con quelli di riserva e fra poco riproviamo. -
Alla fine della mattinata tutto il gruppo di lavoro era riunito nella

saletta "A", quella schermata ed insonorizzata, destinata alle riunioni su argomenti classificati, per fare il punto sulla situazione.

Era presente tutto lo staff interessato al progetto: Marco De Chiesa, il direttore, Toni Lamanna accompagnato da Rossetti, Gianni Lama, il progettista del sistema di controllo, Claudio Moretti, capo dei laboratori, ed Elisabetta Quaranta, esperta di fisica teorica, che aveva collaborato al progetto.

Io mi trovavo coinvolto nel programma sia come *"program manager"* incaricato di seguire l'andamento tecnico-economico del programma, sia come responsabile commerciale. Avevo infatti negoziato sia il contratto iniziale di sviluppo con il Ministero della Difesa che la sua successiva trasformazione in contratto di ricerca; ed era proprio grazie a quel contratto, importante sia sul piano finanziario che su quello del prestigio aziendale, che con tutta probabilità dovevo la mia nomina a dirigente, a soli trentaquattro anni di età.

Appena furono tutti seduti, il direttore chiese a Toni, che aveva seguito personalmente tutte le prove, compresa quella finita pochi minuti prima, dopo il mio arrivo, di esporre i fatti. La sua esposizione fu chiara e molto sintetica: fino a ieri, provando il laser nel modo di funzionamento a impulsi, tutto bene. Oggi, con le prime prove in CW (e cioè in emissione continua, o in *"Continuous Wave"*, come si diceva di solito), si era verificato questo inspiegabile problema di assorbimento anomalo.
Le ragioni possibili? Apparentemente nessuna.
Rimedi? Nessuno in vista.
Approfittai di un momento di stanchezza della conversazione per chiedere:
- Qual è stato il rapporto fra l'assorbimento massimo misurato e quello previsto? -
- Circa ottanta volte - rispose Rossetti.
- Mi sembra pazzesco, - ribattei - ma dove finiva tutta quella potenza?

- Che intendi dire? - fece Toni.
- Beh - spiegai - a quei valori di assorbimento gli eccitatori dovevano essere arrivati più o meno al loro livello di potenza massima, ed anche il laser avrebbe dovuto raggiungere la sua massima potenza di emissione. Il fatto che il laser non abbia risposto fa supporre che gli eccitatori funzionassero male. -
- Niente da fare. - disse Toni - Gli eccitatori sono stati provati singolarmente mezz'ora fa e funzionano tutti in maniera perfetta. Non solo, ma in queste ultime prove l'assorbimento è stato del tutto normale! -
Fu in quel momento che si udì una voce femminile:
- E come si concilia questa non proporzionalità fra assorbimento elettrico e potenza emessa, nel funzionamento in CW, con il fatto che invece nel funzionamento impulsivo il livello di emissione è stato sempre proporzionale a quello di assorbimento? E poi, come è possibile che il livello di eccitazione sia aumentato da solo? Non è controllato da comandi manuali? -
Chi parlava era Elisabetta Quaranta (Betta per i pochi colleghi con i quali aveva stabilito un rapporto di amicizia). Laureata in fisica, era stata assunta da circa tre anni e era stata subito affiancata al gruppo di progetto, con il compito di verificare alcuni aspetti teorici sulla generazione del fascio laser, o per essere più precisi del suo sistema di eccitazione a microonde, per i quali non esisteva ancora una modellizzazione matematica del tutto consolidata. Aveva ben presto messo in luce notevoli capacità analitiche e di razionalizzazione dei dati sperimentali ed aveva assunto un ruolo di notevole importanza nella fase finale dello sviluppo del laser. In genere durante le riunioni parlava poco, per cui il suo intervento fece voltare tutti i presenti verso di lei, ma per alcuni secondi nessuno aprì bocca.
Fu Toni a rispondere:
- Non lo so, ma evidentemente non si concilia. Finora Polifemo aveva sempre funzionato a dovere. Anche stamattina, appena il

plasma ha raggiunto la temperatura di lavoro, abbiamo provato alcuni impulsi a media potenza ed è stato tutto regolare. L'anomalia di cui parliamo si è manifestata solo durante le prove in emissione continua; escludendo che si tratti di un guasto, tutto fa pensare che ci sia un problema di progetto che impedisce un funzionamento regolare in CW. Per quanto riguarda il comando degli eccitatori, forse non sai che per migliorare la stabilità dell'emissione abbiamo installato il mese scorso dei circuiti di feedback, che regolano l'eccitazione in modo da farla corrispondere automaticamente al livello di emissione che impostiamo a mano. Ovviamente l'algoritmo di controllo è stato progettato in modo da non permettere l'innesco di oscillazioni nel livello di potenza. Ma non pensare che funzioni male: lo abbiamo ricontrollato due volte, stamattina, e abbiamo anche sostituito i suoi circuiti con quelli di riserva, ma non è servito a nulla. -

Per essere detto da Toni, che di solito si esprimeva in modo molto sintetico, se non brusco, era quasi un lungo discorso; sembrava che volesse essere certo che il suo pensiero e le sue considerazioni fossero ben chiari ad Elisabetta.

Lei, però, riprese vivacemente, in tono leggermente polemico:
- Allora perché avete interrotto la prova, la seconda volta? Potevate anche lasciarlo funzionare a quel livello di potenza e analizzare con più calma che cosa stesse succedendo! Tanto, il livello di potenza degli eccitatori non poteva comunque aumentare oltre il livello al quale erano già arrivati: da quello che ho sentito dire avevano già raggiunto il massimo che possono assorbire dalla rete, visto che i limitatori si erano attivati! -

Toni aveva l'aria pensierosa e lì per lì non rispose; ma lei, dopo averlo guardato per alcuni secondi, cambiò espressione, come se le fosse venuto in mente qualcosa di importante e stesse cercando di focalizzarlo.

- A proposito del feedback, - riprese - che informazione utilizza come input? -

- Il segnale del rivelatore a 8-12 micron collocato sul bersaglio, combinato con quello del rivelatore bolometrico posto sulla finestra di uscita. - rispose Toni - Perché ti interessa? -
- Perché, se il feedback funziona bene, - disse lei - vuol dire che il laser stava comunque emettendo potenza in maniera proporzionale all'eccitazione! Come fate a dire che l'emissione non era aumentata? -
- Perché i rivelatori posti sul bersaglio ... - cominciò Toni; ma si interruppe. Si morse un labbro per un paio di secondi e poi, con lo sguardo perso nel nulla, si mise a borbottare:
- Oh, cavolo! La sonda ... ma il rivelatore ... e poi ci sono i filtri ... Certo! E' possibile. Ma allora ... forse la bestia stava già sputando fiamme! Solo che noi non ce ne siamo accorti. Come ho fatto a non capirlo? -
Fu De Chiesa a interromperlo: - Ingegner Lamanna, vuole per favore spiegare anche a noi comuni mortali che cosa sarebbe successo? -
- Non posso esserne sicuro, - disse Toni - ma quello che dice la dottoressa è vero: c'è la possibilità che il funzionamento CW abbia innescato nel laser un modo di emissione secondario, al quale corrisponde una lunghezza d'onda abbastanza diversa dai soliti 10,2 micron. I rivelatori che abbiamo installato nel bersaglio per il monitoraggio dell'emissione, però, sono specifici per la banda da 8 a 14 micron, e sono anche dotati di filtri 8-12. Quindi non avrebbero comunque potuto rivelare un'emissione ad una lunghezza d'onda diversa, non compresa nella banda da 8 a 12 micron. La sonda bolometrica invece non ha limiti di banda: tutta l'energia che passa dall'ottica di uscita del laser viene rivelata, anche se la misura che fa è molto meno precisa. -
- Se capisco il punto - riprese De Chiesa - è possibile che fosse tutto regolare, almeno come livello della potenza emessa, solo che l'emissione avveniva su una lunghezza d'onda diversa da quella che potevamo rilevare sul bersaglio? -

- Sì, è possibile - rispose Toni - anzi, direi che è molto probabile, ma in ogni caso si tratterebbe di un'emissione contemporanea a quella prevista, che difatti era ancora presente. In pratica, all'emissione base a 10,2 micron se ne sarebbe sovrapposta un'altra, di potenza molto più grande, ma a una lunghezza d'onda diversa. Solo che non possiamo esserne certi finché non avremo fatto delle verifiche. Betta, che ne pensi? Ti sembra possibile che il laser abbia prodotto anche un'emissione secondaria a una lunghezza d'onda diversa? -
Elisabetta sorrise: era abbastanza raro che Toni "l'orso" chiedesse pubblicamente un parere.

- E' un'ipotesi che non abbiamo mai preso in considerazione - rispose lei - ma visto quello che è successo mi sembra molto probabile. Ricordati che il progetto originario, mirato a ottenere un laser che doveva funzionare nello spazio, e con finalità diverse, era stato pensato per lunghezze d'onda decisamente maggiori. In seguito, pensando ad applicazioni terrestri e alla migliore trasparenza dell'aria nella banda 8-14, è stata modificata la composizione del plasma, aumentando di molto la percentuale di CO_2 ed eliminando altri componenti, in modo da ottimizzare l'emissione a 10,2 micron, ma non possiamo certo escludere che lavorando in CW si inneschi anche un'emissione ad alta potenza a lunghezze d'onda diverse. -
- E' giusto. - disse Toni alzandosi di scatto - Ma adesso basta: quel bastardo ci ha preso in giro anche troppo! Andiamo a vedere cosa succede davvero. -
E cominciò a dare istruzioni: strumenti da installare, dati da registrare e modifiche al bersaglio.
Il bersaglio del laser si trova sottoterra. Lo stabilimento, infatti, è costruito su un lieve pendio, e la sala del laser, che dal lato a Sud si trova al livello del piazzale esterno, ha la parete a Nord in buona parte sotto il piano di campagna.
In corrispondenza del fascio laser, che viene emesso in orizzon-

tale verso Nord da una finestra di uscita posta a poco più di un metro dal pavimento, è stato scavato un piccolo tunnel, accessibile dal cunicolo che gira attorno all'edificio. In questo tunnel è installato il cosiddetto bersaglio: una struttura abbastanza complessa, costituita da vari specchi semiriflettenti dotati ognuno di un radiatore raffreddato ad acqua, in grado di smaltire i megawatt di potenza continua che il laser dovrebbe essere in grado di emettere, senza surriscaldarsi velocemente e sparire in una nube di vapori, come succederebbe a un bersaglio costituito da un unico corpo solido.

E' chiaro che, date le potenze in gioco, quando l'emissione è al massimo l'acqua di raffreddamento si riscalda abbastanza rapidamente. Per questa ragione è stata predisposta una grande vasca all'aperto, subito soprannominata "la piscina", contenente una notevole quantità di acqua decalcificata, che viene fatta circolare sia nel bersaglio che nei dissipatori installati all'interno del laser. Certo, l'acqua della vasca si scalda comunque, quando il laser funziona ad alta potenza, ma il sistema è stato dimensionato per consentire periodi di emissione CW a piena potenza di circa mezz'ora alla volta senza rischi di riscaldamento eccessivo, almeno nei mesi più freddi.

La riunione si era sciolta; Toni, Rossetti ed altri due tecnici andarono di corsa a sostituire la strumentazione di monitoraggio installata sul bersaglio. Gli altri (De Chiesa, la Quaranta, Lama, Moretti ed io) ci ritrovammo dopo pochi minuti in sala laser, per assistere alla ripetizione della prova.

Nessuno di noi andò a pranzo, quel giorno. Verso le otto di sera, dopo aver finito di analizzare il mucchio di carta che il computer di controllo aveva sputato fuori quando qualcuno aveva schiacciato il tasto "PRINT", dopo che l'acqua della piscina si era riscaldata tanto da costringerci a smettere, ci guardammo in faccia perplessi: Polifemo funzionava, di questo non c'era dubbio, ma che tipo di radiazione ne uscisse fuori restava ancora non del tutto comprensibile.

Certo, avevamo rilevato una potente emissione a 30 micron, nettamente più intensa di quella fondamentale a 10 micron, ma il bilancio energetico complessivo non tornava ancora e questo sembrava indicare che con tutta probabilità c'era anche un altro tipo di emissione, di potenza paragonabile a quella a 30 micron, che veniva rilevata dalla sonda bolometrica ma di una lunghezza d'onda ancora sconosciuta, che nemmeno i nuovi rivelatori sistemati sul bersaglio riuscivano a identificare.

Solo qualche tempo dopo avremmo capito, ma solo in via indiretta ed in termini puramente qualitativi, di che cosa potesse trattarsi.

3. ELENA

La mattina seguente mi svegliai più tardi del previsto e decisi di andare in ufficio per la via più breve: un tratto di Via Cristoforo Colombo e poi la via Pontina: una superstrada con un traffico piuttosto intenso, costituito in buona parte da grossi camion che specialmente nel primo tratto, largo e molto scorrevole, trovavano un'ottima occasione per fare sfogare le loro centinaia di cavalli. Ne approfittai anch'io, quella mattina, affondando progressivamente l'acceleratore della mia piccola auto sportiva e provando un leggero brivido sulla nuca nel sentire il tranquillo ronfare del motore trasformarsi rapidamente in un ringhio aggressivo, mentre la macchina si avventava su un curvone in salita con lo scatto e l'agilità di un felino selvatico.

Nonostante questo, arrivai in ufficio con quasi un'ora di ritardo; l'usciere che mi aprì la sbarra del cancello mi fece segno che aveva qualcosa da dirmi e si avvicinò alla macchina. Abbassai il vetro e mi ricordò che avevo una visita: un giornalista mi stava aspettando da quasi mezz'ora.

Me ne ero completamente dimenticato; la rivista Le Scienze (edizione Italiana della più nota *Scientific American*) mi aveva chiesto di ricevere un suo inviato per un'intervista sullo stato della ricerca in Italia nel settore dei laser e l'appuntamento era stato fissato per quella mattina. Solo che, con i problemi del giorno prima, mi era del tutto passato di mente.

Parcheggiai rapidamente la macchina e mi avviai verso la sala d'attesa per cercare il mio giornalista, ma una volta arrivato lì vidi che nella sala c'era solo una giovane donna.

Ed era anche molto carina! Era seduta su una poltrona, con le gambe accavallate, e stava sfogliando una rivista. Indossava pantaloni di fustagno, una camicetta di un tessuto leggero ma di aspetto vellutato ed una giacca di pelle scamosciata, che teneva aperta; il tutto di color cognac, in varie sfumature, con scarpe intonate e una grossa borsa di nappa che teneva ancora appesa alla spalla sinistra e che aveva poggiato sul bracciolo della poltrona. Mi sembrò alta e snella, forse anche molto alta, ma dal mio punto di osservazione non potevo vedere bene il suo viso, coperto in buona parte dalla lunga capigliatura bionda. Possibile che fosse lei il mio giornalista?

Si voltò verso di me e mi guardò, mostrando un viso simpatico, incorniciato da riccioli biondi, con una leggera spruzzata di efelidi sugli zigomi alti ed occhi che lì per lì mi sembrarono grigi, o forse di un verde molto tenue.

Poi, vedendo che ero rimasto fermo ad ammirarla, accennò ad un sorriso e disse:
- E' lei l'ingegner Rinaldi? -
- Sì - risposi - mi scusi se sono rimasto imbambolato, ma in realtà pensavo ... -
- Che avrebbero mandato un uomo, vero? -
Mentre parlava, si alzò con un gesto armonioso e venne a stringermi la mano.
Era proprio alta, quasi una spanna più di me, ed aveva una stretta di mano da atleta.
- Sì - mi affrettai ad ammettere - ma non pensi che solo per questo io non sia lieto di conoscerla! Ad ogni modo, mi scuso del ritardo: questa mattina ho avuto qualche problema con la sveglia

e così ... -
- Mi chiamo Elena Poggi, piacere di conoscerla. - disse - Non si preoccupi: sono arrivata da poco e quanto all'altra storia incontro spesso gente che pensa che un uomo sia più adatto di una donna per questo tipo di lavoro. Ormai ci sono abituata. -
Tentai di spiegarle che non avevo preconcetti al riguardo, ma vicino a lei mi sentivo stranamente impacciato. Non che fosse particolarmente bella, ma la sua eleganza nel muoversi, come se danzasse, e il suo sguardo enigmatico mi facevano sentire leggermente a disagio. Lei se ne accorse sicuramente, ma fece in modo, mentre la accompagnavo in giro per lo stabilimento, che si instaurasse tra noi un'atmosfera di semplice cameratismo.

Non fu possibile, per ragioni di riservatezza, farle visitare i laboratori nei quali si conducevano ricerche in campo militare, ma la portai a vedere il nostro gioiello: il mostro di nome Polifemo.

Lei non si mostrò molto impressionata. Non è che non seguisse quello che le spiegavo: al contrario, aveva una notevole erudizione in materia, almeno per essere una giornalista. Quello che mi lasciò di sasso, comunque, fu una sua domanda:
- Come riuscite, usando un plasma composto da una miscela di vari gas, a fare in modo che il laser emetta potenza proprio alla lunghezza d'onda che avete prescelto? -
E' ovvio che non risposi, adducendo una pretesa complicazione eccessiva del tema e problemi di riservatezza industriale, ma rimasi colpito dal fatto che forse per caso avesse "messo il dito" proprio sul problema che ci aveva assillato il giorno prima.

Alla fine del giro, in tarda mattinata, ci ritrovammo mano nella mano a salire la rampa che dalla sala del laser riportava al cancello d'ingresso. Non mi ricordo quando le avessi preso la mano, forse era successo uscendo da un portellone di servizio, che aveva due scalini molto alti; so solo che ad un tratto mi resi conto di averlo fatto e decisi che non mi dispiaceva affatto, ed anzi quel contatto mi sembrava estremamente gradevole.

Mentre percorrevamo gli ultimi metri che ci separavano dalla portineria, pensai che non dovevo assolutamente lasciarmi scappare l'occasione di proporle di rivederci. Qualcosa, tuttavia, mi impediva di farlo.
Mi resi conto che stavamo ancora parlando di aspetti di routine sulle ricerche in campo laser, ma era come se una parte di me stesse conversando con lei e l'altra stesse cercando di venire allo scoperto e dirle qualcosa di carino, e allo stesso tempo stesse ascoltando la conversazione senza partecipare.
Quando arrivammo al cancello, comunque, fu lei a venirmi in soccorso:
- La ringrazio dell'assistenza, ingegnere, ma penso che potrebbe essere utile risentirci per analizzare più in dettaglio anche altri aspetti delle ricerche in corso sui laser. -
Fu a quel punto che tentai di prendere il controllo della situazione e le proposi:
- Forse potrebbe anche interessarle conoscere qualcuno dei ricercatori. Se crede potremmo organizzare una cena informale con alcuni di loro. Che ne pensa?-
Lei ci pensò un attimo, guardandomi con gli occhi socchiusi, come per studiarmi, poi sorrise e disse:
- Mi stavo giusto chiedendo se mi avrebbe proposto qualcosa del genere. Va bene: mi faccia sapere in redazione quando è possibile avere questo incontro; io sono abbastanza libera, la sera, e sarò lieta di partecipare. Ma adesso, se mi vuole restituire la mano, penso che per me sia ora di andare. -
Mi sentii arrossire violentemente e sperai solo che non si notasse troppo. Le lasciai la mano e dissi:
- Arrivederci a presto, allora, la chiamerò. -
Lei non disse più nulla, ma mi sorrise; poi si voltò e si allontanò velocemente.
Rimasi a guardarla; non ho mai trovato molto sexy le donne in pantaloni, ma devo ammettere che lei attraeva il mio sguardo

come una calamita. Nonostante la sua giacca non consentisse di seguire bene il movimento dei suoi fianchi, il suo passo svelto aveva una grazia e un'armonia che mi impediva di staccare gli occhi dalle sue gambe.
Mi riscosse un commento:
- Chiudi la bocca, che sennò ti casca la lingua! -
Era Gianni Lama, il burlone del gruppo, che mi guardava con un ghigno stile "tana per quell'imbranato laggiù!".
- Sembri completamente rintronato da quelle cosce lunghe, sai? - aggiunse con aria divertita - Se restava qui altri cinque minuti, forse l'avresti violentata sul piazzale. Spero solo che tu abbia notato anche il resto: la tua amica è proprio tutta "bona". -
Tentai di darmi un tono, ma ormai era fatta! Per qualche giorno, la storia dell'avvenente giornalista che aveva ridotto in stato di stupidità il povero ingegnere avrebbe fatto il giro dello stabilimento, arricchendosi di particolari piccanti man mano che circolava.
Ne ebbi una prova poco dopo, a mensa. Mi ero seduto da poco, quando arrivarono Toni ed Elisabetta. Si sedettero davanti a me con aria di complicità, poi Elisabetta disse: - Ho sentito che hai avuto visite interessanti ... -
- Le notizie viaggiano veloci, qui. - ribattei mentre cercavo disperatamente di trovare una battuta decente - Deve essere a causa dei raggi laser. -
Ma lei non mollò:
- Pare che ci fosse in giro per lo stabilimento un paio di gambe veramente notevoli - disse con un sorrisetto - e con in cima tanti riccioli d'oro ... -
- E allora? - chiesi con aria indifferente.
- Nulla, dai! - intervenne Toni - Però a sentire "radio Astra" pare che stamattina tu non abbia fatto altro che correre dietro a lei con la lingua di fuori e lo sguardo ebete. -
- Saranno stati i soliti invidiosi, a dirlo. - disse Elisabetta - Ma

dimmi un po', era davvero così carina come dicono? -
- Beh, per essere carina lo era davvero - fui costretto ad ammettere - ma come al solito le notizie alla radio sono un po' esagerate. -
- Ma insomma - riprese Toni - non puoi descrivercela? -
Cercai di farlo, ma appena mi lanciai in una descrizione del suo viso e dei suoi capelli, Toni si voltò verso Elisabetta e interrompendomi disse:
- Il nostro amico è proprio partito. - Poi, rivolto a me: - Beh, Giorgio, se è davvero così attraente, bisogna proprio che tu ce la faccia conoscere. -
- Va bene - dissi - sfottete pure! Io le ho promesso che le avrei fatto conoscere qualcuno degli scienziati, ma se a voi due spiritosoni non interessa ... -
- Chi ha detto questo! - esclamò Elisabetta - E' solo che ci divertiamo a prenderti un po' in giro. Ma non preoccuparti: saremo lieti di incontrarla, non è vero, Tony? -
- Certo - fece lui - specialmente se ha le tette ben fatte come racconta "radio Astra". -
L'ultima battuta gli fruttò un pugno nelle costole ed un'occhiataccia da parte di Elisabetta, che sembrava non averla gradita molto, mentre lui fingeva una paura terribile.

Non avevo ancora capito se fra quei due ci fosse del tenero. Trascorrevano insieme varie ore quasi ogni giorno, ma in genere sembrava che il loro rapporto fosse esclusivamente professionale; solo in rare occasioni, come un momento prima, li avevo visti scherzare. Per me erano entrambi cari amici, due persone intelligenti e sincere, con le quali era facile scambiare idee e di cui trovavo gradevole la compagnia.

Li osservai senza interferire, mentre scherzavano tra loro. Toni era alto, molto più di me, con un viso maschio, dai lineamenti forti, e una gran massa di capelli scuri, che cominciavano ad essere leggermente brizzolati ai lati e gli davano a volte un aspetto leonino. Aveva un fisico da statua greca e amava molto gli sport e le attività all'aria aperta; in estate mi trascinava a volte, quando il clima lo permetteva, sulla sua barca a vela, una deriva classe 470 (aveva bisogno di un prodiere pesante, commentavano i maligni), ma era più che altro appassionato di montagna e praticava lo sci ed il *"free climbing"*, che a me non interessavano.

Elisabetta invece era piccolina, un po' più bassa di me, ma aveva una figuretta snella ed armoniosa, che trovavo molto attraente e aveva anche "tutte le curve giuste al posto giusto", come diceva ogni tanto un nostro collega. E in effetti, la caratteristica che colpiva di più nel suo aspetto era il contrasto fra una struttura minuta, ben rivelata dalle gambe snelle e dalla vita sottile, ed i seni rigogliosi e dalla forma perfetta, alti e fermi; merito dei reggiseni moderni, dicevano le segretarie invidiose, ma forse merito della giovinezza (aveva meno di 30 anni) e della vita sportiva: nuoto, tennis e come scoprii in seguito anche altro.

Nel viso graziosissimo, incorniciato da un caschetto di capelli neri, spiccavano i grandi occhi, dalle lunghe ciglia nere e di un colore azzurro intenso, che verso il bordo dell'iride sfumava in un blu profondo. Aveva spesso un'aria pensierosa, ma quando sorrideva sembrava che il suo viso si illuminasse di una luce molto particolare, che portava anche gli altri a sorriderle.

Io ero rimasto molto colpito dal suo aspetto fino da quando l'avevo incontrata le prime volte in ufficio, circa tre anni prima, e avevo cercato di avviare con lei una sincera amicizia, che poi si era davvero consolidata, ma nonostante lei mi piacesse molto non avevo mai cercato, per ragioni che io stesso stentavo a comprendere, di avviare con lei un rapporto più stretto.

Dovevo aver l'aria assorta nei miei pensieri, a quel punto, perché Toni, quel giorno stranamente in vena di scherzi, mi passò una mano davanti agli occhi dicendo:
- Pronto pronto! C'è nessuno in casa? -
Mi riscossi giusto in tempo per sentirlo dire ridacchiando:

- Pare che Miss Pulitzer abbia proprio fatto colpo! -
Naturalmente non accettai la provocazione.

Decidemmo di organizzare una cena con la giornalista per il venerdì sera (di sabato i ristoranti simpatici e non troppo cari di Roma e dintorni sono tutti troppo pieni) e loro lasciarono a me il compito di definire i dettagli.

4. PRIMO CONTATTO

Di solito non passo per la stradina di campagna, tornando a casa; a causa dei sensi unici, infatti, non è agevole imboccarla nella direzione opposta a quella del mattino. Quella sera però, per qualche strana ragione, mi ritrovai ad imboccarla senza pensarci: possibile che avere incontrato la bella Elena mi avesse scombussolato tanto? Nel buio della sera la strada non è bella come al mattino: quella sera il cielo era coperto, i campi erano solo pozzi di oscurità e i fari dell'auto erano l'unica fonte di luce disponibile. Quando arrivai in vista del campo dove la mattina precedente avevo visto quegli strani bagliori, quasi mi aspettavo di vedere qualcosa di strano, e fu proprio così: nel campo era adesso visibile, anche se poco definita, una struttura luminosa a forma di cono, o forse di piramide molto appuntita. Arrestai la macchina, lasciandola un po' di traverso sul bordo della strada in modo che i fari illuminassero un po' anche il campo, così da evitare di finire a capofitto nel fosso, e corsi a vedere più da vicino.

Non mi posi il problema se fosse pericoloso o no, e nemmeno se fosse comunque opportuno avvicinarsi o piuttosto restare ad osservare da lontano: avanzai velocemente, dritto verso la struttura, che sembrava lontana dalla strada non più di una cinquantina di metri.

A quel punto, però, mi accorsi di uno strano fenomeno: se guardavo direttamente in direzione dell'oggetto (ma forse dovrei dire dell'immagine) quello spariva quasi completamente; se invece guardavo leggermente di lato, potevo percepirne in maniera abbastanza netta la forma e l'argentea luminescenza.
Arrivai così a una decina di metri dalla "cosa" e mi fermai. Mi sembrava abbastanza evidente che non si trattasse di un oggetto solido ma di un qualche genere di proiezione: una cosa che vedi solo se non la guardi direttamente ben difficilmente può essere dotata di consistenza materiale.

Mi accorsi poi che il modo migliore per osservarla era di guardare leggermente di lato: tenendo lo sguardo puntato nel buio, poco a sinistra della struttura luminosa, potevo percepire chiaramente, con la visione laterale, non solo il contorno della struttura, che mi appariva sempre più come una specie di campana luminosa, poggiata a terra ed alta forse cinque o sei metri, ma anche il suo interno, nel quale si muoveva una forma bianca dai contorni indistinti. Fu allora che cominciò la metamorfosi: l'immagine vacillò per un istante, poi scomparve. Dopo alcuni secondi, mentre mi chiedevo se fosse il caso di restare in mezzo al campo a scrutare nel buio, l'immagine riapparve: questa volta i contorni erano più definiti, e potevo guardarli senza che svanissero, ma l'interno era ancora molto nebuloso, e se guardavo direttamente il centro dell'immagine questa perdeva di luminosità, e solo il bordo restava ben visibile.

Dopo pochi secondi, però, anche questa scomparve, per ricomparire poco dopo, ancora più definita ed ancora un po' più "osservabile". La sequenza di apparizioni e sparizioni continuò per parecchio tempo, lasciandomi sempre più ansioso di scoprire di che cosa si trattasse, ma anche sempre più perplesso sull'opportunità di restare così vicino ad un fenomeno tanto insolito. Sta di fatto che restai, e dopo qualche tempo mi sedetti su un grosso masso lì vicino, ad aspettare gli eventi. Ormai l'immagine era piuttosto chiara ed aveva perso l'aspetto evanescente delle prime apparizioni: era qualcosa di simile ad una ogiva luminosa e trasparente, dentro la quale si scorgeva ormai abbastanza distintamente una figura umanoide racchiusa in una tuta bianca sormontata da un casco sferoidale. La creatura (non sapevo come altro definirla, dentro di me) era affaccendata attorno ad un pannello che si trovava (sospeso?) vicino alle sue mani. Non potevo ancora vedere bene la struttura delle mani, ma mi ricordo di aver pensato che se avevano una forma simile a quella delle nostre, allora anche la creatura poteva in fondo essere abbastanza simile a noi.

Ripensandoci in seguito, mi è sempre sembrato strano che in una simile situazione mi fosse rimasta una freddezza di ragionamento tale da permettermi di concentrare l'attenzione su dettagli di tipo scientifico.

La realtà è che forse non riuscivo a rendermi veramente conto di assistere ad un evento così straordinario; il fatto stesso che la visione fosse discontinua e poco nitida assomigliava così tanto ad episodi vissuti nei miei sogni, da non sembrarmi neanche tanto strano, così come non ci appaiono strane durante i sogni certe sequenze di eventi del tutto prive di concatenamenti razionali. Ero probabilmente in una condizione che qualche esperto avrebbe potuto definire "stato di coscienza alterato", proprio per la stranezza del fenomeno osservato.

Non so quanto tempo durò tutto questo; alla fine di una lunga sequenza di apparizioni e sparizioni l'immagine si era stabilizzata e l'alieno appariva chiaramente all'interno di quella specie di "capsula" costituita dall'ogiva di luce.

Mi alzai in piedi e mi avvicinai; potevo finalmente vedere con maggior chiarezza l'alieno, anche se all'osservazione diretta la sua immagine mi appariva più scura dell'ogiva luminosa: la sua tuta ricordava vagamente quella degli astronauti americani, ma il *life support pack* sulla sua schiena era molto piccolo, come se non avesse bisogno di grandi quantità di rifornimenti.

Fu allora che notai uno strano dettaglio: l'alieno appariva illuminato da una forte luce che sembrava provenire dall'alto, ma il prato all'esterno dell'ogiva era completamente buio.
"Veramente strano" mi ricordo di aver pensato.
Mi stavo chiedendo se l'alieno potesse vedermi, quando quello agitò una mano, come per salutarmi. Naturalmente era molto probabile, se quella era un'immagine proiettata, che il gesto non fosse indirizzato a me, ma a qualcuno che si trovava nel luogo stesso in cui l'immagine veniva ripresa e che io non vedevo.
L'alieno però ripeté il gesto e allora, senza neanche pensarci, risposi con un gesto analogo. Lui (o lei?) unì le mani scuotendole leggermente, come in un gesto di vittoria o di soddisfazione, e mi fece segno di avvicinarmi. La cosa non aveva senso: un'immagine proiettata (perché non credevo potesse essere altro) non poteva interagire, almeno secondo me, con una persona che si trovava nell'ambiente in cui si manifestava la proiezione.

Ad ogni modo, come ho già detto, il mio spirito critico e razionale era andato del tutto a farsi friggere; mi avvicinai ancora e vidi che l'alieno estraeva da un contenitore alla sua destra un oggetto piatto e rettangolare e me ne mostrava una faccia, tenendolo ben fermo all'altezza del mio volto. Lì per lì non capii cosa volesse fare: l'oggetto era bianco e conteneva al centro una macchia grigia, oblunga e indistinta. Lo guardai con più cura, ma non riuscivo a metterlo bene a fuoco, a causa del solito effetto ottico: una cosa guardata direttamente si scuriva ai miei occhi e perdeva definizione. Rimasi ad aspettare che succedesse qualcosa, e qualcosa successe: l'intera immagine tremolò e poi sparì.

Aspettai a lungo; poi, non vedendo più nulla, mi diressi nuovamente verso la mia macchina. I fari mostravano una luce giallastra, come se fossero rimasti accesi per molto tempo, e probabilmente era proprio così.

Mentre stavo per risalire, però, l'immagine riapparve. Questa volta il senso di realtà era fortissimo; mi avvicinai di nuovo e mi accorsi che potevo vedere benissimo l'alieno, che però aveva una tuta diversa, di colore arancione invece che bianco, e con uno strano stemma attaccato sull'esterno della spalla destra.

Mi fece ancora cenno di accostarmi, e così feci; non sembrava più un'immagine proiettata, ma qualcosa di solido, tridimensionale. Il volto, però, non era minimamente visibile, perché la visiera sferoidale del casco appariva come se fosse metallizzata a specchio, con un colore che tendeva un po' al giallo oro.

Ancora una volta l'alieno prese l'oggetto rettangolare di prima e me lo mostrò: immaginatevi come rimasi quando mi resi conto che la macchia scura era in realtà una scritta, e che potevo leggerla. C'era scritto soltanto, a lettere maiuscole:
"CAN YOU READ THIS?"-
Mi sembrò di scoppiare dalla gioia e dalla sorpresa: avevo incontrato un alieno, un vero alieno, che tentava di comunicare con me! E in una lingua conosciuta! Non avrei mai sperato di provare nella mia vita una simile esperienza.

Feci di si con la testa: non sapevo come altro fare per rispondere in maniera affermativa. Allora l'alieno mi mostrò un altro cartellino con scritto:
"TOMORROW, SAME TIME. OK?"
Feci ancora segno di si con la testa e per confermare che avevo capito feci anche il gesto che l'alieno stesso aveva fatto in precedenza, unendo le mani in alto e agitandole come in segno di soddisfazione.

L'alieno, allora, mi fece un ampio gesto di saluto con la mano destra ... e sparì definitivamente.

Rientrai in macchina, sicuro che per quella notte non sarebbe tornato. Il motore, però, non riusciva ad avviarsi: la batteria era quasi del tutto scarica. Fortunatamente la macchina era quasi all'inizio di una leggera discesa. Spensi i fari, lasciando accese solo le luci di posizione, e la spinsi per qualche metro; poi, sentendo che cominciava lentamente a prendere abbrivio, saltai dentro, aspettai che la velocità aumentasse ancora un po', poi accesi il quadro, infilai la seconda e il motore partì al primo tentativo. Guardai l'orologio: segnava le due di notte. Possibile che l'incontro fosse durato così a lungo?

Mi avviai verso casa, ma una volta arrivato non riuscivo a decidermi ad andare a dormire. Fu così che presi il computer portatile e cominciai a scrivere il racconto di tutta questa storia pazzesca, cominciando dal primo evanescente avvistamento della mattina precedente.

Il giorno dopo, in ufficio, mi sentivo alquanto scombussolato. Non avevo raccontato a nessuno l'episodio della notte appena trascorsa, ma la voglia di farlo mi bruciava dentro in un modo insopportabile. Non volevo, d'altra parte, che questo strano fatto andasse ad aggiungersi alle malignità seguite all'incontro con la bella Elena "riccioli d'oro".

Con chi potevo confidarmi? Toni, il giorno prima, si era mostrato molto incline allo scherzo, sull'episodio della bella giornalista, e non mi sentivo ancora abbastanza in confidenza con Elisabetta, anche se pensavo che lei potesse essere proprio la persona giusta. L'argomento, d'altra parte, si prestava troppo a farmi prendere per mitomane, o per visionario, e quindi prima di raccontarglielo pensai che avrei potuto sondare le sue reazioni su argomenti come UFO, ESP, misteri e simili amenità. Il problema, evidentemente, era trovarla sola.

L'occasione si presentò nel primo pomeriggio: le analisi sul comportamento di Polifemo erano in pieno svolgimento, ed Elisabetta aveva ricevuto una serie di dati sperimentali fra i quali ricercare elementi di correlazione, ammesso che ce ne fossero. Non era un compito esattamente tagliato sulle sue capacità, ma era comunque una delle persone più qualificate fra tutte quelle presenti in ditta per affrontare quel tipo di analisi. Così si era ritirata nella saletta accanto al centro di calcolo, e fu lì che la trovai. Era sola!

Entrai e chiusi la porta; lei mi guardò con un'aria leggermente

stupita e domandò:
- Qual buon vento? -
- Bah, nulla di speciale. - risposi.
- Non è vero. - riprese lei scuotendo lentamente il capo - Questa mattina sei arrivato molto tardi e da allora giri per lo stabilimento con l'aria di un gattone che ha mangiato un grosso topo ma poi non l'ha digerito. Problemi con la stampa? -
Che intuito, la ragazza! Solo che aveva sbagliato la diagnosi sul motivo della mia agitazione. D'altra parte, non poteva proprio immaginare il pazzesco episodio che mi era capitato.
Rimasi in silenzio, cercando di organizzare le idee prima di cacciarmi in un discorso a vicolo cieco. Mi venne in mente un cartellino che era sulla scrivania di un collega, anni fa, e diceva: "Verificare che il cervello sia collegato, prima di mettere in moto la bocca!" Era esattamente quello che stavo cercando di fare, ma non lo trovavo così facile.
Lei, però, non aspettò; si alzò dalla sedia e disse: - Non ti ho mai visto in uno stato simile; che cosa ti è successo? -
- Non so se posso dirtelo. - risposi - Qui vi siete divertiti già abbastanza con l'episodio della giornalista, ma adesso ... io, però, ... vedi, non so proprio che cosa fare. -
Mi resi conto che ormai mi ero sbilanciato troppo, ma lei rispose con serietà:
- Se per te è qualcosa di importante, farò quello che posso per aiutarti e non ne parlerò con nessuno. - e mi strinse il polso con la mano, come per incoraggiarmi.
Io, però, non sapevo proprio come cominciare. Così mi tenni sulle generali e le dissi solo che mi era capitato uno strano episodio, una manifestazione inspiegabile, forse di tipo paranormale, ma che poteva anche trattarsi di una allucinazione; prevedevo, inoltre, che il fatto potesse ripetersi, e non volevo coinvolgerla in quello che poteva essere solo una mia pazzia personale.
- Va bene. - rispose - Ma se e quando vorrai raccontarmela io

sono qui: ti ascolterò e cercheremo di venirne a capo ragionandoci assieme. Comunque non credo che tu possa aver avuto un'allucinazione, a meno che qualcuno non ti abbia somministrato una sostanza allucinogena per farti uno scherzo di cattivo gusto. Avevi bevuto o mangiato qualcosa, prima dell'episodio? -
- No, - risposi - è successo ieri sera, mentre tornavo a casa. L'ultima cosa che avevo mangiato era stato il pranzo a mensa, molte ore prima. -
- Quello poteva forse essere discutibile dal punto di vista gastronomico, ma non mi sembra possibile che contenesse un allucinogeno: ne avremmo risentito tutti. Vedrai che per il tuo problema deve esserci una spiegazione razionale; cerca di raccogliere le idee e quando te la sentirai di raccontarmi tutto fallo pure senza problemi. Va bene? -
Non trovai di meglio da fare che dirle di sì. Le presi una mano tra le mie, mentre la ringraziavo, ed uscii.
- In fondo - pensavo - questa sera alle otto ne saprò di più ... forse! - E se invece non fosse successo nulla, se cioè mi fossi solo immaginato tutta quella storia pazzesca?
Comunque, se non ci fosse stato un nuovo contatto non avrei mai saputo se il primo fosse stato solo un frutto della mia immaginazione o se avessi veramente assistito ad un evento straordinario.
Quel giorno non combinai nulla: ero troppo emozionato per potermi concentrare su lavoro. Pensando di distrarmi un poco, telefonai ad Elena Poggi per proporle la cena in quattro per il venerdì successivo. La sua voce al telefono aveva un tono professionale e distaccato, ma si dichiarò contenta di sentirmi ed accettò l'invito. Mi diede il suo indirizzo e restammo d'accordo che sarei passato a prenderla a casa, poco prima delle otto.
Dopo aver chiuso il telefono rimasi a pensare all'impressione che mi aveva fatto parlarle. Forse era stato il suo tono un po' freddo, determinato probabilmente dal fatto che non era sola in ufficio,

forse lo scombussolamento che mi aveva provocato il recente "contatto ravvicinato" di non so quale tipo (o qualsiasi altra cosa fosse stato), ma non avevo ritrovato con lei quel senso di armonia e quell'atmosfera un tantino "magica" che tanto mi aveva affascinato quando era venuta a trovarmi in ufficio.
Chissà come sarebbe andata la cena!
Ormai era passata da poco l'ora di uscita, ma andai a cercare Toni ed Elisabetta per informarli dell'appuntamento con la giornalista. Li trovai al centro di calcolo, ancora immersi fra i tabulati, e raccontai della telefonata; scherzammo un poco, ma anche Toni si accorse che non ero in vena di battute e, vedendo che Elisabetta si manteneva più seria, ci guardò perplesso e chiese:
- Che c'è? E' successo qualche guaio di cui non so nulla? -
- No, - risposi - ho avuto un problema, ma non è una cosa che riguardi il lavoro. -
- Possiamo aiutarti? - chiese ancora lui; e poi, visto che non rispondevo aggiunse: - Non fare complimenti; se un amico è nei guai io sono sempre disponibile ad aiutarlo. -
- Ancora non lo so, - risposi - ma comunque grazie. Se avrò bisogno di aiuto vi racconterò tutta la storia. -
- Ci vediamo, allora. - disse Elisabetta, avvicinandosi a me con un sorriso affettuoso, poggiano la mano sul mio braccio. - E stai attento a quello che fai, di qualsiasi cosa si tratti! -
Toni la guardò perplesso, ma non disse più nulla ed io tornai nel mio ufficio.
Aspettai fino a poco dopo le sette e mezzo, poi mi avviai. Prima di uscire, però, mi ero procurato un blocco di carta ed un grosso pennarello: se l'alieno conosceva l'inglese, potevo anch'io mostrargli dei messaggi, e forse potevamo avviare una specie di conversazione scritta.

5. L'ALIENO

Arrivai sul posto alcuni minuti prima delle otto e proprio mentre stavo fermando la macchina sul bordo della strada vidi apparire nel campo, nello stesso posto nel quale era comparsa in precedenza, l'ogiva luminosa; prima come una nebbiolina azzurra con riflessi dorati, poi come un oggetto sempre più reale. L'immagine, questa volta, era perfetta, anche se meno luminosa della volta precedente, ma l'alieno non c'era. Dentro l'ogiva si vedeva solo un oggetto rettangolare posato per terra, di colore scuro, le cui dimensioni frontali erano simili a quelle di una valigetta ventiquattr'ore, ma apparentemente molto più spesso, quasi un cubo. Mi avvicinai per osservare meglio, ma l'oggetto era liscio e non aveva dettagli visibili; così rimasi ad aspettare.

Dopo alcuni secondi vidi l'alieno entrare nella capsula da un'apertura che apparve improvvisamente sullo sfondo. L'apertura si richiuse subito dopo, e lui rimase al centro dell'immagine, a fianco dell'oggetto posato a terra. Portava ancora la tuta arancione, ed il casco aveva ancora quella lucentezza metallica che impediva di vederne il volto. Mi venne da pensare che potesse avere un aspetto molto diverso da quello di un essere umano, e che temesse di spaventarmi o comunque di suscitare in me forti emozioni negative, se si fosse mostrato.

Sembrò accorgersi della mia presenza e mi fece un cenno con la mano, come per salutarmi. Risposi allo stesso modo.

Poi vidi che posava a terra un ginocchio ed una mano, accanto all'oggetto rettangolare, mentre con l'altra mano si appoggiava alla faccia superiore di quello e protendeva il corpo in avanti, in una posizione un po' contorta, come se volesse osservarne la faccia dell'oggetto rivolta verso di me.

Non sapevo come interpretare quella strana posizione, ma la spiegazione fu quasi immediata. Sulla superficie dell'oggetto, infatti, apparve una scritta luminosa a caratteri molto alti. Diceva: *"I hope you can clearly read this"*. Poi si voltò verso di me ed io feci cenno di si con la testa e ricordandomi di aver portato il blocco di carta, lo presi e scrissi velocemente *"Yes. Very clear"*.

L'alieno si sollevò da terra e si sedette sul "cubo". *"It seems that you are well prepared for a conversation and I'm sure you have a lot of questions for me. Shoot, and i'll try to answer!"*

"Incredibile!" pensai. Le scritte si formavano su quello strano schermo, che ora faceva anche da sgabello, come se fossero una diretta traduzione dei pensieri dell'alieno, o forse più realisticamente delle sue parole all'interno del casco.

Rimasi un attimo a pensare quale formulare per prima tra le tante domande che mi si affollavano nella mente, poi scrissi velocemente *"Where do you come from?"* e mostrai il blocco all'alieno.

La risposta fu immediata: *"Santa Barbara, California."*

Rimasi di sasso. Conoscevo abbastanza bene la tecnologia degli Stati Uniti e quel poco che avevo visto, specialmente durante il contatto precedente, mi era sembrato abbastanza "alieno".

Ma d'altra parte, alieni dalla California? Non mi sembrava che avesse senso.

Così chiesi: *"Who are you?"*.

Una lievissima esitazione, stavolta e poi la risposta: *"My name is Susan McKay. I'm a scientist."*

Una donna scienziato? Il nome, indubbiamente, non sembrava

proprio da alieno! Ma si trattava davvero di una donna terrestre o era solo un alieno che stava cercando di umanizzare questo primo contatto?

Le scrissi il mio nome e poi continuai a fare domande: il quadro che cominciò a venir fuori mi sembrò sconcertante.

Susan dichiarò di lavorare per un ente di ricerca di cui non avevo mai sentito il nome, e che quella proiezione che aveva consentito il contatto fra noi era il frutto di anni di ricerche sulle "onde gravitazionali". Cercai di farmi spiegare che cosa fossero le onde gravitazionali, ma dopo alcuni tentativi, nei quali sprecai buona parte del blocco di carta, "lei" mi rispose che probabilmente erano un concetto troppo difficile da spiegare, dato il mio livello tecnologico.

Mi stupì che parlasse di livello tecnologico e non di conoscenze scientifiche: in fondo, io non sono laureato in fisica teorica. Oltretutto, con tutti gli interscambi che avevamo con le ditte statunitensi attive nel settore aerospaziale e dei sistemi militari, non mi sembrava possibile che i nostri livelli tecnologici fossero tanto diversi.

Ma allora, da dove veniva questa sedicente scienziata californiana? Cominciai di nuovo a dubitare che si trattasse di un alieno, lo scrissi sul blocco e glielo mostrai.

Allora lei portò una mano alla base del casco, sul lato destro, e spostò di poco una specie di pomello che in precedenza non avevo notato; il casco divenne subito trasparente e al suo interno vidi il viso di una giovane donna: bionda, piuttosto graziosa, con il nasino all'insù, un po' da Svedese, un sorriso birichino in volto, ed i capelli chiarissimi, tagliati molto corti.

Dopo avermi sorriso, vidi che parlava e sullo "sgabello" comparve una scritta che voleva dire "Allora, sono abbastanza umana per i tuoi gusti?"

Scrissi in fretta una frase affermativa, ed aggiunsi anche un complimento. Vidi che lei scoppiava a ridere nel suo casco e mi rispose: "Avevo sentito dire che molti degli Italiani di questo periodo sono degli adulatori, ma non avrei mai pensato di sperimentarlo direttamente".

Le chiesi perché portasse il casco e la tuta spaziale e lei mi spiegò che nella porzione di spazio che poteva proiettare come immagine davanti a me non c'era aria respirabile, ma solo elio puro. Disse anche che forse sarebbe stato possibile ottenere lo stesso effetto in aria, entro qualche tempo. Poi mi chiese se fossi disposto a rimanere lì a lungo, per scambiarci alcune informazioni: io non ci avrei rinunciato a costo di restare tutta la notte, anche se si fosse messo a nevicare (cosa peraltro poco probabile, in questo clima così mite) e glielo dissi. Lei parve soddisfatta; si mosse di poco sul suo sgabello-monitor, come per mettersi un po' più comoda, e mi disse di cominciare; io mi misi a sedere sulla mia valigetta 24 ore (visto perché le fanno di plastica rigida?) e cominciai a scrivere le mie domande.

Scoprii così quasi subito che Susan veniva sì dalla California, ma non dalla "mia" California. Lei mi chiese la data di quel giorno ed io, pur stupito della domanda, glielo dissi; lei mi disse di rimando che "da loro" era il 21 Maggio dell'anno 2205.

Ecco spiegato, allora, il discorso del livello tecnologico: un contatto con il futuro! Ma era possibile?

Quando le espressi il mio ammirato stupore per questa capacità tecnica, lei si schernì e mi disse di non essere del tutto sicura che si trattasse proprio di un contatto tra passato e futuro. Questo mi confuse ancora di più, ed allora lei iniziò a spiegarmi il suo punto di vista su quello che stava accadendo.

Nonostante il sistema di scrittura verbale che avevano escogitato, il racconto richiese parecchio tempo e molte domande da parte mia, ma alla fine ne emerse un quadro abbastanza comprensibile. Le loro ricerche erano cominciate con lo studio di un tipo particolare di energia radiante, che lei chiamava onde gravitazionali, o più sinteticamente *G-Waves* (Onde G).

Erano state scoperte quasi per caso, un po' come stava accadendo a noi con Polifemo, che emetteva qualcosa ancora non comprensibile, ma erano poi state analizzate, misurate e in un certo senso "capite", anche se solo ad un livello non molto approfondito e sostanzialmente di tipo fenomenologico, più o meno come accade a noi ad esempio per il magnetismo: sappiamo descriverne gli effetti, sappiamo generarlo e misurarlo, ma nessuno ha mai veramente "capito davvero" perché una calamita attira il ferro.

Nel loro caso, tuttavia, il livello di conoscenza raggiunto aveva consentito di capire che esisteva una qualche interazione fra l'emissione di onde G e la struttura dello spazio-tempo.

Non ci addentrammo sugli aspetti scientifico-matematici di questa affermazione, visto che le mie conoscenze di matematica erano non solo alquanto limitate, ma anche un po' "arrugginite".

L'idea di base, comunque, era che lo spazio ed il tempo formassero, in uno spazio pentadimensionale, una specie di "tendaggio tetradimensionale" pieno di ondulazioni in continua evoluzione, che potevano portare quasi a toccarsi porzioni di spazio-tempo distanti tra loro sia nello spazio tridimensionale che nel tempo.

Le onde G avevano apparentemente la capacità di influire sulla formazione e sullo scorrimento di queste ondulazioni nel tendaggio dello spazio-tempo e quindi consentivano di portare "quasi a coincidere" due qualsiasi suoi punti, scelti da chi le utilizzava, se applicate nel modo giusto.

Per quanto ne sapevano, era invece abbastanza difficile spostare oggetti materiali da una zona all'altra dello spazio-tempo, salvo forse a farli "scorrere" verso il futuro, ma era invece possibile ottenere una "proiezione di immagini" sul tipo di quella che stavamo (o meglio stavano) effettuando in quel momento. Susan mi spiegò che quando avevo per la prima volta intravisto quel vago bagliore, due giorni prima (mio Dio, solo due giorni prima?), stavano provando a collegarsi con questa zona dello spazio-tempo, ma senza riuscirvi. Avevano allora deciso di provare a spostare il collegamento all'ora in cui tornavo a casa, pensando che l'oscurità avrebbe favorito la visione della proiezione. Questo mi faceva capire che stessero cercando di mettersi in contatto proprio con me, e ne chiesi la ragione. Lei mi disse di pazientare, dato che la risposta era contenuta nel seguito del racconto, e proseguì.

Con il sistema ad onde G che erano riusciti a mettere a punto, sembrava che fosse abbastanza agevole vedere, stando nel futuro, immagini del passato, richiamandole mediante un "ricevitore" particolare; sembrava invece che fosse impossibile vedere (o richiamare) immagini del futuro.

Anche le immagini, quindi, "viaggiavano" facilmente solo dal passato al futuro, e ciò aveva reso agevole la visione da parte loro di immagini del nostro mondo, ma rendeva molto difficile inviare nel passato immagini come quelle che mi stavano inviando in quel momento.

Per rafforzare questo concetto mi spiegò che la sera del primo contatto avevo in realtà assistito a proiezioni effettuate da loro nell'arco di quasi un anno, mentre il sistema di proiezione veniva pian piano perfezionato, sia come potenza che come stabilità. In tale periodo, loro si ricollegavano sempre con un punto del passato ritardato di pochi secondi rispetto all'ultimo istante del collegamento precedente, in modo da darmi l'impressione di una certa continuità del contatto, mentre per loro passava invece molto tempo fra un contatto e l'altro.

Questo spiegava le numerose discontinuità del primo contatto, ed anche il continuo miglioramento della qualità dell'immagine, ma non ancora il motivo per cui cercassero proprio me.

Susan, però, proseguì il suo racconto.

Mentre stavano mettendo a punto la loro macchina ad onde G per la ricezione e la trasmissione di immagini attraverso lo spazio-tempo, ricevettero all'improvviso dei forti segnali impulsivi, che si manifestavano come lampi di luce e davano luogo a delle strane letture sui loro strumenti. Ci misero molto tempo a capire da dove venissero, ma alla fine conclusero che venivano dal nostro tempo e da un preciso punto nello spazio. Tentarono di visualizzare le immagini di quel punto, ma la macchina che emetteva le onde G (il nostro laser) rimaneva non visibile a causa della enorme distorsione spaziotemporale che essa stessa produceva. Poterono invece vedere bene alcune persone che si muovevano nella sala del laser e fra queste c'ero anche io.

Si accorsero anche (e questa fu la scoperta più importante in quella fase della vicenda) che la nostra emissione consentiva di "aprire" con facilità un collegamento bidirezionale non solo fra la loro macchina e la zona della nostra, ma ancora meglio e più facilmente verso un gruppo di altri sei punti nel nostro spaziotempo, disposti come i vertici di un esagono regolare di circa due chilometri di lato, del quale il nostro laser occupava il centro. Poterono così osservarci a lungo senza essere visti. Seguendo poi le persone viste in sala laser durante i loro percorsi fuori dallo stabilimento, si erano accorti che solo io mi trovavo a passare abbastanza spesso in prossimità di uno dei sei punti "caldi", e avevano quindi deciso di tentare con me il collegamento.

- Ma il laser era spento, quando il collegamento è riuscito - obiettai.

- Lo so - rispose lei - ma quei punti restano "caldi" per quasi un intero giorno, dopo che l'emissione di onde G è cessata, e una volta iniziato il collegamento provvediamo noi a stabilizzarlo. - Questo finalmente chiariva il quadro generale, ma un dettaglio mi lasciava perplesso: all'inizio del racconto Susan mi aveva detto di non essere sicura di vivere nel futuro del mio mondo; ora non capivo perché le rimanesse ancora quel dubbio, e glielo chiesi.

- Non so se faccio bene a risponderti, - disse lei - ma vedi, il fatto è che nel nostro passato non esiste traccia che qualcuno abbia lavorato su una sorgente di onde G prima del 2180. Ora, se tu ed i tuoi amici foste vissuti nel nostro passato, avreste ben dovuto lasciare qualche traccia! Tu stesso mi hai detto che il vostro lavo-

ro, almeno nelle linee generali, non è più segreto. Ora, specialmente dopo il contatto con noi, potrete certamente progredire ad un ritmo che darà alla scienza del vostro mondo un'accelerazione molto maggiore di quella che ha avuto nel nostro. -
Poi rimase silenziosa, con aria assorta.
Certo, se le cose stavano così, sembrava davvero abbastanza improbabile che Susan vivesse nel futuro del nostro mondo.
E allora da dove veniva la sua immagine? Cominciai a pensare ad universi paralleli, al principio di causa-effetto, alla necessità di concatenazione degli eventi passati con quelli futuri, ma il dubbio di Susan restava evidentemente senza risposta.
Fu a questo punto che Susan mi disse (sempre attraverso il suo sgabello-monitor):
- Ora devo lasciarti. Il consumo di energia per inviarti questa immagine è enorme e dobbiamo anche lasciar raffreddare le apparecchiature ed effettuare dei controlli prima di una nuova trasmissione. -
- Ma non potremmo riprendere subito, almeno per me, come avete fatto le altre volte? In fondo, non importa quanto tempo passa per voi fra un collegamento e l'altro, se nel mio tempo potete riagganciarli come avete già fatto. -
Lei sorrise e disse:
- Sì, potremmo farlo, ma per oggi basta. Fra poco è l'alba, per te, e non vorrei che ti succedesse qualcosa. Se non mi sbaglio, devi anche dormire un po', giusto? -
Guardai l'orologio: erano quasi le quattro.
Le scrissi:
- OK. Quando ti rivedrò? -
- Domani sera, se vuoi -
Ci pensai un momento: domani sera, che ormai potevamo anche chiamare stasera, era venerdì; avevamo la cena con Elena Poggi e non ero in grado di sapere a che ora ci saremmo lasciati. Le spiegai il problema con una frase e lei mi propose di ritrovarci Saba-

to. Le chiesi se c'erano problemi se qualche collega mi avesse accompagnato e lei rispose che per lei andava benissimo, ma se lo avessi fatto sarebbe stato opportuno che fossi io a raccontare in anticipo ai miei amici quello che avevo già saputo da lei, in modo che fossero già preparati e non fosse necessario ripetere dall'inizio tutto quello che mi aveva già raccontato.

Fu a questo punto che mi resi conto che era molto strano che, con una presenza nel campo così "aliena" e luminosa, nessuno si fosse avvicinato a vedere di cosa si trattava.

Le manifestai questa perplessità, e lei rispose:
- Immaginavo che prima o poi me lo avresti chiesto. Non ci sono stati problemi in quanto, appena ti sei avvicinato, abbiamo proiettato attorno alla nostra immagine e a te una distorsione spaziale che impedisce a chiunque, anche di notte, di vederci. Prova tu stesso ad allontanarti di qualche passo, e potrai constatarlo da solo. -

Lo feci, e appena fui arretrato di due o tre metri l'immagine tremolò e cominciò a disfarsi; un altro metro, ed era completamente scomparsa. Tornai in avanti, e la rividi, in piedi accanto al suo monitor. Le feci un segno di approvazione alzando il pollice della mano destra; lei mi mandò un saluto e scomparve, come se avesse avuto davvero molta fretta.

6. VENGO A PRENDERTI STASERA ...

Non ricordo a che ora arrivai in ufficio. Certo non era presto. Quando Toni mi aveva telefonato a casa, vedendo che non arrivavo, stavo ancora dormendo profondamente. Ricordo di aver anche provato ad inserire il trillo del telefono nel mio sogno, ma alla fine mi ero alzato ed avevo risposto.
- Giorgio, che succede? - aveva detto lui - Hai avuto qualche guaio? -
- No - risposi con uno sbadiglio - anzi, va tutto benissimo. -
Un po' di silenzio dall'altro capo del filo, poi:
- Non è che per caso c'è lì con te Riccioli d'oro? -
Ricordo di essere scoppiato a ridere all'idea.
- No no! - risposi - Solo che il problema che avevo ieri si è risolto. Aspettate che arrivi e vi racconto tutto: è fantastico! -
Lui mi sembrò abbastanza perplesso, poi disse solo:
- Va bene, ti aspettiamo. -
Ero indeciso su come raccontare ai miei amici del "contatto" avuto senza che mi prendessero per visionario. Ci pensai per tutto il viaggio da casa all'ufficio, senza riuscire a decidere nulla. Così, una volta arrivato, chiesi a Toni e ad Elisabetta di venire nel mio ufficio perché avevo da dir loro una cosa importante. Arrivarono entrambi con un'espressione di genuina curiosità sul volto, con

Toni che appariva più incline a credere ad uno scherzo ed Elisabetta sinceramente interessata. Cosi raccontai tutta la storia dall'inizio, interrotto a volte dalle domande di uno dei due; ma neanche poi tanto, vista la stranezza della vicenda.

Quando ebbi terminato (e ormai era quasi ora di pranzo) chiesi loro che impressione avessero ricavato dal mio racconto; rimasero in silenzio per un po', poi Elisabetta disse con un tono molto pratico, come se si trattasse di qualcosa di normale amministrazione, o forse con appena un tantino di entusiasmo in più:

- Mi sembra un'ottima occasione per poter progredire nel nostro lavoro più velocemente del previsto. Però dovresti anche tu organizzarti con un monitor, anche se credo che per il momento ti dovrai accontentare di un input da tastiera. -

Guardai Toni e scoppiammo a ridere: l'imperturbabile Elisabetta aveva colpito ancora! Se il mondo le fosse cascato accanto, avrebbe probabilmente pensato per prima cosa alle leggi fisiche implicate nel fenomeno e poi a come misurarne i parametri senza introdurre alterazioni.

Lei ci guardò, poi aggiunse:

- Scusate, mi rendo conto che vi deve essere sembrata una sparata da "Signorina so-tutto-io", ma il fatto è che l'evento mi sembra così eccezionale che ... beh, mi sono sentita persa; e siccome non mi sembrava il caso di mettermi a saltellare per la stanza ululando, ho detto la prima cosa razionale che mi è venuta in mente e che fosse diversa da un urlo di gioia. -

Io le presi le mani, la avvicinai a me e, in un impulso di felicità di cui mi stupii io stesso, la abbracciai, sollevandola da terra e facendole fare un giro in aria attorno a me.

Toni tossicchiò e poi disse sorridendo, ma con un vocione da orco:

- Che cosa sono queste smancerie con la mia assistente? -

Elisabetta si sciolse dal mio abbraccio, attirò Toni al suo fianco e disse:

- Va bene, professore, ma adesso fai il bravo, che andiamo a festeggiare a mensa. Il nostro cavaliere del tempo ci offrirà sicuramente caviale e champagne! -
E ci avviammo verso l'uscita, ridendo come matti.
Ci eravamo seduti al tavolo da qualche minuto, quando arrivò il direttore, con il suo vassoio in mano. Vedendoci così allegri, pensò bene di sedersi vicino a noi e chiese se tutta quella ilarità fosse legata a qualche progresso sul laser.
Visto che i miei compagni tacevano, toccò a me dire qualcosa:
- Beh - esordii - forse sì. Pensiamo di aver cominciato a capire che tipo di fenomeno secondario si innesca durante il funzionamento del laser. Solo che non abbiamo ancora delle prove valide e dovremo studiarlo più a fondo. Potrebbe trattarsi di qualcosa di veramente notevole! -
- Spero davvero che si tratti di qualcosa di eccezionale e di molto utile - disse lui - perché mi è giunta notizia che ci potrebbero tagliare i fondi per la ricerca. -
Noi tre ci guardammo in faccia allibiti; da quel poco che sapevamo, i contatti successivi sarebbero stati possibili solo se il laser fosse stato mantenuto in funzione. Senza Polifemo, quella insperata finestra sul futuro si sarebbe chiusa per sempre.
Lui si rese conto di averci preoccupato e disse:
- Non è il caso di preoccuparsi troppo; anche con fondi ridotti, potremo sempre continuare un minimo di attività su quel laser, almeno se è davvero interessante come dite. -
Questa frase ebbe il potere di rasserenare un po' l'atmosfera, che si era raffreddata di colpo, ma era chiaro che il mio compito principale, nei prossimi mesi, sarebbe stato quello di convincere un certo numero di personaggi influenti dell'utilità del nostro progetto.
Il pomeriggio trascorse in attività di routine, e prendemmo accordi per la serata: io, dato che ero l'unico che lei conoscesse, sarei passato a prendere Elena, Toni sarebbe passato a prendere

Elisabetta e ci saremmo ritrovati tutti da Ginetto, al porto di Fiumicino, il ristorante scelto per l'occasione.

Riccioli d'oro apparve al suo portone dopo pochi minuti che ero lì ad aspettarla. Era molto carina, con i capelli fermati ai lati da due pettinini e che lasciavano vedere il collo sottile, e vestita in un modo che valorizzava il corpo snello e le lunghe gambe.

Le andai incontro e la salutai. Lei rispose con semplicità e ci avviammo con la mia macchina verso il ristorante.

Avevo aspettato con impazienza di rivederla, e non posso certo dire che mi avesse deluso, ma almeno nella prima parte del tragitto verso il ristorante l'atmosfera quasi magica di quella mattina in ufficio non riusciva più a ricrearsi. Le proposi di abbandonare il tono formale e di darci del tu e lei accettò, ma anche così la conversazione rimaneva piuttosto stentata.

Ogni tanto le gettavo un'occhiata: era proprio carina. La pettinatura che aveva scelto per la serata, con i capelli portati all'indietro, le valorizzava il profilo, quasi invisibile nella cascata di riccioli che aveva la volta precedente, mettendo in evidenza la linea delicata della mascella, gli zigomi alti e le lunghe ciglia color castano chiaro. Notai che aveva messo sugli occhi un ombretto con una sfumatura complessa, in una gradazione di colore che andava dall'azzurro al verde acqua e poi forse, verso le sopracciglia in un colore ancora diverso, che non avrei saputo definire, ma il fatto che non avesse annerito le ciglia dava ai suoi occhi, che in quel momento mi apparivano di color verde chiaro, un aspetto quasi da fanciulla. Mi chiesi che età potesse avere: probabilmente sui trenta; difficile dirlo, ma aveva la pelle del viso e del collo perfetta, quasi da bambina. Le mani erano lunghe e affusolate, con le dita sottili e le unghie curate ma abbastanza corte, smaltate in un colore naturale che si vedeva appena. Il fatto che non portasse rossetto era probabilmente il tocco finale che le dava quell'aspetto "quasi acqua e sapone" così accattivante. Accortasi che la stavo studiando, mi chiese:

- Allora, ho passato l'esame, o sono da buttare via? -
- Sei molto carina. - risposi.
Poi proseguii raccontandole qualcosa delle malignità che erano circolate nell'ambiente d'ufficio dopo la sua visita. Questo vivacizzò la conversazione, e quando arrivammo al ristorante eravamo di nuovo amiconi.

Fermata la macchina, l'aiutai a scendere, e fui gratificato da una fugace visione delle sue lunghe gambe, che la morbida gonna a pieghe scopriva con una certa facilità. Che gambe, ragazzi! Da far girare la testa.

Gino, il proprietario del ristorante, era un omone grande e grosso, che alcuni anni prima aveva smesso di fare il pescatore ed aveva aperto questo piccolo ristorante vicino al porto di Fiumicino. In quella zona è abbastanza normale che tutti abbiano un soprannome, legato in genere ad un qualche tratto particolare del carattere: per Gino, il tratto più significativo era la gentilezza innata con cui, sotto una scorza ruvida ma sincera, da popolano, trattava tutti: amici e clienti; così, nonostante le sue dimensioni piuttosto abbondanti, sia in altezza che in larghezza, era stato semplicemente soprannominato Ginetto.

Avevo cominciato a frequentarlo quando usava ancora fogli di carta gialla come tovaglie ed aveva posate e bicchieri tutti scompagnati. Da qualche anno, però, aveva ripulito il locale, aveva acquistato delle belle tovaglie color albicocca e relativi tovaglioli, dei bicchieri a calice semplici ma funzionali e finalmente tutti uguali, e un servizio di piatti.

Aveva anche migliorato l'illuminazione, che era indiretta ma abbastanza intensa: "Deve bastare per vedere bene le spine del pesce", diceva lui. E secondo me aveva proprio ragione!

Avevo prenotato un tavolo e lui ci accolse sulla porta, come faceva di solito:
- 'Sera, signor Giorgio; e buona sera anche alla bella signorina! - disse dopo un'occhiata di ammirazione alla mia occasionale

compagna. - Accomodatevi, i vostri amici sono già arrivati. - Presentai Elena ad Elisabetta e a Toni, che sembrò molto, ma molto lieto di conoscerla. Si era vestito in maniera sportiva, quella sera, ma con una certa eleganza: camicia chiara con un disegno a filini colorati, un bel pullover con inserti di pelle ed una giacca di camoscio color tabacco, che mi ricordava un poco quella che Elena indossava quando era venuta a visitarci. Anche Elisabetta era molto graziosa, quella sera, con una camicetta di seta ed una giacca di maglia di stile nordico, con piccoli ricami vicino al collo, che lei al momento teneva aperta.

La cena fu simpatica e la conversazione vivace; si parlò di un po' di tutto, ed anche (molto di sfuggita) di ricerca sui laser. Toni sembrava particolarmente loquace, quella sera, e trovò modo di polemizzare con la nostra nuova amica, che mostrava una chiara impostazione "verde" ed antimilitarista, sul ruolo dell'industria della difesa. Nonostante questo, il tono della conversazione si mantenne brillante e quando arrivammo alla fine della cena l'atmosfera era decisamente amichevole. Avevo chiesto a Ginetto di non portare il conto al tavolo, e così fece; avrei poi regolato il tutto nei giorni successivi. Dopo il caffè e l'ammazzacaffè, che lui volle offrirci a tutti i costi, proposi di fare due passi lungo il molo e gli altri accettarono.

Ginetto ci accompagnò fino alla porta e rimase a guardarci con l'aria leggermente perplessa, vedendo Toni prendere sottobraccio Elena, che aveva visto arrivare con me, mentre io aiutavo Elisabetta ad indossare il soprabito. Mentre Elena e Toni erano avanti a noi di alcuni passi, mi ritrovai così a fianco di Elisabetta, e le chiesi cosa pensasse di Elena:
- E' davvero molto carina - disse lei - e Toni sembra molto coinvolto dalla sua presenza. Chissà, forse potrebbero anche essere adatti l'uno per l'altro. -
Le lanciai un'occhiata; non avevo mai capito bene che tipo di rapporto ci fosse fra loro due, ma lei sembrava serena e soddi-

sfatta della cena e della compagnia, e per nulla turbata dal fatto che Toni stesse dedicando tutta la sua attenzione ad Elena.
- Non so che idee ti fossi fatto tu su di lei, - riprese subito dopo - ma non mi sembra un tipo di donna con la quale tu possa andare molto d'accordo. -
- Perché? - chiesi.
- Non è facile rispondere, - disse lei - è più che altro una sensazione, ma ho avuto l'impressione che sia troppo intraprendente e impulsiva, e forse anche troppo poco razionale, rispetto al tuo modo di pensare. Ho capito che ti piace molto, ma ho notato che la conversazione tra di voi non è scorrevole e vivace come è invece con Toni. -
Poi, vedendo che non rispondevo, aggiunse:
- Scusami, forse sono stata troppo categorica; in fondo, la conosco appena. Fai come se non avessi detto nulla. -
Obiettai che anche Toni era un tipo molto razionale, ma lei rispose che vedeva notevoli differenze tra lui e me, specialmente sul piano psicologico, e confermò il parere espresso in precedenza. Io rimasi perplesso, ma dentro di me sentivo che probabilmente aveva ragione. Elena, anche se così attraente e con quell'aria da giovane studentessa un po' cresciuta, sembrava in realtà un tipo di donna con la quale un rapporto affettivo sarebbe probabilmente stato alquanto burrascoso. Forse era meglio, in attesa di conoscerla meglio, pensare a lei solo come ad un'amica.
Del resto, anche Elisabetta era una compagna deliziosa. Aveva un viso dolce, dai lineamenti delicati, ed uno sguardo che sembrava sapermi leggere nell'anima ed essere disponibile ad aprirmi la sua. In più occasioni, nelle vicende del lavoro, si era mostrata un'amica sincera e coraggiosa, ed aveva difeso con energia le idee che condividevamo. Io provavo un certo affetto per lei e la trovavo anche molto attraente, ma non avevo mai cercato di avviare con lei un rapporto sentimentale. Quella sera, comunque, camminandole accanto, pur scambiandoci solo poche frasi, mi senti-

vo a mio agio e trovavo molto gradevole averla vicina. Così le presi la mano e continuammo la passeggiata.

Faceva abbastanza freddo e dopo una ventina di minuti sentii che lei, nonostante il soprabito che aveva indossato, aveva le mani gelate. Pensai allora che fosse il caso di rientrare e lo dissi a Toni. Lui si consultò con Elena e propose di separarci: loro sarebbero rimasti a passeggiare ancora un poco ed io avrei accompagnato Elisabetta.

La guardai e lei mi fece cenno che andava bene; così salutammo Elena e Toni e ci avviammo verso la mia macchina.

Appena ci scostammo dal parcheggio lei disse:
- Sembra proprio che stasera Toni abbia monopolizzato la bella Elena. -
- Sì, ho visto, ma non ha importanza, per me. - risposi - La mia "cotta" per lei era solo un pettegolezzo d'ufficio. -
- Comunque è davvero molto carina e tutto sommato è anche simpatica; forse potremmo anche diventare amiche. -
E poi aggiunse: - Spero non ti dispiaccia doverla lasciare per accompagnare me. -
- Non mi dispiace affatto. - ribattei - Sono contento quando capita la possibilità di restare a parlare con te, e in ufficio abbiamo così poche occasioni di stare insieme! -
Mi pentii subito di quella "dichiarazione" forse eccessiva, ma oramai era fatta.

Rimanemmo per un po' in silenzio, mentre pensavo a questo strano quadrilatero; quella sera Elisabetta aveva parlato pochissimo, e più che altro con me, ma aveva osservato ed ascoltato tutti con attenzione. Toni invece aveva condotto la conversazione con una brillantezza che finora gli avevo visto sfoderare solo nel dibattere temi scientifici, ed Elena sembrava aver accettato volentieri le schermaglie verbali con lui, concludendole poi in maniera scherzosa.

Fu Elisabetta a rompere il silenzio poco dopo, mentre dopo aver

percorso un buon tratto del lungomare di Ostia stavamo per imboccare la via Cristoforo Colombo:
- Tu abiti da queste parti, vero? -
- Sì, un po' più avanti, sulla sinistra della Colombo. - risposi. Poi, vedendo che era ancora abbastanza presto, aggiunsi: - Ti va che ci fermiamo da me a chiacchierare e a bere qualcosa? -
- Grazie, ma per questa sera non penso di poter bere altro; però mi farebbe piacere vedere la tua casa e restare un poco a parlare con te in un ambiente tranquillo e un po' più caldo del molo di Fiumicino. Non considerarmi una sfacciata, ti prego; siamo amici e siamo anche persone razionali. Se anche a te fa piacere che restiamo un po' insieme, può essere davvero una buona occasione per farlo. L'unico problema, almeno per te, è che poi ti toccherà fare tardi per accompagnarmi. -
- Per me va bene. Fra pochi minuti saremo arrivati e poi ci vorrà pochissimo per portarti a casa, più tardi. -
La mia casa non è lussuosa, ma ho cercato col tempo di renderla accogliente: al piano terra ho fatto eliminare una parete, ottenendo così un grande soggiorno, nel quale ho fatto anche costruire un bel camino di mattoni rossi, che funziona molto bene. Appena entrati, portai ad Elisabetta un caldo scialle di lana di Alpaca, ricordo di un viaggio di lavoro in Perù. Presi il suo soprabito per appenderlo, la feci accomodare sul divano davanti al camino e poi andai ad accenderlo. "Meno male che avevo preparato questi" pensai, accendendo con un fiammifero il fascio di legnetti secchi che avevo preparato nel focolare e che presero subito fuoco scoppiettando. Aggiunsi altra legna, poi misi su un disco ("Musica per sognare", di Zamfir) tenendolo a basso volume ed andai a sedermi vicino a lei.
- Sento che anche a te piace la musica del flauto di Pan. Ti senti romantico, questa sera? -
- Non particolarmente. - risposi - Mi sembra però un sottofondo gradevole per una chiacchierata tranquilla. -

Lei mi rispose con un sorriso, poi parve perdersi fra i suoi pensieri. Visto che restava silenziosa, dissi qualcosa sul fatto che forse per lei la serata non era stata delle più divertenti e che mi dispiaceva che Toni l'avesse trascurata per dedicare tutta la sua attenzione ad Elena.

- Non ha importanza. - rispose lei, guardandomi con un sorriso che mi sembrò un po' malinconico. - Toni per me è solo un amico, e sarei contenta per lui se avesse trovato una ragazza che possa forse diventare la sua compagna. -

Io mi sentii come un cretino: anche se Elisabetta mi piaceva molto, una delle ragioni per cui non avevo mai cercato di farle la corte era che pensavo che fra lei e Toni potesse esserci qualcosa e temevo che lei, pur essendomi amica, mi avrebbe respinto. Ora invece sembrava che fra loro non ci fosse alcun legame.

Le presi la mano fra le mie. - Ma io - cominciai a dire - pensavo che ... vedi, la verità è che tu mi piaci molto e tante volte ho anche pensato di provare a dirtelo ... ma credevo che fra te e Toni ... - e non seppi andare avanti.

- Fra me e Toni non c'è mai stato nulla - disse lei con un sorriso - come ti ho detto siamo solo buoni amici. Lo stimo come persona e lo trovo anche molto in gamba sul piano professionale, ma non c'è altro. Tu invece sei sempre stato tanto caro con me, fino da quando sono arrivata in ditta a Pomezia, e tante volte ho sperato che provassi per me qualcosa di più dell'amicizia che tante volte mi hai dimostrato. Ma tu non hai mai detto nulla che mi facesse almeno sperare ... - e si interruppe, distogliendo lo sguardo dal mio viso.

Io avevo la mente in ebollizione: possibile che quella creatura deliziosa, la fatina degli elettroni, la cara, piccola Elisabetta, fosse davvero interessata a me?

L'attirai verso di me, sentendomi la gola serrata per l'emozione; lei sollevò il viso e mi guardò con quei grandi occhi azzurri, pieni di dolcezza, che con i bagliori del fuoco sembravano riempirsi di

fiammelle dorate; poi chiuse gli occhi, e mentre mi chinavo verso di lei per provare a darle un bacio le sussurrai:
- Scusami se non ho mai trovato il coraggio di dirtelo, ma credo di essermi innamorato di te la prima volta che ti ho incontrata. - Il contatto delle sue labbra fu dolcissimo; le sentivo fresche e morbide, desiderose di comunicarmi un messaggio d'affetto rimasto a lungo nascosto.

Sentivo rivivere in me le stesse sensazioni provate da ragazzo, ai tempi del liceo e dei primi baci scambiati con una compagna di scuola che credevo di amare alla follia.

Le passai il braccio sinistro dietro le spalle, e mentre continuavo a baciarla le sfiorai la tempia con la mano destra. Lei si strinse di più a me, e rimanemmo a lungo così, a scambiarci piccoli baci in uno stretto abbraccio e a dirci "Ti amo" come due diciottenni.

Dopo qualche tempo (secondi? minuti? Non lo so!) lei si scostò leggermente da me, mi guardò a lungo con un sorriso e poi poggiò la testa sulla mia spalla con un profondo sospiro.

Restammo in silenzio per un po' di tempo, a guardare le fiamme del fuoco nel camino. Fu allora che mi venne in mente di chiederle come la chiamassero quando era piccola.

- Perché me lo chiedi? - disse lei
- Perché Elisabetta mi è sempre sembrato troppo formale, e Betta non mi sembra molto adatto, per te. - risposi - Mi pare che abbia un suono troppo ... ruvido ... non so. -

Lei rimase un attimo pensosa, poi mi disse che suo nonno, tanto tempo prima, la chiamava Lisa. Ma più nessuno la chiamava con quel nome.

- Lisa ... - dissi io - è carino, è delicato. Mi piacerebbe chiamarti così; vuoi? -

Lei rispose di sì e poi dopo una pausa aggiunse: - Anche a me piaceva tanto. -

Le accarezzai ancora la guancia, giocai con i suoi capelli, con la sua mano, intrecciando le mie dita con le sue, mentre le dicevo le piccole frasi senza senso degli innamorati.

Quando accennai una carezza un po' più sensuale, però, facendo scorrere la mia mano dalla sua spalla fino al fianco, e poi lungo la gamba, fino al ginocchio, lei si scostò da me, lentamente ma in maniera decisa, mi passò una mano tra i capelli, scompigliandoli, e disse solo: - Forse è meglio se adesso mi accompagni a casa. - Le domandai perché e aggiunsi che avevo sperato volesse restare più a lungo con me, quella notte.

Lei sorrise e mi rispose che per quel giorno aveva avuto così tante emozioni che preferiva non andare oltre.

Mentre la riaccompagnavo a casa, poi, mi disse anche che voleva pensare bene a quello che era successo fra noi. Lo stress dei giorni precedenti, il contatto con il futuro, l'attrazione che apparentemente era sorta fra Toni ed Elena, tutto questo potevano avermi solo fatto credere di essere innamorato di lei: un amore che sembrava dolcissimo, ma del quale non le avevo mai fatto cenno, in passato, e che forse anche per me era stato quasi una scoperta improvvisa di quella sera, anche se ora credevo che fosse cominciato già da tanto tempo. Prima di continuare avremmo dovuto capire meglio cosa passava realmente nei nostri cuori.

La lasciai a malincuore al suo portone, con un ultimo, tenero bacio, dopo aver concordato di rivederci il pomeriggio successivo.

Mentre risalivo in macchina e mi avviavo verso casa ripensavo a quella serata e alle ultime frasi di Elisabetta: certo, non mi ero mai reso conto di amarla così tanto, di desiderare la sua vicinanza in un modo così intenso come ora sentivo, ma forse questo era stato solo perché lei mi era sempre sembrata irraggiungibile.

Serena e silenziosa, bella e riservata, sapeva applicare la magia di una matematica per me incomprensibile all'oggetto comune del nostro lavoro; Toni aveva detto più volte che alcune sue intuizioni erano state di fondamentale importanza per la realizzazione e la messa a punto del sistema di eccitazione a microonde realizzato per Polifemo.

Destino

La cosa che mi sembrava più incredibile, comunque, era che lei potesse essere attratta da me. Ho quasi otto anni più di lei, non sono tanto alto ed ho un aspetto abbastanza banale, reso anche meno attraente da qualche chiletto di troppo, accumulato negli ultimi anni. Certo, siamo diventati amici molto in fretta, con lei; l'avevo aiutata ad inserirsi nel gruppo di lavoro ed avevamo più volte condotto efficacemente un gioco di squadra in cui svolgevamo ruoli complementari.

Io l'avevo sempre ammirata molto: sia sul piano intellettivo, che su quello estetico. Credo di essermi soffermato moltissime volte, durante le riunioni di lavoro, ad ammirare il suo volto, o il suo corpo delizioso, le gambe snelle, il vitino sottile e quei seni stupendi, che lei però cercava quasi sempre di nascondere fra le ampie pieghe dei vestiti, ma che comunque, nell'ambiente un po' grossolano della fabbrica, le avevano rapidamente fatto assegnare il soprannome di "Miss Tette".

Mi piaceva moltissimo, e doveva anche essersene accorta più volte, solo che non avevo mai avuto il coraggio neanche di tentare un approccio di tipo sentimentale, tanto mi sarebbe dispiaciuto un suo rifiuto. Avevo quindi, più o meno inconsciamente, optato per un rapporto di tipo amichevole, che vedevo ricambiato e che si era consolidato non poco negli ultimi mesi.

E ora ... ci eravamo dichiarati reciprocamente innamorati. Ma era vero, o era solo l'effetto di quella strana serata, delle fiamme nel caminetto, della musica del flauto e del fatto che entrambi fossimo sentimentalmente soli e ci trovassimo per giunta in un momento straordinario della nostra vita, come quello che stavamo attraversando?

Tornai a casa con la mente in subbuglio, in un'alternanza di dubbi e di esaltazione, ripetendomi ogni tanto "Mi ama!" mentre mi sentivo vibrare di emozione; e il ruggito del motore dell'auto sollecitato dal mio piede, nella buia notte, mi sembrava quasi un canto di felicità indirizzato alle stelle. Fortunatamente non incontrai polizia stradale e arrivai a casa in un lampo. Andai subito a letto, temendo solo di non riuscire a prender sonno, ma poi dormii come un sasso.

Mi svegliai con la sensazione di aver fatto un sogno molto importante, anche se a tinte fosche, ma non riuscivo proprio a ricordarmi di che cosa si trattasse. Tornai con la mente agli avvenimenti della sera prima, che ora vedevo in una luce più distaccata, e mi trovai a sorridere da solo mentre mi facevo la barba e pensavo alla mia dolce Lisa.

Fu allora, all'improvviso, che cominciai a ricordare alcune parti del sogno. Correvo in una strada semibuia mentre in lontananza si sentivano le urla di varie persone, mescolate a colpi di arma da fuoco. Poi, nel buio, un lampo e un'esplosione in un edificio che assomigliava alla nostra fabbrica. Lo spostamento d'aria mi mandava a rotolare per terra, mentre frammenti di vetro e calcinacci cadevano all'intorno. E poi ancora correre, scappare, tenendo per mano una donna, e nasconderci. E in tutto questo un senso di ineluttabilità, come se da sempre avessi saputo che tutto questo sarebbe successo. Strano che un sogno così agitato, quasi un incubo, non mi avesse svegliato.

Finii di prepararmi mentre la sensazione di disagio provocata da quelle immagini frammentarie svaniva lentamente, per lasciare il posto al ricordo dei momenti teneri ed emozionanti trascorsi la sera precedente con Lisa.

Fra poco le avrei telefonato ed avremmo trascorso insieme la giornata, fino al nostro appuntamento con il futuro, che ci attendeva alle otto di sera. E quando sentii al telefono la sua voce, piena di questa nuova tenerezza scoperta la sera prima, i ricordi del brutto sogno furono del tutto cancellati.

Decidemmo di vederci presto; lei aveva insistito per venire con la sua macchina, ma mi era sembrato più carino, per il nostro primo appuntamento da innamorati, andare io da lei e così avevamo concordato.

7. INNAMORATI

La giornata era tiepida e abbastanza soleggiata, anche se il vento di scirocco e qualche nuvola in cielo facevano prevedere una rottura del clima sereno che aveva caratterizzato l'ultima settimana. Lei uscì dal portone quasi correndo, cercandomi con lo sguardo, e ci abbracciammo. Aveva un profumo di primavera, e mentre la baciavo e la stringevo a me sentii di desiderarla come mai prima avevo desiderato qualcosa.

Ci sciogliemmo dall'abbraccio ridendo come ragazzini e salimmo in macchina. Lei si era vestita in modo sportivo, con pantaloni di velluto, una camicetta a fiorellini sulla quale portava un golfino aperto sul davanti, al momento sbottonato, e scarpe da jogging di pelle scamosciata. In previsione del nostro appuntamento con Susan di quella sera, si era portata anche un giaccone pesante, che buttò sul sedile posteriore.

Visto che al momento c'era un bel sole, non disturbato dalle poche nuvole, decidemmo di andare a fare una passeggiata lungo la spiaggia. Il mare era calmo e sul bagnasciuga si era formata una striscia di piccoli detriti, pezzetti di legno e qualche conchiglia, accumulati dalle onde nei giorni precedenti.

Passeggiando sulla sabbia compatta, raccogliendo di tanto in tanto una conchiglia o fermandoci a volte per darci un bacio, gettammo le basi per il previsto incontro con Susan; discutemmo di che cosa avremmo potuto o dovuto chiedere, quali aspetti tecnici o scientifici dovessero avere la priorità e tanti altri dettagli.

Non parlammo del nostro amore, di cosa avremmo fatto al riguardo, di come lo avremmo vissuto: provai ad accennarvi qualche volta, ma lei lasciò sempre scivolare via l'argomento, come se volesse rimandare il discorso a più tardi, quando saremmo stati nella tranquillità di casa mia.

Alcuni gabbiani si fermavano di tanto in tanto sul bagnasciuga e rimanevano fermi per un po', con il capo orientato contro il vento, che ora spirava abbastanza continuo dal mare, preannunciando le nuvole. Al nostro avvicinarsi, i gabbiani volavano via, con il loro grido lamentoso, e spesso restavano per alcuni istanti quasi fermi controvento, prima di posarsi di nuovo sulla sabbia, un poco più in là.

Vedendo questa specie di gioco, lei a un tratto disse: - Aspettami un momento! - e corse più avanti, verso due gabbiani fermi sulla battigia, facendoli sollevare in volo. Come era bella! Mentre correva spensierata nel vento, inseguendo i gabbiani, sembrava che danzasse. Io restai affascinato a guardare lo slancio del suo corpo proteso nella corsa e la grazia dei suoi movimenti.

Poi si voltò e tornò verso di me, rallentando la corsa e dandomi il tempo di osservare il suo viso, splendente di eccitazione.

Arrivando vicino a me tese le braccia in avanti, come per farsi afferrare al volo. La presi mentre mi raggiungeva; lei mi passò le braccia attorno al collo ed io la sollevai da terra sul suo stesso slancio, facendole fare alcuni giri in aria prima di lasciarle posare di nuovo i piedi sulla sabbia. Poi la strinsi forte, per baciarla. Sentivo contro il mio corpo la pressione dei suoi seni, che mentre si avvicinava avevo visto oscillare nel ritmo della corsa, disegnati in maniera abbastanza evidente dalla camicetta sospinta dal vento; un'immagine fugace, ma che avevo trovato molto eccitante.

La tenni stretta e mentre le baciavo il collo le accarezzai la schiena con le mani aperte e da quello che sentii sotto le dita ebbi l'impressione che sotto la camicetta portasse solo un indumento soffice e sottile, come un sottabito o qualcosa di simile, ma non un reggiseno.

Tornammo a casa e preparammo insieme un pranzetto molto semplice, con gli ingredienti che avevo messo da parte prima di uscire; non mancavano caviale e spumante, lasciati appositamente in frigorifero. Poi, mentre il cielo si stava rannuvolando, accesi il camino e ci accomodammo sul divano. Lei accettò i miei baci, ma, come la sera prima, si ritrasse con dolcezza, ma fermamente, appena provai ad accarezzarla in modo più sensuale.

Cercai di capire per quale motivo, pur dicendo di amarmi, non poteva accettare neanche un minimo di contatto fisico che andasse al di là di un bacio.

Da principio mi disse solo: - Scusami, non sono pronta per questo genere di cose. Perdonami; ho bisogno di tempo. Vedrai che più avanti sarà diverso, o almeno lo spero. -

Io pensavo che il suo problema fosse di capire quanto il nostro rapporto potesse essere sincero e profondo, o non piuttosto dettato dalle circostanze particolari in cui ci trovavamo. Poi però, un po' per volta, si decise a mettermi a parte del suo segreto. Era successo quando era ancora una bimba: aveva undici o dodici anni ed il suo corpo cominciava appena a sbocciare. Una sera, mentre rientrava a casa, era stata molestata da quattro piccoli delinquenti, poco più grandi di lei, che l'avevano bloccata in un portone e mentre le impedivano di gridare e la minacciavano con un coltello, le avevano strappato i vestiti e poi, a turno, avevano cercato il suo seno ancora acerbo e profanato la sua verginità con mani dure e malvagie. Erano poi fuggiti, forse spaventati da qualcosa, lasciandola in terra disperata, umiliata e piangente.

Non si era mai saputo chi fossero, e l'episodio l'aveva lasciata in uno stato di prostrazione che era durato molto a lungo, nonostante l'affetto dei suoi cari. Poi, con il tempo, l'angoscia cominciò a svanire, lei si concentrò nello studio e poi, con un gruppo di compagni di scuola, si iscrisse ad un corso di Judo, e poi qualche anno dopo ad uno di Karate, acquistando agilità e serenità d'animo, ma anche un controllo dei movimenti ed un grado di potenza fisica del tutto impensabili in quel corpo minuto. Se le fosse capitato ancora un brutto incontro, l'aggressore si sarebbe trovato fra le mani una gatta selvatica ben difficile da trattare.

Nei rapporti con i ragazzi, comunque, anche con quelli ai quali aveva voluto bene e con i quali, entro certi limiti, aveva "filato", qualcosa dentro di lei si era spezzato e non le permetteva di abbandonarsi neanche ad un minimo di contatto erotico.

Era questa, quindi, la ragione della sua ritrosia a lasciarsi andare.

Ma ora, pensai, come potrà continuare la nostra storia?

Lei, visto che restavo pensieroso e non parlavo, mi accarezzò un braccio e mi disse che con me forse sarebbe stato diverso.

- Ieri sera ho pensato molto a noi due - aggiunse - e per la prima volta ho sentito che con te sarebbe stato possibile avere un rapporto più sereno. Ma devi darmi tempo, devi avere pazienza ed essere gentile con me; non cercare di forzarmi a fare quello che ora non mi sento pronta a fare, ti prego. Vedrai che tutto si aggiusterà col tempo, anche se non so dirti quando. -

E poi, con un filo di voce:

- Spero solo che, quando sarò capace di amarti completamente, tu non resterai deluso di quello che saprò darti! -

Mi guardò, e vidi che aveva gli occhi pieni di lacrime. La strinsi a me, le posai un bacio sulla fronte e mentre la cullavo fra le mie braccia le dissi, con tante parole, quanto l'amavo.

Il buio ci trovò ancora abbracciati sul divano: ci riscuotemmo, perché era ora di preparare il nostro incontro col futuro, fare uno spuntino ed uscire. Telefonammo a Toni, con il quale non avevamo avuto più contatti, dopo la cena della sera prima; lui era solo in casa, ma era stato a pranzo con Elena e ne sembrava decisamente entusiasta.

Destino

Gli proponemmo di venire con noi a conoscere Susan; lui accolse la proposta con entusiasmo e ci demmo appuntamento lungo la stradina di campagna, poco dopo la fine del pescheto, qualche minuto prima delle otto.

Prima di uscire di casa prendemmo tre sedie da campeggio, due ombrelli (sembrava che potesse piovere) ed il mio PC portatile, per il quale scegliemmo un Word Processor poco evoluto ma che permetteva di scrivere con caratteri di varia grandezza, anche enormi, in modo da trovare al momento quelli che Susan potesse leggere agevolmente. Aggiungemmo anche uno sgabello pieghevole sul quale poggiarlo e una busta di plastica trasparente per proteggerlo dalle eventuali gocce di pioggia.

Trovammo Toni che ci aspettava nel posto concordato e ci avviammo a piedi verso il luogo dell'avvistamento, meno di cento metri più in là. Alle otto precise apparve l'immagine ormai familiare dell'ogiva di luce con Susan all'interno, questa volta con una tuta azzurra ed il casco completamente trasparente. La salutai con un gesto della mano, e lei rispose con lo stesso gesto, accompagnato dalla scritta *"Hi, Giorgio"* sul suo solito monitor.

Sistemammo le sedie e lo sgabello con il computer, mentre Susan ci osservava, poi le scrissi i nomi dei miei amici e le chiesi se potesse leggere bene lo schermo. Lei rispose di sì, aggiungendo che potevo anche scrivere un po' più piccolo, e salutò con una frase carina Elisabetta e Toni. Mi sembrò di notare, tuttavia, che aveva sul volto un'aria stranamente preoccupata, e pensai che fosse la loro presenza che forse in qualche modo la disturbava.

Cercai di esporle in poche parole quali fossero i nostri rispettivi ruoli nella vicenda del laser; lei fece qualche semplice domanda e poi ci disse che la nostra posizione le era chiara. Le domandai se ci fosse qualcosa che non andava bene; a parte un sorrisetto tirato che aveva mostrato quando salutava i miei amici, quella sera aveva un'aria decisamente preoccupata. Lei mi rispose con un lungo racconto: questo collegamento avveniva per lei circa un mese dopo il nostro contatto precedente. In questo periodo aveva fatto delle ricerche per capire se i nostri due mondi si trovassero sulla stessa linea temporale o se invece fossimo in due universi paralleli. Le ricordai che già in un precedente incontro aveva manifestato questo dubbio e le chiesi di essere più esplicita.

- Il vostro periodo - spiegò lei - corrisponde nella nostra storia all'inizio di quelli che vengono definiti "gli anni oscuri": un periodo di profonda crisi economica su scala mondiale, di disordini sociali, di rivoluzioni religiose e di guerre locali, che hanno causato in tutto il mondo danni incalcolabili ed hanno bloccato per quasi un secolo lo sviluppo scientifico e tecnologico su tutto il pianeta. Nei nostri precedenti incontri, tu non hai mai accennato a situazioni di questo tipo, ed anche da quello che abbiamo potuto osservare dell'attività nella vostra fabbrica, tutto sembra ordinato e tranquillo. Inoltre, come ti ho già fatto notare, è chiaro che voi avete trovato una sorgente di onde G di notevole efficacia e, specialmente se continuerete a lavorarci, e con il nostro supporto, dovreste avere uno sviluppo scientifico che non corrisponde affatto a quello della nostra storia passata. Mi sembra evidente, quindi, che o ci troviamo su due linee di evoluzione storica parallele, sia pure con forti elementi di somiglianza, oppure è stato un evento occasionale, verificatosi nella vostra storia recente, che sta facendo divergere il vostro futuro dal nostro passato della stessa epoca. Sarebbe comunque interessante scoprire fino a che punto le storie del nostro passato sono simili, o da quale periodo hanno cominciato a divergere. E' chiaro che potremo saperne di più solo con un'analisi comparativa dei nostri eventi storici con la vostra situazione attuale. -
- E se invece - intervenni io - ci trovassimo nella stessa linea storica? Considera che alcuni sintomi di questo malessere internazionale di cui ci hai parlato sono già visibili; in che anno sono iniziati da voi i fenomeni negativi di cui ci hai parlato? -
- Non è facile rispondere. - disse lei - Dovete considerare che

all'inizio si trattava di fatti isolati, che non davano l'idea di un problema generalizzato. La crisi Iraniana del 1978-79, per esempio, aveva tutte le caratteristiche di un fatto locale, ma la sua influenza si è lentamente estesa a tutto il Nord-Africa, trascinando la maggior parte di quei paesi in rivoluzioni sanguinose, avvenute però in un arco di tempo molto ampio. Il disfacimento dell'Unione Sovietica è stato un altro fatto che di per sé non sembrava dovesse avere conseguenze particolarmente gravi sul piano internazionale, ma il protrarsi di condizioni economiche insostenibili in varie parti della ex Unione ha innescato rivolte locali che si sono poi propagate a macchia d'olio ed hanno travolto un buon numero di quelle repubbliche. -
A questo punto, forse vedendo che noi tre ci guardavamo con aria grave, si fermò. Rimanemmo tutti immobili per un po', poi Elisabetta si avvicinò alla tastiera e scrisse velocemente quello che tutti noi avevamo pensato: il quadro generale descritto da Susan corrispondeva abbastanza bene alle nostre vicende degli ultimi anni, anche se presentava un aspetto generale più drammatico; questo però poteva essere dovuto al fatto che una visione a posteriori di fatti avvenuti su un arco di molti anni poteva evidenziare collegamenti e somiglianze che sarebbero sfuggite, almeno fino ad un certo punto, a chi come noi si trovava "immerso" in quel periodo, e tutto sommato poco coinvolto, almeno per il momento, dai fatti più drammatici fra quelli da lei citati.
Fu a questo punto che Susan propose di abbandonare per ora questo argomento, e riprenderlo solo dopo che lei avesse avuto il tempo di approfondire l'analisi storica del nostro periodo attuale. Se avevamo fretta di venire a capo di questo problema, che lei sembrava considerare di enorme importanza per il nostro futuro, avremmo potuto comunque avere il prossimo incontro il giorno successivo per noi, lasciando però che lei dedicasse un periodo di tempo più lungo ad una analisi storica più approfondita. Per quella sera, avremmo potuto esaminare alcuni aspetti scientifici

del nostro laser e del legame fra questo, le onde G ed il collegamento per immagini che stavamo effettuando. Concordammo che sembrava la soluzione più logica e lasciai il posto a Toni, che era impaziente di capire almeno gli elementi essenziali della teoria delle onde G.

Stava cominciando a piovere; mentre Toni conduceva la sua conversazione con Susan aprimmo gli ombrelli. Io ed Elisabetta ci stringemmo sotto il più grande e demmo l'altro, un po' più piccolo, a Toni.

Dopo meno di un'ora, però, nonostante la conversazione fosse estremamente interessante, non ne potevamo più: non pioveva molto forte, ma il vento che nel frattempo si era alzato rendeva precario il riparo dell'ombrello, tanto che ormai eravamo abbondantemente bagnati.

Proposi a Toni di continuare da solo, se lo riteneva opportuno. Lui rispose di sì: non si sarebbe mosso di lì neanche a cannonate, finché Susan non avesse deciso di chiudere il collegamento.

Salutammo anche Susan, confermando l'appuntamento per la sera successiva, e risalimmo in macchina, puntando veloci verso casa mia.

8. A CASA

Quando arrivammo Elisabetta tremava dal freddo. Le proposi di togliere i vestiti bagnati e fare un bel bagno caldo, mentre io cercavo dei vestiti asciutti per lei. Rimase indecisa per un attimo, poi accettò la proposta e scomparve nella stanza da bagno.
Io le dissi attraverso la porta di prendersela calma, in modo da darmi il tempo di cambiarmi; poi, dopo aver alzato di un paio di gradi il termostato del riscaldamento, andai a farmi rapidamente una doccia calda nell'altro bagno, indossai dei vestiti asciutti e cominciai a cercare qualcosa per Elisabetta.
Trovai una camicia di cotone azzurra quasi nuova ma che mi stava un po' stretta, un pull-over di lana, una tuta da ginnastica di una felpa bella morbida, dei calzettoni Lacoste (misura unica) e delle pantofole e le portai il tutto sperando che potesse andar bene finché i suoi vestiti non si fossero asciugati.
Bussando alla porta domandai: - Sei ancora nell'acqua? -
- No, - disse lei - non più, ma entra pure, se non ti scandalizzi a vedere una ragazza nuda! -
Aprii la porta, sorpreso e incuriosito. Non era nuda, ma ci mancava poco: aveva annodato attorno ai fianchi un piccolo asciugamano che non la copriva molto e stava finendo di asciugarsi i capelli davanti al grande specchio con due file di lampade, fissato

al muro sopra al lavandino. La vedevo di schiena, ma nello specchio potevo vedere bene il resto della sua figura, illuminato in pieno dalle lampade. Quando mi vide affacciarmi alla porta posò il phon ed il pettine, si coprì i seni con il braccio sinistro, e rimase lì a guardarmi nello specchio con aria enigmatica, come per osservare le mie reazioni. Rimasi fermo per un po', per non rompere l'incanto di quella visione; poi mi avvicinai a una mensola che si trovava accanto a lei, posai lì le cose che le avevo portato, dicendo che speravo le andassero bene. Poi, vedendo che non si muoveva, mi avvicinai ancora fino quasi a sfiorarle la schiena e le poggiai delicatamente le mani attorno alla vita, provando un'emozione indicibile. Eravamo entrambi incerti sul da farsi; io ero molto stupito che avesse accettato di farsi vedere seminuda, ma ovviamente non volevo fare nulla che potesse offendere la sua sensibilità; lei mi sembrava combattuta fra il pudore che aveva sempre coltivato dopo "l'incidente" e il desiderio di mostrare di non avere paura di me.

Mi chinai leggermente e le baciai una spalla. Poi, visto che questo non aveva suscitato reazioni negative, cominciai a darle piccoli baci dietro il collo. La sentii respirare profondamente, e poi rabbrividire, emettendo un brevissimo lamento a bocca chiusa. Poi, subito dopo, si scostò leggermente da me.

- Che stai facendo? - domandò con una voce strana.

Io le sussurrai all'orecchio - Ti stavo baciando per dirti che ti amo. - mentre ci guardavamo nello specchio.

Non potei trattenermi, però, dal fare scorrere lo sguardo sulla sua figura, che lo specchio rivelava in tutta la sua bellezza: la curva armoniosa dei seni, solo in parte celati dal suo braccio, la vita sottile e il ventre piatto, che spariva fra le pieghe dell'asciugamano, legato all'altezza dell'ombelico.

Lei allora disse con un filo di voce: - E' da tanto tempo che mi sono accorta che spesso, quando siamo insieme da qualche parte, osservi il mio corpo cercando di non farti notare, come se mi

trovassi molto attraente. Ma davvero ti piaccio tanto? -
- Sì, - risposi - sei bellissima! -
Lei lasciò andare un lungo respiro, come se avesse trattenuto il fiato; poi abbassò il braccio, in modo che potessi vederla tutta, e mi sussurrò: - Allora guardami pure, se ti fa piacere, ma non toccarmi, ti prego! -
Aveva i seni alti, tondi, da statua greca, di una sfericità quasi perfetta, interrotta solo dalle piccole areole rosa, che erano leggermente sporgenti, con capezzoli minuti e poco rilevati. La guardai a lungo nello specchio; non avevo mai visto, in tutta la mia vita, un corpo così bello e così eccitante. Lei chiuse gli occhi e spinse indietro la testa, abbandonandola contro la mia spalla. Le baciai nuovamente il collo, poi la presi per mano, la feci voltare verso di me e la baciai sulle labbra, stringendola forte mentre le accarezzavo la schiena, facendo scorrere le dita lungo le sue vertebre.
L'asciugamano che teneva attorno ai fianchi si sciolse, scivolando leggermente più in basso, trattenuto solo dal fatto che la stringevo a me e che continuavo ad accarezzarla, tenendola accostata al mio corpo con la pressione delle mani.
Lei però non si curò dell'asciugamano che stava scivolando a terra e non si sottrasse all'abbraccio, ma mise più forza nel bacio e si strinse a me ancora di più.
Poi scostò la testa per guardarmi con un sorriso e disse:
- Sei tanto caro e anch'io ti amo tanto, lo sai? -
Si sciolse dall'abbraccio, si lasciò guardare tutta, ma solo per un attimo, poi si voltò a osservare le cose che le avevo portato. Rimasi a guardarla da dietro: aveva le spalle lisce e ben fatte e le braccia armoniose. La vita, incredibilmente sottile, si raccordava ai fianchi, snelli ma di una rotondità deliziosa, con una curva molto accentuata. Anche le natiche erano piccole, ma di una forma perfetta e provocante, e poco più in alto la sua pelle disegnava due fossette ai lati della spina dorsale. La sua immagine, in quel momento, era un misto di candore e di provocazione eroti-

ca e stava producendo in me un forte desiderio di stringerla, di sentire a piene mani quelle dolci rotondità, di coprire di baci ogni centimetro del suo corpo. Ma mi trattenni.
- Penso che sia molto tardi e forse sarebbe ora di andare a dormire ... - disse lei in tono calmo e distaccato. E dopo un attimo aggiunse:
- Sempre che tu sia disposto a dividere il tuo letto con me, ma solo per dormire ... - E si voltò a guardarmi accennando un sorriso enigmatico. Poi, senza darmi tempo di rispondere, prese la camicia che le avevo portato e dopo averla distesa e poggiata sul suo corpo si guardò allo specchio.
- Credo che questa potrebbe andar bene, come camicia da notte, che ne dici? - domandò.
Per lei aveva la lunghezza di un minivestito.
Feci un cenno di approvazione; poi, mentre dopo aver poggiato la camicia sulla mensola cominciava ad aprirne i bottoni, mostrandomi il fianco ma rimanendo anche un po' più voltata verso di me, si accorse che il mio sguardo veniva attratto dal suo ventre e dal ciuffetto nero che le ornava il pube ed appariva stretto, come se fosse stato rasato ai lati. Si infilò velocemente la camicia ed allacciò alcuni bottoni; poi, mentre rimboccava le maniche, disse in tono scherzoso ma tenero:
- Ho chiesto ospitalità nel tuo letto, ma tu non cercherai di approfittarne, vero? -
Io mi sentivo ancora scombussolato dalla sua nudità, ora nascosta, ma riuscii a dirle: - No, certo. Puoi stare tranquilla. -
Non ne approfittai; quando lei fu stesa accanto a me, con la coperta ancora abbondantemente scostata dal suo corpo e che copriva solo parte delle sue gambe, mi sollevai sul gomito per guardarla; la baciai e le accarezzai una spalla attraverso la stoffa leggera della camicia. Lei si girò su un fianco, avvicinandosi di più a me, e mi sorrise. La attirai verso di me; lei si avvicinò ancora, poggiò la testa sulla mia spalla ed io le accarezzai la schiena.

Chiuse gli occhi e dopo un lungo respiro mormorò:
- Con queste carezze mi farai sciogliere del tutto. - Poi, dato che avevo smesso: - No, continua; è una sensazione piacevolissima. - La coprii di più, in modo che non prendesse freddo, spensi la luce e ricominciai ad accarezzarle la schiena sotto la coperta.
Ma era molto tardi, eravamo stanchi e dopo un po' scivolammo nel sonno.

La mattina mi svegliai sentendomi scuotere vivacemente: aprii gli occhi e vidi che lei era uscita da sotto la coperta ed ora stava a cavalcioni su di me, con un'espressione birichina negli occhi.
- Buongiorno pigrone, - mi disse - hai dormito bene? -
- Hmmm, sì - risposi - e tu? -
- Benissimo. - disse lei, cominciando a sbottonare la camicia. Rimasi perplesso: non capivo che cosa volesse fare.
Si era ormai tolta del tutto la camicia e mi guardava sorridendo.
- Ieri sera desideravi toccarmi, non è vero? - chiese. Poi, senza aspettare una risposta, si chinò leggermente in avanti, mi prese le mani, le avvicinò a sé fino a farle poggiare sui suoi fianchi e disse: - Puoi provare a farlo ora, se vuoi, ma sii delicato. -
Aveva la pelle liscia, elastica e delicata. Feci scorrere le mie mani verso l'alto, ai lati del suo corpo, fino a sfiorarle i seni, che accarezzai lentamente ma senza provare a stringerli, come avrei voluto. Lei chiuse gli occhi e si abbandonò a quelle carezze. Sentivo l'eccitazione crescere dentro di me come un'onda, ma avevo timore di svegliare il fantasma dei suoi incubi di ragazza. Lei però sembrava del tutto tranquilla e così continuai.
Dopo aver indugiato sui suoi seni, accarezzandone la pienezza e giocando con le punte rosa, che si risvegliarono quasi subito al tocco delle dita, le mie mani stavano ora lentamente esplorando tutto il suo corpo: le braccia, la linea sottile del costato, la curva dei fianchi, le gambe lisce ed il ventre.
Lei mi lasciò fare, rimanendo ferma e senza aprire gli occhi.
Quando arrivai ad accarezzarle il ciuffetto che aveva sul pube, e

che in quel momento arrivava a poggiare sulla mia coperta, mi guardò e disse:
- Spero che non ti dispiaccia se l'ho ridotto; sai, con i costumi da bagno che ci sono ora ... - ma poi smise di parlare e chiuse nuovamente gli occhi, mandando indietro il capo, mentre io continuavo ad accarezzarla lì e il suo respiro cresceva di intensità, diventando sempre più frequente. Poi fu scossa da un brivido, emise un breve lamento e si abbassò rapidamente su di me, imprigionando la mia mano.
- Che cosa hai fatto ? - domandò dopo un po' con voce incerta.
- Ti ho accarezzata. - risposi.
- Sì, ma forse hai fatto molto di più ... - disse lei avvicinando il suo viso al mio.
La baciai e lei rispose al bacio, che fu lungo e coinvolgente.
Si sollevò leggermente da me; liberai la mano e la passai lentamente lungo la sua schiena. Lei face un lungo respiro e accettò quelle carezze con aria languida e soddisfatta, senza dire più nulla. Dopo un po' si riscosse, mi guardò negli occhi e poi cominciò a sollevarsi lentamente sulle braccia, fino a trovarsi nuovamente in posizione eretta. Sembrava che volesse dirmi ancora qualcosa, ma mi fece solo un gran sorriso, scosse il capo e poi, come se avesse raccolto nuova energia, scappò via dicendo:
- Ora della doccia! Chi arriva ultimo lava i piatti! - e scomparve oltre la porta.
A metà mattinata telefonò Toni: era in uno stato di grande eccitazione, dopo il lungo incontro con Susan, e voleva raccontarmi mille cose.
Proposi allora che ci raggiungesse, e così fece.
Rimase alquanto stupito di trovare Elisabetta con addosso la mia tuta da ginnastica, che per lei era davvero fuori misura, ma non fece commenti.
Poi ci raccontò che, nonostante la pioggia, era rimasto a parlare con Susan abbastanza a lungo. Però a un certo punto le batterie

del computer si erano esaurite e il resto dell'incontro si era ridotto ad una lezione sulle onde G da parte di Susan, che lui ci riportò con dovizia di particolari.

Le onde G non erano, almeno secondo Susan, radiazioni elettromagnetiche simili a quelle che noi conoscevamo, anche se sembrava esserci una relazione diretta fra la loro generazione e quella delle radiazioni di lunghezza d'onda compresa nella cosiddetta "terra di nessuno", che va dall'estremo limite dell'infrarosso (decine di micron) alle più brevi microonde (un millimetro circa).

In pratica, però, la loro natura sembrava fosse di un genere veramente diverso, come se la loro propagazione non avvenisse nelle nostre tre dimensioni, ma in un altro tipo di spazio. Questo poteva spiegare, almeno a grandi linee, perché la sonda bolometrica posta sulla finestra di uscita del nostro laser sembrava aver rivelato, oltre alle radiazioni che avevamo potuto misurare, a 10 e a 30 micron, anche qualcos'altro, forse proprio queste onde, che però sembravano poi non arrivare fino al bersaglio.

Anche nel mondo di Susan, comunque, la loro scoperta era stata accidentale e collegata alla sperimentazione di sorgenti di energia elettromagnetica, anche se nel loro caso si era trattato di sorgenti a microonde studiate per produrre segnali con lunghezza d'onda dell'ordine del millimetro. Proprio questa differente impostazione, fra l'altro, aveva consentito loro di costruire un ricevitore adatto a percepire l'emissione di onde G entro un settore estremamente ampio dello spazio-tempo tetradimensionale, anche se Toni non era riuscito a capire come.

Ed era stato proprio mentre con questo ricevitore analizzavano la coordinata temporale del loro spazio, che avevano rilevato le emissioni del nostro laser; c'erano però voluti vari mesi di lavoro prima di riuscire a visualizzare mediante questo ricevitore immagini del passato, ed ancora molti altri per riuscire a proiettare un'immagine nel passato, come stavano facendo ora con noi.

Su queste possibilità, comunque, sembravano ormai aver conso-

lidato alcuni aspetti chiave, dei quali ci aveva tracciato uno schema sintetico:
1. Ricezione autonoma di immagini
- La ricezione di immagini del passato era possibile con relativa facilità.
- La ricezione di immagini dal futuro sembrava invece non fattibile, a meno che non fossero inviate da qualcun altro.
2. Invio di immagini
- L'invio di immagini nel futuro sembrava in linea di principio fattibile, ma ne mancava ancora un'evidenza sperimentale.
- L'invio di immagini nel passato, come avevano fatto loro verso di noi, era invece possibile solo se era attiva (o era stata attiva alcune ore prima) una sorgente di onde G, che facesse da "aggancio", o da "attivatore locale" della distorsione spaziotemporale necessaria al collegamento, come nel nostro caso.
3. Trasmissione di materia
- L'invio di materia nel futuro era fattibile e già sperimentato con piccoli oggetti; ma in mancanza di un "aggancio" nel futuro, il controllo della destinazione, sia nello spazio che nel tempo, era però alquanto incerto.
- L'invio di materia nel passato, come per l'invio di immagini, sembrava invece possibile solo in presenza, nel luogo e nel tempo di destinazione, di un generatore locale di onde G.

In definitiva, solo la cattura di immagini del passato da parte di chi si trovava nel futuro poteva avvenire usando un unico dispositivo; per tutti gli altri casi era necessario, e forse non per tutti sufficiente, che all'altra estremità del collegamento ci fosse una sorgente di onde G sulla quale "sintonizzarsi".
E qui veniva la notizia bomba: nei giorni successivi avrebbero tentato di inviarci un oggetto. Non era del tutto chiaro di che oggetto si trattasse, ma la cosa tutto sommato appariva secondaria. Il problema principale era che, affinché questo fosse possibi-

le, dovevamo cercare di modificare l'emissione del laser, producendo un modo di emissione che a quanto pareva loro chiamavano RFM (dalle iniziali della definizione *Recursive Focusing Modulation*: modulazione a focalizzazione ricorsiva).
Elisabetta domandò di che cosa si trattasse.
Toni aveva delle informazioni incomplete al riguardo, dato che non aveva potuto più fare domande dopo che le batterie del portatile si erano scaricate. Per sommi capi, però, sembrava che modulando in qualche modo l'eccitazione a microonde del laser fosse possibile ottenere una distorsione spaziale coassiale con il fascio laser. Questo avrebbe prodotto una notevole divergenza del fascio in uscita dalla bocca del laser, ma anche una forte curvatura dello spazio in cui il fascio si sarebbe propagato, per cui dopo un certo percorso in aria il fascio sarebbe tornato a focalizzarsi, per poi tornare ad espandersi e così via. In pratica, se il fascio fosse stato visibile, sarebbe apparso come una serie di "lobi", separati da "nodi" costituiti dai punti di focalizzazione.
- Un po' come una catena di salsiccine. - disse Toni per spiegarsi meglio.
In un fascio così deformato, la distorsione spaziale era massima al centro delle zone di massima espansione del fascio, mentre la densità di potenza era massima nei punti di focalizzazione.
Se fossimo riusciti a produrre questo effetto, il gruppo di Susan avrebbe potuto agganciare il loro sistema con una delle zone a massima distorsione e far transitare un oggetto dal loro spaziotempo al nostro.
Fu a quel punto che Elisabetta si alzò di scatto e disse:
- Aspettate un momento! Forse non c'entra molto con questo, ma me lo hai fatto venire in mente proprio ora: se esiste un qualche tipo di relazione fra le onde G e le radiazioni di lunghezza d'onda comprese nella cosiddetta "terra di nessuno", fra i 30 e i 300 micron, allora l'ipotesi di Svensson sull'interazione fra fotoni e radiazioni a microonde ad altissima frequenza, che viene gene-

ralmente considerata priva di fondamento, può invece essere un fenomeno reale, dovuto proprio alla presenza delle onde G. -
- Se ho capito il tuo pensiero, - dissi io - questo potrebbe voler dire che le onde G sono sempre associate all'emissione di radiazioni nell'infrarosso molto lontano o nelle microonde estreme! E se fossero solo due aspetti di un unico fenomeno? -
- In pratica è la stessa cosa. - rispose lei - Infatti mi sto chiedendo fino a che punto sia vero che le onde G siano qualcosa di realmente diverso dalle radiazioni elettromagnetiche. Il fatto che siano state definite gravitazionali fa pensare che in qualche modo producano delle interazioni di questo tipo, ma non implica necessariamente che non abbiano una componente di tipo elettromagnetico. In realtà potrebbero essere solo un aspetto secondario di quelle, che però non si propaga nelle nostre tre dimensioni, ma in altre. -
- E' possibile! - disse Toni - D'altra parte, quasi tutti i tipi di emissioni elettromagnetiche di lunghezza d'onda minore di quelle della "terra di nessuno" hanno anche manifestazioni secondarie: quelle fino a poco meno di un micron si presentano come calore, sotto 0,7 micron c'è la gamma delle radiazioni luminose, poi ci sono gli ultravioletti, con i loro effetti chimici, e così via. Le onde G potrebbero essere proprio la manifestazione secondaria delle emissioni nella "terra di nessuno" e il fatto che non arrivino al nostro bersaglio ma sembra che si disperdano da qualche altra parte sembrerebbe corrispondere bene alla tua ipotesi. -
La spiegazione, evidentemente, era a mio beneficio; per quanto riguardava Elisabetta, era lei che avrebbe potuto spiegare tutto questo in un corso universitario.
E in effetti fu lei a riprendere il discorso:
- Il fatto che nel mondo di Susan la scoperta di queste onde sia stata associata alla generazione (intenzionale, nel loro caso) di radiazioni di lunghezza d'onda sotto il millimetro potrebbe anche essere una conferma di questa ipotesi. Notate che, all'aumentare

della lunghezza d'onda, è proprio a cavallo della "terra di nessuno" che l'aspetto quantistico, o particellare, delle radiazioni deve lasciare il posto a quello ondulatorio. Dobbiamo proprio cercare di capire quale connessione possa esistere fra l'emissione di fotoni, quella di microonde e quella di queste fantomatiche onde G. - Poi, diretta specificamente a Toni: - A proposito, Susan ti ha detto per quale ragione le hanno definite onde gravitazionali? Provocano davvero interazioni di tipo gravitazionale? -
- Adesso non ricordo bene quello che mi ha detto, - rispose lui - ma mi pare di no. Da quel poco che ricordo la definizione discende principalmente da analogie matematiche fra il loro comportamento e quello dei campi gravitazionali, sia pure su scale molto diverse. In particolare sembra che ci sia un'analogia sorprendente negli aspetti relativi alla distorsione spazio-temporale associata alle due categorie di fenomeni: la presenza di una massa e la presenza di onde G. Sembra che dal punto di vista matematico siano praticamente fenomeni della stessa natura. Einstein forse potrebbe essere andato molto vicino a scoprirle, magari solo per gli aspetti matematici. -
- Sì, è possibile. - fu l'unico commento di lei.
A me, però, mancava la richiusura del discorso iniziato da Elisabetta: perché mai ci interessava l'ipotesi di Svensson?
- E' semplice - disse Elisabetta - Svensson ha pubblicato qualche tempo fa alcune tavole di dati sperimentali apparentemente inspiegabili, che mostrerebbero una interazione poco comprensibile fra traiettorie dei fotoni ed onde millimetriche. I dati sono stati considerati dalla comunità scientifica come frutto di errori di misura, ma potrebbero invece essere corretti e farci risparmiare un sacco di tempo nella comprensione del tipo di emissione del nostro laser. Se solo potessimo rendere visibile il fascio ... -
- Ma possiamo farlo! - disse Toni - Nelle prove con il vecchio laser Q-25, prima che costruissimo Polifemo, erano rimaste nel plasma tracce di Xeno e la radiazione emessa aveva una compo-

nente visibile di un bel colore indaco, debole ma abbastanza evidente, almeno quando l'ambiente era poco illuminato. -
Poi, vedendo l'espressione perplessa di Elisabetta, aggiunse: - Tu sei arrivata più avanti, quando lo Xeno era stato eliminato e la radiazione era del tutto invisibile; per questo non lo ricordi. -
Vista l'ora, lasciai Elisabetta e Toni a discutere sulle varianti da apportare al laser per avere di nuovo una componente visibile e per poter modulare l'eccitazione a microonde come suggerito da Susan, ed andai in cucina a mettere insieme qualcosa di simile ad un pranzo. Senza fotoni né onde millimetriche, ovviamente.

Quando mi riaffacciai alla porta per dire con sussiego "Signori, il pranzo è servito!" loro stavano completando lo schema di lavoro della prossima settimana: Toni aveva preparato un elenco di tutte le attività di laboratorio, Elisabetta aveva una serie di appunti sulle simulazioni da effettuare al centro di calcolo e sulle analisi da effettuare sui dati pubblicati dallo scienziato svedese.

Il nostro pranzo di fortuna consisteva in un antipasto misto recuperato dal frigo (caviale, salmone affumicato e poco altro), da un filetto ai ferri accompagnato da patatine in sacchetto e da frutta fresca, di cui fortunatamente avevo fatto un buon rifornimento il Venerdì sera, mentre rientravo dall'ufficio. Il tutto accompagnato da una bottiglia di Chardonnay del Veneto, che era fortunatamente rimasta in frigo, e con la carica di entusiasmo che avevamo sembrò a tutti un pranzo da Re.

Dopo pranzo Toni ci lasciò subito: doveva nuovamente incontrare Elena e non voleva fare tardi. Ci raccomandò di caricare bene il computer portatile e sparì. Mi avvicinai da dietro alla mia dolce Lisa, che stava sparecchiando la tavola, la presi per la vita e le baciai il collo. Lei riappoggiò i piatti che aveva in mano e si lasciò baciare. Finimmo di sparecchiare assieme.

- Tocca a te lavare i piatti - disse lei - sei arrivato per ultimo alla doccia! -

- La prossima volta arriveremo insieme, allora! - risposi - E cosa

pensi che potremmo fare insieme sotto la doccia? - aggiunsi accarezzandole i fianchi.
- Potresti aiutarmi a insaponare la schiena. - disse lei sorridendo.
- Tutto qui? -
- Forse no, ma non lo saprai finché non ci avrai provato! - rispose con aria scherzosa.
Poi, con tono più serio: - Ma non precipitare le cose, caro. Quello che è successo stamattina è stato davvero bello, ma fino a qualche giorno fa non avrei mai creduto di poterlo fare. Tu mi stai facendo sentire una donna normale e innamorata, ed io ne sono felice. Però non posso percorrere in un giorno le esperienze che quasi tutte le ragazze percorrono in mesi, o in anni. -
- Va bene, aspetterò. - risposi. Poi, preso coraggio, le chiesi:
- Perché non vieni ad abitare qui con me? La casa è abbastanza grande per due, potresti sistemare qui le tue cose, potremmo andare insieme al lavoro e agli appuntamenti con Susan ... -
Lei si scostò da me e mi guardò con aria interrogativa.
- Giorgio Rinaldi - chiese, con tono inquisitore - che cosa stai cercando di dirmi? -
- Non lo so bene - risposi - ma so che stare con te è la cosa che desidero di più, a questo punto; siamo "adulti e razionali", come dici tu, e penso che potremmo essere felici insieme. Non è abbastanza? -
- Credo che nessuna ragazza per bene potrebbe accettare una proposta così chiaramente allusiva, a meno che non fosse innamorata di te come lo sono io! -
- Ti avrei anche chiesto di sposarmi, e se anche tu lo desideri possiamo farlo quando vuoi, ma penso che tu voglia prima capire meglio i nostri reciproci sentimenti. Non è così? -
Un tenero bacio fu la sua prima risposta. Poi, dopo averci pensato su, disse:
- Va bene, possiamo fare una prova; ma ti prego, non forzarmi a bruciare le tappe del nostro amore. Capisco che per te può essere

frustrante avermi vicina e non potermi fare tua, ma ho bisogno di sentire e di desiderare ogni frammento della nostra esperienza in comune. Questa mattina mi hai fatto provare qualcosa di sconosciuto, e mi sono sentita travolgere dall'emozione. Fammi vivere un po' per volta questa esperienza e forse potrò diventare davvero la compagna che tu desideri. -
Più tardi decidemmo di andare a casa sua a prendere le sue cose. Aveva una casa piccola, al secondo piano di una graziosa palazzina in una strada tranquilla del quartiere EUR. Entrammo in un living di forma irregolare, con un'ampia finestra sulla destra, un angolo con divani di pelle scamosciata color caffellatte, una lunga panca con il ripiano di pietra sotto la finestra, sulla quale erano poggiati un piccolo impianto stereo ed un portariviste, un tavolo tondo con quattro sedie ed una madia di noce poggiata contro l'altra parete.

La finestra aveva una tenda elaborata, con ai due lati due teli di tessuto pesante, in tinta con i divani, ornati a metà altezza da una fascia chiara con disegni molto semplici, di stile quasi giapponese, mentre la parte centrale era bianca, semitrasparente. Alcuni quadri che rappresentavano fiori stilizzati completavano l'arredamento, perfettamente intonato alla piccola Lisa. Una porta nell'angolo sinistro immetteva nel resto della casa.

Lei decise di portare poche cose: solo una piccola valigia di vestiti, una borsa di tela con delle scarpe e un piccolo *beauty-case*.

- Tanto possiamo ripassare da qui un giorno qualsiasi. - disse, mentre andava di qua e di là scegliendo le cose da portare via.

A me toccò prendere dal frigo le provviste che potevano andare a male, che sistemammo in una borsa termica.

Decise anche di prendere la sua auto, una piccola Peugeot di color azzurro metallizzato, che avrebbe potuto farci comodo negli spostamenti dei giorni successivi, e tornammo a casa mia.

Verso sera, quando stavamo per uscire per il nuovo appuntamento con Susan, Toni ci telefonò dicendo che avrebbe preferito rinviare il nostro appuntamento al giorno successivo. Non feci domande: Riccioli d'oro doveva aver colpito ancora.

L'incontro con Susan fu insolitamente breve, quella sera. Appariva preoccupata della nostra situazione e quando tentammo di fare domande precise ci rispose che, dalle indagini che aveva fatto sul passato del suo mondo, sembrava che proprio nel nostro periodo fossero iniziati quei processi degenerativi di carattere socio-economico che avevano portato il mondo occidentale ad una recessione senza precedenti ed agli "anni oscuri" di cui mi aveva già parlato.

Secondo noi, i sintomi di questa recessione erano evidentemente già nell'aria, ma almeno in Italia non sembrava che gli effetti potessero essere così devastanti, e quindi non capivamo perché lei dovesse essere tanto preoccupata. L'ipotesi che non ci trovassimo sulla stessa "linea storica", dopotutto, poteva ancora essere ancora abbastanza credibile.

Lei, comunque, ci sollecitò a procedere nelle ricerche con la massima rapidità possibile, in particolare per quanto riguardava la modulazione del fascio nella modalità RFM che aveva descritto a Toni la sera precedente. Le confermammo di avere già pianificato il lavoro necessario, e che speravamo di poterlo eseguire in circa una settimana, o anche meno. Sembrò soddisfatta di questo e ribadì di avere in serbo per noi novità importanti.

Poi ci salutò e chiuse il collegamento, dandoci appuntamento per la sera del Martedì.

Non riuscimmo comunque a capire perché avesse fretta di mandarci via, né perché volesse saltare l'appuntamento del Lunedì: per lei, che poteva chiudere il collegamento e riaprirlo in un qualunque giorno per lei successivo, senza che per noi ci fossero interruzioni significative, il concetto di dover chiudere in fretta non sembrava avere molto senso, e nemmeno quello che noi dovessimo aspettare un giorno di più. L'unica possibile spiegazione era che avesse qualche problema del quale, almeno per il momento, non voleva parlarci.

Tornammo a casa presto e, come più o meno c'era da aspettarsi, finimmo insieme sotto la doccia. Insaponare la schiena della mia piccola Lisa, e non solo la schiena, dedicando molta attenzione ai punti più delicati, fu molto, molto eccitante; fu anche l'occasione, per entrambi, di conoscere meglio l'uno il corpo dell'altro.

Dopo la doccia lei finì di asciugarsi per prima ed andò ad aspettarmi in camera mia. La trovai distesa sul letto, ancora avvolta nell'accappatoio, e mi sdraiai accanto a lei, prendendole una mano. Lei mi sorrise, con l'aria un po' assonnata.

- Ho superato l'esame di insaponatura? -
- Sei stato bravissimo. -

Le accarezzai una guancia, poi lentamente aprii il suo accappatoio: il suo corpo disteso era di una bellezza abbagliante. Mi abbassai su di lei e le posai un bacio sul seno.

- Fallo ancora - sussurrò; ed io lo feci ancora, tante volte, mentre la mia mano destra percorreva lentamente tutto il suo corpo.

La sentii tremare, a un certo punto, come se fosse incerta se fermarmi o no, ma poi un'onda di puro piacere cominciò a percorrerla tutta, fino a farla vibrare come un violino e infine a farla dibattere fra le mie braccia, mentre la tenevo stretta stretta.

Quando si fu calmata e riaprì gli occhi, il suo sguardo brillava di una tenerezza mai vista prima.

Mi attirò a sé, passandomi le braccia attorno al collo, e disse:
 - Tu sei un amore! - e mi baciò.

Ricambiai il bacio, poi l'aiutai a liberarsi del tutto dell'accappatoio e ad entrare sotto le coperte; spensi la luce e la baciai ancora.

Lei venne ad appoggiarsi contro di me con tutto il corpo, e mi sussurrò:

- Tienimi stretta. -

La sentii rilassarsi pian piano, mentre il suo respiro diventava più profondo, e prendere sonno.

9. VENTO DI TEMPESTA

La mattina dopo andammo in ufficio con la mia macchina, ma una volta arrivati trovammo davanti al cancello dell'Astra un assembramento di persone con bandiere rosse, cartelli con minacce di scioperi ad oltranza e richieste di garanzia del posto di lavoro. Riuscimmo comunque ad oltrepassare quella piccola folla, ma non prima di aver sostenuto una lunga conversazione con alcuni esponenti (i meno agitati) del Consiglio di Fabbrica, dichiarando loro la nostra piena solidarietà con la causa dei lavoratori (e noi, in fondo, chi eravamo, marziani?), ma anche raccomandando moderazione.
Andai a cercare Marco De Chiesa, per capire quale fosse l'origine del problema. Lo trovai nel suo ufficio, che discuteva con il capo del personale; mi fece cenno di restare e così venni a sapere che la direzione centrale della società, della quale il nostro stabilimento era solo un'unità periferica, aveva deciso di effettuare una riduzione dell'organico, dettata soprattutto dalla contrazione che aveva subito il mercato internazionale dei sistemi militari. Questa operazione, che doveva svolgersi nell'arco di sei-otto mesi, avrebbe probabilmente fatto ricorso alla cassa integrazione, al prepensionamento agevolato e a tutti gli altri mezzi tradizionalmente utilizzati per minimizzare gli impatti negativi sui lavorato-

ri, ma era evidentemente una decisione che si prestava ad accendere polemiche e che in fondo avrebbe comunque significato, sia pure per una piccola percentuale dei lavoratori stessi, la risoluzione più o meno anticipata del rapporto di lavoro.

Mi sembrò strano, comunque, che l'operazione dovesse impattare in maniera significativa sul nostro stabilimento; nonostante il mercato fosse in un momento relativamente stanco, infatti, avevamo un portafoglio ordini sufficiente a garantire i livelli occupazionali del momento per almeno altri due anni, se non tre. Su alcuni programmi, in effetti, eravamo già ora sotto il livello ottimale di mano d'opera necessaria, per cui immaginai che l'operazione riguardasse soprattutto altre divisioni della società, che si trovavano in una situazione più critica.

De Chiesa, però, mi spiegò che non era così. Per un verso o per l'altro, avremmo anche noi dovuto affrontare una riduzione d'organico, anche se meno significativa rispetto alle altre divisioni della ditta, dato che la direzione generale, vista la situazione politica internazionale, riteneva molto probabile una ulteriore contrazione del nostro mercato, comunque collegato alle forniture militari di prodotti ad alta tecnologia.

Il problema era serio in quanto le organizzazioni sindacali, prese alla sprovvista sull'argomento da una dichiarazione rilasciata alla stampa da uno dei *top managers* dell'Astra, si erano dichiarate disposte a dare battaglia e ad instaurare un regime di scioperi articolati che avrebbero potuto paralizzare completamente l'attività produttiva.

Era previsto che in mattinata avvenisse un incontro fra una delegazione sindacale ed un rappresentante della direzione generale, per discutere il problema e cercare di riportare la situazione alla normalità.

Nel frattempo, la maggior parte dei dipendenti dello stabilimento erano rimasti fuori dal cancello, in attesa di decisioni.

Mentre stavamo parlando, un gruppo di scioperanti, muniti di campanacci da mucca e di megafono, stava passando lungo il corridoio, emettendo alternativamente slogan, minacce di ritorsioni contro la società e fracasso allo stato puro. Arrivati alla porta di De Chiesa, in quel momento aperta, si affacciarono vociando e scampanando.

L'uomo munito di megafono si fece avanti e, tirato fuori di tasca un foglietto, lesse un messaggio bellicoso col quale il sindacato condannava l'atteggiamento arrogante della compagnia e dichiarava senza mezzi termini la disponibilità dei lavoratori ad una lotta a tempo indeterminato per la difesa del posto di lavoro.

Mi venne da pensare che forse non tutti i lavoratori avrebbero seguito spontaneamente queste indicazioni, ma la spontaneità è una cosa che sembra del tutto estranea alle lotte sindacali, al pari della razionalità, e non solo da parte dei lavoratori. L'atteggiamento sconsiderato della direzione, che aveva fatto scoppiare questa bomba senza che all'interno fossero maturate le condizioni per farlo, appariva veramente come una provocazione irrazionale ed il sindacato non aspettava altro per dissotterrare l'ascia di guerra, dopo la relativa tranquillità dei primi anni '80.

Finito di leggere il messaggio, l'uomo tentò di avviare con De Chiesa uno strano dialogo, pretendendo di continuare a parlare nel megafono, che sventolava con aria minacciosa a meno di un metro dal naso del suo interlocutore.

Marco De Chiesa non è uno sprovveduto. Con voce pacata espose alcuni elementi della situazione del mercato, deplorò che fosse stata comunicata alla stampa una decisione ancora non discussa all'interno e dichiarò un'ampia disponibilità al dialogo.

Proprio alla fine, abbassando ulteriormente il volume di voce, fece notare all'esagitato sindacalista che era forse preferibile, per parlare con calma di problemi che effettivamente esistevano e andavano capiti, e se possibile risolti, che nessuno dei due usasse un megafono. L'uomo rimase un attimo perplesso, e ribatté che i lavoratori che lo accompagnavano avevano il diritto di sentire la

discussione. Poi, con tono quasi scherzoso, come per abbassare la tensione, suggerì a De Chiesa di fornirsi anche lui di un megafono. Vedendo che lui non ribatteva e restava a guardarlo con aria serena e sorridente, come se aspettasse qualche ulteriore affermazione, si voltò ai suoi compagni e con un gesto che voleva essere disinvolto disse (ancora nel megafono):
- Andiamo ragazzi! - e poi, rivolto a De Chiesa - Ma torneremo. -
- Certo, ragazzi, quando volete. Sapete dove trovarmi. -
Se ne andarono scampanando e schiamazzando.

Ci guardammo in faccia, poi il capo del personale espresse il parere che la situazione si stesse diventando piuttosto brutta, forse come nei primi anni '70, quando alcuni periodi di sciopero intensivo avevano quasi paralizzato per vari mesi l'attività produttiva, aggravando la situazione economica già di per sé non molto favorevole e che, allora come adesso, costituiva l'innesco di tutto il problema.

Feci per andarmene, ma De Chiesa mi disse di rimanere: aveva altre notizie da comunicarmi. - Saranno cattive, immagino. - dissi, sperando di sentirmi smentire.

- Sì - disse lui - le brutte notizie viaggiano sempre in gruppo. Questa, però, potrebbe non essere poi così male: il ministero dell'industria mi ha informato che una delegazione di "esperti" - e pronunciò la parola come se gli facesse un po' schifo - verrà a trovarci dopodomani per discutere sui futuri finanziamenti alla ricerca. Bisognerebbe proprio che con Lamanna cercaste di trovare qualcosa di interessante da dire sulle ricerche che stiamo effettuando, ed in particolare sul laser di potenza, che sta assorbendo oltre il sessanta per cento dei nostri finanziamenti. -
- Non mi pare difficile. - risposi.
- Non ne sia così sicuro. Dopo la recente presa di posizione di vari parlamentari contro l'industria bellica, tutto quello che puzza di applicazioni militari viene guardato con sospetto. Non potremmo tirar fuori invece qualcosa nel campo delle ricerche sul-

l'energia pulita, o cose del genere? Sarebbe molto più facile da difendere. -
- Penso di sì. Vedrò di parlarne subito con Lamanna e di preparare un minimo di documentazione grafica di supporto. -
- Si ricordi che oggi nessuno dei disegnatori è entrato, e se continua così non entreranno nemmeno domani. -
- Lo so, - risposi - ma si tratta di materiale che possiamo preparare direttamente noi sul Personal Computer; lo abbiamo fatto spesso, in caso di urgenza. -
- Va bene. - disse lui - buon lavoro! -
Andai a cercare Toni: rintracciarlo per telefono era quasi impossibile, visto che lo stabilimento era semideserto. Lo trovai al laboratorio di chimica, mentre stava discutendo con Elisabetta e con Enrico Sironi, l'esperto di plasma, sul dosaggio ottimale dello Xeno da immettere nell'ampolla del laser.

La preoccupazione dei miei amici, che Enrico evidentemente non poteva capire, era che questa variazione nella composizione del gas potesse alterare il funzionamento del laser fino al punto di rendere non più possibile il collegamento con Susan. Enrico invece, che credeva che il funzionamento di Polifemo fosse sì anomalo ma comunque ancora tutto da capire, non si rendeva conto delle ragioni della loro preoccupazione.

A questo punto, come facevo abbastanza spesso, intervenni proponendo una soluzione di tipo "ingegneristico", di quel genere cioè che i fisici e i matematici considerano di solito troppo empirico, quasi da ignoranti, anche se si limitano a chiamarlo "da ingegneri", dando a queste parole un senso dispregiativo ben avvertibile dal tono di voce.

La mia idea era semplice: la composizione attuale del gas era nota, o almeno avrebbe dovuto esserlo, ed era comunque verificabile. Se avessimo immesso Xeno nel laser durante il funzionamento, avremmo potuto osservare direttamente se l'emissione diventava visibile, e fermarci appena questo avveniva. Saremmo

così stati sicuri che la quantità immessa fosse la minima a garantire la visibilità del fascio.
- Ma con che quantità potremmo iniziare? - chiese Toni. E poi aggiunse: - Non possiamo mica immetterlo direttamente durante il funzionamento, dosandolo con un rubinetto: la temperatura del plasma è elevatissima, e l'immissione di un gas freddo potrebbe avere conseguenze disastrose! Inoltre sai bene che non siamo in grado di lavorare in continua a bassa potenza. Anche se superassimo il problema della temperatura, come faremmo a controllare la visibilità dell'emissione? -
- Non mi sembra un problema. - obiettai - Possiamo spillare lo Xeno dalla sua bombola ad alta pressione facendolo passare prima attraverso un riduttore di pressione, poi farlo passare in una camera di ionizzazione eccitata a microonde per portarlo alla stessa temperatura e pressione del plasma nell'ampolla del laser e poi immetterlo attraverso la valvola di riempimento, che è adatta alle alte temperature, controllandone il flusso con un rubinetto a dosaggio micrometrico e spillando dall'altra valvola il gas in eccesso, se fosse necessario. Il laser può essere messo in funzionamento impulsivo, per esempio a 30 impulsi al secondo, con una durata d'impulso molto breve, in modo che la potenza media emessa sia molto bassa. A questo punto continuiamo ad immettere Xeno finché il fascio diventa visibile e il gioco è fatto. Dopo di che spegniamo il laser, lo lasciamo raffreddare ed analizziamo la miscela di gas per sapere esattamente quanto Xeno abbiamo immesso. Se poi con l'aggiunta di Xeno perdessimo alcuni di quegli effetti secondari ai quali al momento siamo interessati, possiamo limitarci a mettere a punto la modulazione del fascio con la miscela allo Xeno e poi ripristinare la composizione attuale per il seguito delle prove. -
E poi aggiunsi: - Ma non vedo perché l'aggiunta di una piccola quantità di Xeno dovrebbe alterare in modo significativo l'emissione secondaria. -

Destino

Loro si guardarono per un momento. Sironi aveva un'espressione molto perplessa, forse perché non capiva a quali effetti secondari volessi alludere. Poi Elisabetta disse:
- Credo che possa funzionare, anche se non sarà un procedimento rapido. -
- Sono d'accordo. - disse Toni - Vado a vedere se Rossetti e Lama sono riusciti ad entrare e faccio preparare il banco di immissione del gas. -
- Non credo che ci siano. - intervenne Sironi - L'unico che oggi è entrato, in quell'area, è Moretti. -
- Allora mi farò aiutare da lui - disse Toni con un tono ironico - Anche i capi devono rimboccarsi le maniche, ogni tanto. -
E si avviò.
- Fatti vedere al mio ufficio appena puoi! - gli urlai dietro - Ci sono cattive notizie! -
Lui si riaffacciò dalla porta. - Cattive ... quanto? -
- Forse non troppo, - risposi - ma dobbiamo parlarne al più presto: mercoledì arriva una delegazione di politici con i cordoni della borsa! -
Fece un fischio fra i denti; - Va bene, passo al più presto! - e se ne andò borbottando improperi inintelligibili.
Proposi ad Elisabetta di cominciare a discutere di quest'ultimo problema. Lei fece un cenno di assenso; salutammo Enrico, che si avviò dietro a Toni per vedere se poteva dare una mano, e ci avviammo verso il mio ufficio.
La soluzione più semplice, indubbiamente, era dichiarare che i laser ad altissima potenza erano una tappa obbligata verso la produzione di energia pulita mediante la fusione controllata di idrogeno. Il problema, tuttavia, era che tutti sapevano che, all'inizio dello sviluppo, quel laser era stato concepito come parte di un'arma. Avrebbero "bevuto" la storia della fusione?
Un'altra possibilità era quella di presentarlo come un *"tool"* multifunzionale, con il quale era possibile effettuare ricerche in vari

campi, quali la fisica delle particelle, le interazioni subatomiche e, non ultimi, gli studi sui fenomeni gravitazionali: l'unico punto sul quale sapevamo che Polifemo aveva veramente qualcosa da dire, anche se, purtroppo, non avremmo avuto nulla da mostrare.

Non era certamente il caso di avventurarsi in discorsi sullo spazio-tempo, le ondulazioni dell'iperspazio e cose del genere: sarebbero servite solo a far credere che stessimo sprecando i soldi del finanziamento.

- Il problema più grave - disse Elisabetta - è che non abbiamo la benché minima teoria a sostegno di questa storia delle onde G. E nemmeno un esperimento da mostrare, che faccia capire a dei non-esperti che si tratta di un'opportunità del tutto unica. -
- Lo so, - risposi - ma chi altro lo sa, oltre a noi due e a Toni? - e la guardai ammiccando.

- Stai forse pensando che potremmo inventarci una teoria fasulla da presentare alla commissione, solo per far credere che abbiamo per le mani la chiave dei problemi aperti sulla fisica dei campi? -
- Non proprio fasulla. - risposi - Però sono convinto che nessun membro della commissione sarà in grado di seguire davvero e criticare una tua "lezione" sulle frontiere della conoscenza nella teoria dei campi e sulle possibili aperture legate alla sperimentazione delle interazioni fra campi e radiazioni; qualcosa sul tipo dei lavori di Svensson, ma in particolare con quelle radiazioni ancora poco note, di lunghezza d'onda nella "terra di nessuno", che Polifemo è in grado di produrre. -

Lei rimase pensierosa per un po', poi disse:
- Questo si può fare, ma non credo che potremo ubriacarli di matematica: quello che vogliono è qualche previsione di risultati a breve o medio termine che possano sembrare interessanti per applicazioni in campo civile, più che in quello scientifico. -
- Avranno quello che vogliono, in un modo o nell'altro. - dissi io con tono convinto, ma in realtà con qualche dubbio non del tutto sopito nel fondo della mia mente.

Dopo poco arrivò Toni. - Moretti dice che per domani mattina avremo il banco per l'immissione dello Xeno pronto e funzionante. - disse con aria soddisfatta.

Noi lo ragguagliammo sulla visita della commissione e sulle scarse conclusioni alle quali eravamo giunti. Nonostante il suo aiuto, non vennero fuori altre idee e decidemmo di puntare sugli aspetti scientifici e sulle possibili aperture verso la produzione di energia pulita.

Il resto della giornata ci vide occupati a preparare una presentazione credibile. Ci eravamo installati nell'ufficio proposte tecniche, che quel giorno era deserto: Toni buttava giù idee sugli aspetti scientifici e le metteva in forma grafica su uno dei due Personal Computer collegati alla stampante di trasparenze; Elisabetta preparava alcune tavole con una plausibile volgarizzazione degli aspetti teorico-matematici associati al progetto ed alle sue applicazioni più avveniristiche, che potesse "reggere" anche all'esame di un vero esperto, ed io cercavo di preparare alcune trasparenze che legassero tutto il discorso in una presentazione filante, omogenea e se possibile abbastanza coinvolgente per gli ascoltatori.

Verso sera avevamo già una prima ossatura del lavoro, con buona parte dei nodi più critici già delineati in bozza. Il giorno successivo avremmo certamente finito.

10. IN DUE

Uscimmo dallo stabilimento che erano le sette passate e decidemmo di fermarci a fare un po' di spesa al vicino supermercato. Erano anni che non mi capitava di fare la spesa in compagnia. Pensando alle nostre future cenette a due riempii il carrello di cosine stuzzicanti e feci anche un piccolo rifornimento di prosecco Cartizze, che sembrava l'unica bevanda alcolica che Elisabetta bevesse volentieri, anche se in quantità molto limitata.

Lei si concentrò su cose più normali come pane, pasta, carne, frutta e verdura, e mi chiese se fossi io ad occuparmi di cose come detersivi ed altri prodotti per la casa. Le risposi che a volte lo facevo, ma in genere se ne occupava la signora Pina: la donna che veniva tutte le mattine a riordinare la casa, lavare e stirare, alla quale lasciavo a disposizione in una ciotola di rame poggiata sulla mensola del camino un piccolo fondo spese per questo genere di acquisti. Mi era stata presentata da un vicino di casa alcuni anni prima e da allora faceva un servizio efficiente; per me era praticamente invisibile, dato che non veniva né il sabato né la domenica, ma se era necessario le lasciavo qualche messaggio scritto nella solita ciotola sul camino, e lei faceva lo stesso. Quella mattina, sapendo che avrebbe notato le cose di Lisa, le avevo lasciato scritto semplicemente: "Ho una ospite a cui tengo molto!"'.

Avrebbe capito.

Raccontai a Lisa tutto questo e lei disse:
- Meno male che non devo incontrarla: non avrei proprio saputo che faccia fare! -

Poi mi guardò e scoppiammo a ridere.

Quando arrivammo a casa, trovammo sul tavolo un gran mazzo di fiori di campo, evidentemente lasciati dalla signora Pina, ed un lungo messaggio sui prodotti necessari per la casa. A leggerlo, sembrava che fosse diventata d'un tratto più organizzata e più esigente, viste le tante cose che elencava.

In fondo al messaggio proponeva di continuare ad acquistare tutto lei, come prima, e suggeriva l'importo prevedibile per tali acquisti, che mi sembrò del tutto accettabile. Lasciai nella ciotola i soldi necessari e scrissi OK con un pennarello in fondo al suo messaggio.

Cenammo con calma, con il camino acceso che scoppiettava, poi ci sedemmo sul divano a guardare il fuoco e a parlare del futuro. Anche se non volevamo farlo trapelare, eravamo entrambi preoccupati di quanto aveva detto Susan, e forse ancora di più di quello che presumibilmente non aveva voluto dire. Forse avremmo avuto davvero momenti molto difficili. Ci consolava solo il fatto di essere uniti dal nostro amore e di essere accomunati in questa avventura: una grande scoperta scientifica, unita a questo incredibile contatto col futuro.

Così, pur restando vicini e scambiando qualche tenero bacio, ci trovammo a parlare soprattutto del lavoro, dei futuri contatti e delle prospettive scientifiche.

Fu solo più tardi, quando il fuoco si era ormai spento e salimmo insieme le scale per andare al piano di sopra, che ritrovammo il desiderio e l'atmosfera adatta per perderci di nuovo nei nostri giochi d'amore.

La mattina dopo, quando mi svegliai, ero a letto da solo. Diedi un'occhiata all'orologio: erano quasi le sette e mezza. Mi alzai in fretta, mi misi una vestaglia ed andai al piano di sotto; trovai Elisabetta in cucina, che trafficava vicino al fornello. Mi sentì arrivare, si girò un attimo ed accennò ad un sorriso, poi mi annunciò che la colazione era quasi pronta.

Aveva addosso una corta vestaglia di seta, che le lasciava abbondantemente scoperte le gambe e le disegnava le spalle, e a tratti anche il seno, come una seconda pelle.

Mentre metteva in tavola la colazione, la intercettai al volo, prendendola da dietro e posandole le mani intorno alla vita, e le diedi un bacino sulla nuca.

Lei appoggiò la schiena contro di me e la baciai sul collo. Poi, vedendo che la vestaglia tendeva ad aprirsi leggermente sul seno, le accarezzai il collo con la mano destra e poi la feci scivolare lentamente all'interno della vestaglia, mentre con la sinistra le accarezzavo il ventre. La sentii irrigidirsi, ma non si sottrasse all'abbraccio e non disse nulla. Io la lasciai subito, visto che sembrava turbata, e ci sedemmo a tavola.

Restammo in silenzio per qualche minuto, sorseggiando una tazza di caffè, ma lei mi dava l'impressione di essere sul punto di chiedermi qualcosa.

La incoraggiai, e dopo una iniziale ritrosia lei mi domandò:
- Perché mi hai accarezzata in quel modo, poco fa? -
- Perché mi piaci tanto. - risposi - Ti amo, ti trovo bellissima e quando ho l'occasione di poterti accarezzare, mi sembra di ... Perdonami se ho fatto qualcosa che non dovevo. -
Lei mi rispose di non preoccuparmi, era solo lei che quella mattina si sentiva un po' strana; ma aveva un tono assorto, come se stesse parlando per se stessa, più che per me.

Più tardi, mentre eravamo in macchina per andare al lavoro, mi raccontò che negli ultimi tempi si era spesso sentita insoddisfatta del suo aspetto: aveva l'impressione di essere troppo piccola di statura, di avere un viso troppo da bambina ed i seni troppo grandi, che tentava inutilmente di celare vestendosi in modo da nasconderli, almeno quando era in ufficio.

Quando le avevano raccontato del mio incontro con Elena, la settimana precedente, aveva sentito nel suo cuore una fitta di tristezza. Certo, in quel momento non mi considerava nulla di più che un caro amico, ma il fatto che non avessi mai tentato un approccio sentimentale con lei, e fossi invece sembrato tanto attratto dalla chioma bionda, dalle lunghe gambe e dal fisico atletico della bella giornalista (o almeno così dicevano tutti), le sembrava un po' una conferma del giudizio critico che aveva sul suo aspetto. E a quel punto si era quasi convinta di essermi del tutto indifferente sia sul piano estetico che, potenzialmente, su quello sentimentale, anche se ormai si era instaurata fra noi una bella amicizia, che lei però riteneva di un tipo quasi fraterno e del tutto priva di implicazioni più profonde, almeno da parte mia.

L'altra sera, quando le avevo detto che la trovavo bella e che l'amavo, avevo l'aria sincera; lei sul momento mi aveva creduto e si era abbandonata a quel dolce pensiero, lasciandosi trasportare dall'ondata di tenerezza che le avevo offerto.

Ma era proprio vero che la trovavo bella? Erano vere tutte quelle frasi dolci con le quali avevo accompagnato le mie carezze? Lei non ne era ancora del tutto sicura. Non avrei preferito avere vicino a me una donna diversa, forse più simile ad Elena, con le sue lunghe gambe e i riccioli biondi?

Le risposi che amavo solo lei, che la trovavo bellissima e terribilmente attraente.

Tentai di dirle anche di più, ma di sicuro, pur provandoci, non trovai parole abbastanza efficaci per descriverle l'emozione provata quando avevo visto il suo corpo nello specchio del bagno; un'emozione che si era trasformata in gioia accompagnata da uno struggente desiderio quando avevo potuto accarezzarla e sentirla fremere tra le mie braccia, baciare quei seni meravigliosi e vederli risvegliarsi sotto i miei baci.

Lei però sembrò capire quello che tentavo di dirle; restò in silenzio per un po', poi mi prese la mano che le porgevo e se la poggiò su una guancia, che sentii umida di lacrime.
- Che succede? - domandai - Ti ho reso triste? -
- No, caro; - rispose con voce tremante - mi hai reso tanto, tanto felice e non so se merito davvero questa felicità. -

11. RFM ?

Ai cancelli dello stabilimento c'era ancora un po' di gente con cartelli e striscioni, ma sembrava che il grosso del personale fosse entrato senza problemi. Il guardiano che ci aprì il cancello domandò ad Elisabetta se avesse problemi alla macchina. Lei rispose di no, rimanendo poi indecisa se aggiungere qualcosa. Fui io a distrarre l'attenzione del custode chiedendo notizie di Toni.
- L'ingegner Lamanna è entrato alle sette, stamattina. L'ho visto poco fa che andava verso la sala laser con Rossetti. -
Lo ringraziai e ci avviammo anche noi verso la sala laser.
Il lavoro previsto per l'iniezione di Xeno era già molto avanti. Moretti aveva recuperato una camera di ionizzazione che era stata usata per un precedente lavoro, e l'aveva collegata ad uno degli eccitatori di riserva costruiti per Polifemo. In quel momento si stavano ultimando i raccordi con il laser e si prevedeva di poter iniziare la fase di riscaldamento verso mezzogiorno.
Se fosse andato tutto liscio, avremmo potuto avere un fascio laser visibile già in giornata.
Tornammo nel mio ufficio, vicino alla sala nella quale stavamo preparando la presentazione per il giorno successivo, e proposi a Toni, prima di rituffarci in quel lavoro, di analizzare il problema

della modulazione RFM, la Modulazione Ricorsiva di Frequenza della quale avevamo già parlato.

Il problema fondamentale, concordammo, era che non avevamo le idee chiare su come si potesse ottenere quel tipo di modulazione, né di quali fossero i parametri per poter controllare le caratteristiche dei lobi che si sarebbero dovuti ottenere. Il lavoro, quindi, sarebbe dovuto andare avanti su una base del tutto sperimentale. Elisabetta, però, aveva un'idea: visto che i dati pubblicati da Svensson si riferivano a varie prove, effettuate con fotoni di varie lunghezze d'onda e con varie modulazioni, forse era possibile ricavarne qualcosa di utile. Ipotizzando infatti che gli effetti osservati fossero dovuti alla presenza di onde G, delle quali Svensson ignorava l'esistenza (come noi fino a pochi giorni prima, d'altra parte), si poteva forse ricercare all'interno dei dati una funzione di correlazione fra distorsione spaziale, lunghezza d'onda dei fotoni e lunghezza d'onda delle microonde usate.

La funzione così trovata, ammesso che se ne trovasse una, poteva essere applicata alla lunghezza d'onda principale del laser (che come ora sapevamo non era quella a 10,2 micron, ma quella a 30 micron) e a un'ipotetica modulazione in ampiezza degli eccitatori, la cui impostazione era variabile entro margini abbastanza ampi sul modulatore che usavamo, in modo da poter calcolare la curvatura della distorsione spaziale che avremmo potuto ottenere. Su un piano puramente teorico, l'approccio immaginato faceva acqua da tutte le parti, in quanto:

- non sapevamo che cosa fossero realmente le onde G;
- non sapevamo se i dati di Svensson fossero stati ottenuti in presenza di onde G, anche se ora ci sembrava abbastanza probabile che fosse così;
- l'ipotesi che da questi dati fosse deducibile una funzione di correlazione tra microonde, emissione laser e distorsione spaziale era affascinante ma praticamente priva di riscontri oggettivi, almeno fino a quel momento;

- l'ipotesi che la focalizzazione ricorsiva del fascio laser fosse ottenibile semplicemente modulando l'eccitazione a microonde in un modo ancora tutto da definirsi si basava solo sui ricordi personali di Toni circa un discorso complicato fatto da Susan.

Per la mentalità rigorosa di Elisabetta in questo tipo di problemi, un approccio metodologico così privo di basi teoriche era quasi un controsenso. Qualche anno trascorso a contatto con gli ingegneri, però, le aveva dimostrato che, a volte, una sana applicazione del metodo sperimentale, combinata con un po' di intuito, poteva anche dare dei risultati interessanti.

Mentre lei andava in biblioteca a ricercare la pubblicazione di Svensson, Toni ed io riprendemmo il lavoro di preparazione della presentazione. Verso le cinque avevamo finito.

Andammo a cercare Elisabetta, che era al centro di calcolo e la trovammo in preda ad una grande eccitazione: una volta impostato correttamente nel calcolatore il modello matematico "di fantasia" che ci eravamo immaginati, la correlazione fra i parametri in gioco era emersa dai dati di Svensson con una chiarezza incredibile. Sembrava proprio che lo svedese, non sospettando nemmeno il fenomeno della distorsione spaziale, non avesse intuito che cosa cercare fra quei dati apparentemente incoerenti.

A me sembrava addirittura strano che li avesse pubblicati, rischiando critiche e derisioni, ma Elisabetta, che conosceva un po' la mentalità onesta ed inflessibile dello svedese, disse che per lui era naturale averlo fatto: "Dato misuratto, dato publicatto. Io non capitto? Non importaa, forse altri capire!" disse scimmiottando il buffo italiano di Svensson, che aveva conosciuto ad un congresso a Ginevra alcuni mesi prima.

Adesso lei stava aspettando che il calcolatore elaborasse le funzioni matematiche coniugate con le correlazioni trovate sui dati. La stampante si mise in moto e sputò fuori alcuni fogli. Elisabetta corse a prenderli e li stese sul tavolo: a meno di qualche coefficiente di proporzionalità, non calcolabile con i dati a disposizione, i fogli contenevano alcune equazioni che "probabilmente" descrivevano le funzioni di propagazione delle onde G in uno spazio pentadimensionale.

A me non dicevano assolutamente nulla, anche perché contenevano simboli matematici dei quali non conoscevo nemmeno il significato, ma Elisabetta e Toni le studiarono attentamente per alcuni minuti. Poi lei gli disse:
- Non noti anche tu alcune analogie fra queste due espressioni e quelle relative all'eccitazione a microonde che abbiamo realizzato per Polifemo? -
- Certo. - rispose lui - E' addirittura possibile che il fascio di Polifemo abbia già una modulazione sul tipo di quella suggerita da Susan -
- Beh, sì ma non proprio; - disse lei - vedi questa equazione? La grandezza A dovrebbe essere l'ampiezza di una modulante a bassa frequenza del segnale a microonde, e questa F2 dovrebbe essere la sua frequenza. Se è così, visto che per il momento non stiamo modulando l'eccitazione, A sarebbe uguale a zero e la condizione attuale dovrebbe quindi corrispondere a uno stato di modulazione ricorsiva degenere, con il fuoco all'infinito, e cioè ad un fascio parallelo, come in un laser qualunque. Se però provassimo a modulare gli eccitatori con un segnale sinusoidale ... -
- E' vero, piccola! Brava! Sono stato una bestia a non accorgermene. Appena il laser sarà pronto, proveremo subito! -
Io li guardavo, ed in particolare guardavo la mia piccola Lisa, con la sua aria semplice, nonostante la padronanza della materia, e lo sguardo raggiante per la traccia appena scoperta: era bravissima e l'emozione della scoperta rendeva il suo viso ancora più bello e più luminoso del solito.
- A proposito - disse lei - poco fa mi hanno avvertita dalla sala laser che il plasma è in temperatura e si può procedere all'immissione dello Xeno. Vogliamo andare? - Ci precipitammo lì; Moret-

ti ci aspettava con un'espressione soddisfatta sul volto:
- Visto che abbiamo finito tutto prima di sera? - Rossetti stava terminando i controlli preliminari sugli eccitatori e Lama era già davanti alla console di comando del modulatore, seduto a cavalcioni su una sedia girevole messa al contrario, tenendo l'estremità dello schienale stretto fra le mani, davanti a sé, come se stesse trattenendo un cavallo impaziente di lanciarsi al galoppo.

Toni assunse subito il controllo della situazione; effettuò personalmente alcuni controlli e disse:
- Bene, ragazzi, siamo pronti; indossate tutti gli occhiali protettivi, perché dovremo aprire il condotto del fascio. -
Poi, rivolto a Rossetti e a Lama:
- Cominciamo con una modulazione impulsiva a 30 impulsi al secondo. Durata d'impulso 50 nanosecondi, a piena potenza. A quel punto, prima procediamo con l'immissione dello Xeno. Poi proveremo ad aggiungere la modulazione sinusoidale. -

Effettuate le regolazioni, aprirono lo sportellino di sicurezza, verniciato a strisce bianche e rosse, ed azionarono gli interruttori che abilitavano sia l'emissione laser che l'accensione delle luci di allarme e dei dispositivi di sicurezza esterni alla sala.

Toni, Elisabetta ed io eravamo in prossimità del banco di strumenti collegati al bersaglio ed avevamo già messo gli occhiali protettivi. Notammo subito che subito dopo l'accensione le lancette degli indicatori facevano un saltino in avanti e si fermavano, indicando i valori di emissione che più o meno ci aspettavamo.

- Potenza di emissione regolare - disse Rossetti che aveva sott'occhio gli strumenti collegati alla sonda bolometrica.

Avvertimmo quasi tutti il suono profondissimo, quasi da canna d'organo, emesso da tutti i dispositivi di potenza del laser, sollecitati a trenta cicli al secondo.

- OK, Giorgio: - disse Toni - è stata una tua idea, così ora controlla tu stesso l'immissione dello Xeno. E mi raccomando: con

mano leggera! - Poi, con aria furbetta, rivolto ad Elisabetta ed a bassa voce, ma non tanto da impedirmi di sentire, aggiunse:
- Chissà se il nostro amico ha davvero la mano abbastanza delicata! -
Lei distolse lo sguardo, arrossendo leggermente, e finse di concentrarsi sulla lettura di alcuni strumenti.
Moretti aveva fatto un bel lavoro. Lo Xeno era già nella camera di ionizzazione, alla stessa temperatura del plasma ed a una pressione appena di poco superiore, controllata da un sistema di valvole riduttrici collegate alla bombola, e quindi nella parte fredda del banco. Attraverso le fessure tra gli schermi scuri che circondavano la camera di ionizzazione si vedevano uscire sottili sprazzi di un'intensa luce azzurrina. L'immissione di Xeno nel laser sarebbe stata controllata agendo solo sul rubinetto collegato alla valvola di riempimento. Un indicatore analogico avrebbe indicato la velocità del gas nel raccordo.

Tutti i comandi, mi fece notare Moretti, erano a portata di mano, compreso quello manuale della valvola di spillamento, anche se per il momento non si prevedeva di doverlo usare.

Avviai il travaso dello Xeno osservando gli strumenti; il controllo era efficacissimo: si poteva dosare la velocità di immissione con un'ottima gradualità, e mi complimentai con Moretti, che annuì con aria compiaciuta ma non rispose.

Dopo alcuni secondi, avendo notato con la coda dell'occhio una lieve luminescenza azzurra nella zona del fascio, dove un grande pannello schermante era stato rimosso, arrestai il flusso.
- Perché ti fermi? - domandò Toni.
- Ho avuto l'impressione che ci fosse già una certa emissione luminosa. - risposi. Poi guardai meglio: il condotto nel quale passava il fascio laser, osservato direttamente, appariva ancora completamente buio. La cosa mi ricordò il primo avvistamento della proiezione di Susan: quella luminescenza percepibile solo con la coda dell'occhio ... e sorrisi.

- Che cosa ci trovi di divertente? -
- Niente, niente - risposi - o forse tutto! - e poi aggiunsi: - Lascia perdere, mi sono solo perso un attimo fra i miei ricordi. Adesso continuiamo. -
Fu Elisabetta, poco dopo, ad avvertirci che qualcosa stava cambiando nella composizione spettrale del fascio che colpiva il bersaglio. Portai al minimo il flusso dello Xeno e aspettai dettagli.
- La potenza sulla riga a 10 micron sta leggermente calando - proseguì lei - e sta emergendo una riga nell'intorno di 0,4 micron ... ma non ho una lettura precisa della lunghezza d'onda, su una scala così grande. Dovrebbe essere lo Xeno, ma è ancora molto debole. Continua ad inviare gas. -
Io aprii un po' di più la valvola e lasciai salire delicatamente la velocità del gas, poi diedi un'occhiata alla zona del fascio; adesso potevo vedere abbastanza chiaramente la fascia luminosa color celeste-indaco che si stava stagliando sempre più netta sullo sfondo scuro del condotto, mostrando il percorso del fascio laser. Secondo la mia valutazione poteva anche bastare e proprio mentre cominciavo a chiudere la valvola sentii Toni che diceva:
- Prova a chiudere, adesso -
- Lo sto facendo. - risposi - Ti sembra abbastanza visibile? -
- Direi di sì, almeno per il momento. Non ci occorre un'elevata brillanza. Adesso potremmo provare a vedere cosa succede modulando l'eccitazione con una sinusoide. Vi va di farlo ora? -
Era già piuttosto tardi, ma nessuno sembrava disposto a rinviare al giorno successivo le prove di modulazione, anche se solo noi tre avevamo un'idea di che cosa aspettarci.
Non sapendo quale fosse la frequenza di modulazione più appropriata, Toni decise di cominciare con un segnale sinusoidale ad un chilohertz, e poi salire progressivamente fino ad ottenere l'effetto di lobatura che Susan aveva descritto, sempre che l'avessimo ottenuto davvero.
Fu un'azione congiunta effettuata da Lama, che controllava il

modulatore, e Rossetti che verificava il funzionamento degli eccitatori, correggendo alcune regolazioni man mano che il lavoro procedeva. Di lobatura, però, neanche una traccia.

Elisabetta stava ancora esaminando i suoi tabulati. Poi, constatato che eravamo arrivati già a dieci chilohertz, disse che secondo lei la frequenza di modulazione doveva essere decisamente più alta, dell'ordine di grandezza delle decine di megahertz, o forse anche delle centinaia.

- Va bene - disse Toni - Proviamo ad aumentarla a step di un fattore dieci alla volta. -

Lama eseguì, annunciando ad alta voce il valore della frequenza. Quando arrivò ad un megahertz, però, ci disse che per andare oltre doveva cambiare generatore. Spostò alcuni cavi sul pannello della console e ci avvertì che la modulazione a 10 megahertz era attivata. Ora si poteva vedere nettamente che il fascio laser, o almeno la sua componente visibile, che usciva da un'ottica del diametro di circa sette centimetri, non era più uno stretto cilindro di diametro costante, poco più stretto dell'ottica di uscita, ma si allargava in maniera apprezzabile, a partire dalla bocca del laser, per poi tornare ad essere più o meno cilindrico, con un diametro di quasi venti centimetri, nella zona in cui spariva nel muro, diretto al bersaglio, a circa dieci metri dalla bocca.

- Adesso aumenta la frequenza a passi più piccoli, tipo una sequenza 2, 5, 10 - disse Toni, con lo sguardo puntato sul fascio di luce azzurra.

- Venti Megahertz - disse Lama. Ora la deformazione era nettamente più visibile: il fascio si allargava progressivamente fino ad un diametro massimo di venti centimetri circa, e poi si stringeva in modo notevole, presentando a una distanza di circa sette-otto metri dalla bocca del laser una strozzatura del diametro di pochi centimetri, dopo la quale tornava ad allargarsi, scomparendo poi nel condotto di uscita verso il bersaglio.

Rimanemmo tutti incantati a guardare: era la prima volta che vedevamo un fascio di luce che, invece di propagarsi in linea retta, procedeva secondo questa stranissima curvatura, a lobi ricorsivi. "Come una fila di salsiccine", aveva detto Toni dopo aver parlato con Susan. Era proprio così, anche se si vedevano solo una salsiccina intera e appena un pezzettino della successiva.

- Avete notato - disse Elisabetta rompendo il silenzio - che l'inviluppo del fascio, o meglio la sua lunghezza d'onda nello spazio, sembra corrispondere proprio alla lunghezza d'onda della modulante? -

- Sì, - rispose Toni - sembra corrispondere, ma è possibile che sia solo una coincidenza. Portiamo la frequenza a cinquanta megahertz, così lo verificheremo. -

- Cinquanta - confermò Lama mentre il lobo di luce parve contrarsi in direzione del laser, gonfiandosi proprio come una salsiccina fra due nodi, mentre diventavano visibili nella sala un secondo lobo e buona parte del terzo. -

- Sembrerebbero proprio avere la stessa lunghezza d'onda della modulante. - disse Toni - Adesso proviamo ad aumentare un po' l'ampiezza della modulazione. -

Rossetti regolò alcuni controlli, ed i lobi crebbero di diametro, ma non variarono di lunghezza.

- Ancora un po' - disse Toni.

Mentre il diametro dei lobi aumentava ancora, avvicinandosi a quella del condotto predisposto per il fascio, che era di circa un metro e mezzo, ci fu nella sala una forte esplosione, che fece volare via gli altri pannelli che formavano il condotto del fascio, mandò in pezzi i vetri della finestra più vicina e fece scattare alcune protezioni; il laser si spense, mentre qualcuno gridava di spavento.

Nel silenzio che seguì l'esplosione sollevai il volto, che avevo nascosto col braccio destro, e mi guardai intorno, cercando con lo sguardo Elisabetta: lei mi fece cenno che stava bene. Mi alzai e mi avvicinai agli altri. Stavano tutti guardandosi intorno, cercan-

do di capire cosa fosse successo. Toni era rimasto seduto sulla sedia dalla quale stava osservando il tutto ed aveva lo sguardo perso nel nulla.
Gli toccai una spalla e domandai
- Tutto bene? -
- Sì, - disse lui - hai visto cosa è successo? -
- In realtà no. - dissi io - Dal mio punto di vista non vedevo bene la bocca del laser e ho visto solo i pannelli che volavano via. Che cosa è scoppiato? -
Lui non rispose subito. Poi disse solo: - L'aria. -
Elisabetta, nel frattempo, si era alzata, come tutti gli altri, e si era avvicinata a noi due.
- Certo - disse - siamo stati ingenui a non pensarci prima: la densità di energia nei punti di focalizzazione è diventata più alta della rigidità dielettrica dell'aria ed ha prodotto una violenta scarica ionizzante, attraverso la quale è fluita tutta la potenza del fascio, in una specie di corto circuito. -
E poi, pensando già alle fasi successive, aggiunse:
- L'esplosione era solo l'effetto della liberazione di questa energia. Se vogliamo ottenere lobi di diametro maggiore di quello precedente all'esplosione, dovremo lavorare a potenza alquanto più bassa. -
- Ma che cosa ha spento il laser? - chiesi senza rivolgermi a nessuno in particolare.
- Il sistema di protezione degli eccitatori. - rispose Rossetti - Dato che usa come input il segnale della sonda bolometrica, quando si è liberata l'energia del fascio il sistema di feed-back l'ha presa per un sovraccarico o un segnale di ritorno e ha tagliato l'eccitazione. -
- Bene, - disse Toni - penso che per oggi possa bastare. -
Poi, rivolto a Moretti, - Credi che potremo ripristinare tutto per domattina verso le undici? -
- Credo di sì, a meno che l'esplosione non abbia danneggiato

qualcosa. Vedo però che le segnalazioni del sistema di test sono tutte verdi, quindi non credo ci siano guasti. -
Rossetti, intanto, stava chiamando il capo del servizio manutenzione, per fare riparare i vetri della finestra.
Mi voltai verso Toni ed Elisabetta: - Che giornata, ragazzi! - dissi facendo una smorfia.
- E non è finita. - disse Elisabetta - Fra circa un'ora abbiamo un appuntamento! -
In quel momento si aprì la porta ed apparve De Chiesa: aveva la cravatta allentata ed il fiato grosso:
- Che diavolo state combinando? - chiese con voce alterata - Che cos'era quella esplosione? -
- Niente di speciale - rispose Toni con aria disinvolta - Il nostro cannone spaziale ha sparato il suo primo colpo! -
Sensazioni diverse passarono sul volto di De Chiesa mentre si guardava intorno e constatava che non solo stavamo tutti bene, ma alcuni stavano lavorando con aria tranquilla.
Dopo l'ansia, il sollievo e la curiosità, arrivò lo scoppio d'ira.
- Ma che cavolo avete fatto? Siete una manica di incoscienti! Non avevamo detto che le potenzialità di questo laser come arma non dovevano mai più essere sviluppate? Mi avevate giurato che era stato trasformato in uno strumento di ricerca, e ... e ... - e tacque, con l'aria esasperata.
- Mi scusi, stavo solo scherzando. - disse Toni - Il laser è uno strumento scientifico senza precedenti e non un'arma, mi creda! Il piccolo scoppio che può aver sentito era dovuto solo al fatto che abbiamo ottenuto senza rendercene conto un valore eccessivo di densità di campo. -
- Ma che cosa è esploso? Ci sono pericoli? -
- Si tranquillizzi, non ci sono pericoli. Il botto era dovuto ad una scarica in aria, qualcosa di simile ad un fulmine. -
- Voi mi farete diventare matto - si lamentò De Chiesa - e proprio oggi, con la visita della commissione che in pratica è tra po-

che ore! Si è rotto qualcosa? Riuscirete a fare una presentazione decente? -
- Non si preoccupi - disse Moretti - il laser è a posto e pare che la manutenzione ci riparerà la finestra entro le nove. -
- Anche la presentazione grafica è pronta. - dissi io - vedrà che faremo una bella figura. -
- Lo spero proprio - disse lui. E poi, con aria più rilassata: - Perché non mi raccontate in poche parole che cosa è successo, mentre torniamo in ufficio? -
Elisabetta, Toni ed io lo accompagnammo alla palazzina centrale e mentre camminavamo verso il suo ufficio gli spiegammo per sommi capi la storia della focalizzazione ricorsiva ed il legame appena scoperto fra la lunghezza dei lobi e la lunghezza d'onda della modulante.
Lui rimase colpito. Anche se non partecipava più in maniera attiva alle attività sperimentali, De Chiesa aveva un'ottima cultura scientifica e si rese conto immediatamente che avevamo per le mani qualcosa di assolutamente fuori dell'ordinario.
Si fermò, ci guardò con aria inquisitiva e disse:
- Si tratta di una distorsione spazio-temporale, vero? - e poi, vedendo che noi esitavamo a rispondere aggiunse: - Certo che lo è: la luce non fa curve, nello spazio normale. Ma non voglio sapere altro, per adesso. Ne parleremo più avanti, in un momento più tranquillo. -
Ci guardò ancora in volto, lentamente, uno per uno, e disse:
- Voi tre siete una squadra d'azione davvero notevole! Chi si è inventato quella storia della modulazione? -
Restammo perplessi: non gli potevamo ancora dire che era un dono della nota scienziata del futuro Susan McKay, ma era giusto che conoscesse il ruolo che aveva avuto Elisabetta.
- Nessuno in particolare. - dissi con tono indifferente, anticipando un'eventuale risposta degli altri - L'idea è venuta fuori durante una riunione che abbiamo avuto domenica a casa mia, discuten-

do su alcuni studi che Svensson ha pubblicato di recente; sa, quelli sulla possibile interazione tra traiettorie dei fotoni ed emissioni a microonde, che nessuno ha preso sul serio. -
Lui annuì ed io proseguii: - Avevamo anche noi notato qualche cosa di strano nell'emissione del nostro laser e la dottoressa Quaranta ha pensato che analizzando le tabelle di dati pubblicate da Svensson fosse possibile individuare una relazione matematica ricorrente fra i parametri in gioco. Allora ha elaborato quei dati al centro di calcolo ed ha ritenuto di averla trovata. Poi lei e Lamanna hanno trovato le analogie tra queste relazioni ed il nostro laser; hanno messo a punto i relativi parametri di funzionamento ed oggi abbiamo provato. Tutto qui. -
- Tutto qui, dice lui ... tutto qui! - borbottò. Poi, con un'occhiata indagatrice mi domandò: - E lei che ruolo ha avuto, in tutto questo? -
- Io? Ho solo fatto delle ipotesi di tipo ingegneristico su come poter verificare in pratica quelle teorie, ma la matematica che hanno usato loro due è un po' al di fuori delle mie capacità. -
- Sono quasi certo che lo sarebbe anche per me. - borbottò lui.
Poi, dopo averci lanciato un'ultima occhiata con un'espressione strana ma assolutamente indecifrabile, scosse la testa e si allontanò da solo verso il suo ufficio.
Erano quasi le otto: un altro atto di quella giornata di fuoco stava per cominciare!

12. UNIVERSI PARALLELI

Arrivammo nel campo giusto in tempo per vedere apparire la capsula luminosa di Susan. Ci aspettava una sorpresa: non indossava più la tuta da astronauta, ma un vestitino leggero di colore azzurro pallido, con la gonna corta e svolazzante e senza maniche, che le lasciava scoperte anche le spalle. Era longilinea, con braccia sottili e gambe lunghe: aveva davvero quell'aspetto nordico che avevo notato quando l'avevo vista in viso la prima volta, con indosso la pesante tuta da astronauta, ma era probabilmente più matura di come mi era sembrata in quella occasione. Quel giorno appariva raggiante e ci salutò con un gran sorriso.

Per mezzo del solito monitor ci comunicò che aveva assistito alla nostra sperimentazione e, dalle fortissime emissioni di onde G che aveva ricevuto, giudicava che l'esperimento avesse avuto pieno successo.

Ci disse che molti scienziati del suo gruppo erano stupiti della potenza prodotta della nostra sorgente e del fatto che i centri di distorsione spazio-temporale, durati peraltro pochi minuti, fossero così stabili ed intensi. Un elemento che non capivano, tuttavia, era una strana simmetria esagonale che appariva in tutte le nostre emissioni di onde G: la stessa che aveva permesso loro di trovare nella campagna vicino a Pomezia questo "punto caldo" nel quale tenevamo le nostre riunioni.

Trovò poi modo di scherzare sull'esplosione che ci aveva spaventati alla fine della prova, ma fu lieta di sentire che non ne era derivato alcun danno. Ci consigliò comunque di muoverci con maggior prudenza, nelle prove successive.

Ci chiese dettagli sulla fase di messa a punto della miscela di gas e della modulazione, complimentandosi per l'inventiva e l'abilità con la quale avevamo maneggiato il problema.

Aveva sentito parlare anche lei degli studi di Svensson, considerati anche nel suo mondo come privi di senso finché non erano state scoperte le onde G, e poi rivalutati, ma trovò quasi incredibile che Elisabetta fosse riuscita a ricavarne informazioni utili.

Ancora una volta, riscontravamo una differenza fra il suo mondo ed il nostro: appena avessimo reso di pubblico dominio il fatto che i nostri risultati erano stati ottenuti elaborando i dati di Svensson, anche lui ne avrebbe ricavato un riconoscimento.

Da parte nostra ci complimentammo per il fatto che fossero riusciti ad ottenere la trasmissione di immagini da un ambiente con aria respirabile, e lei ci fece notare che c'era voluto molto più tempo del previsto: dal nostro ultimo "incontro" erano infatti passati per lei quasi sei mesi.

Discutendo della fase realizzativa, le accennammo alle difficoltà avute a causa degli scioperi e lei si rabbuiò in volto; ci spiegò che purtroppo tutti gli elementi raccolti tendevano a far pensare che i nostri due mondi fossero entrambi sulla stessa linea temporale; l'unico elemento che differenziava le due storie era rappresentato dalla vicenda del nostro laser e dal contatto con loro. Nel loro passato, non c'era assolutamente traccia di questo, anche se avevano trovato nelle cronache della nostra epoca alcune tracce dell'attività dell'Astra nel campo dei laser.

Ci pregò di aspettare un momento e azionò un dispositivo. Nella parete posteriore della capsula comparve un'apertura e vedemmo entrare un uomo. Aveva un aspetto simpatico, con capelli di un colore biondo mais, grandi baffoni dello stesso colore ed un fisico robusto. Nel complesso, aveva un aspetto da marinaio norvegese, o giù di lì. Lei lo presentò come Gustav Palmer, storiografo e scienziato, e ci spiegò che era lui che stava analizzando la nostra linea storica per cercare eventuali discordanze rispetto alla storia nota del loro passato. Gustav ci spiegò che non era facile, per loro, accedere ai dettagli della storia del nostro periodo, in quanto negli anni successivi gran parte delle registrazioni degli eventi di tutti i giorni (costituite da giornali, registrazioni televisive, archivi governativi e così via) erano andate perdute a seguito dei disordini sociali ai quali aveva accennato Susan.

Ci disse anche, con aria grave, che doveva metterci in guardia contro un evento che a loro risultava essere avvenuto (nel loro passato) nella prima metà di Marzo, e cioè entro pochi giorni, per noi. Gli chiedemmo di cosa si trattasse. Lui si consultò con Susan e poi ci disse che apparentemente nella nostra fabbrica era stato (o sarebbe stato) compiuto un attentato che aveva portato alla distruzione quasi completa dell'edificio destinato alla produzione di laser: quello in cui, al piano seminterrato, si trovava Polifemo. Ci propose, al riguardo, di tentare un esperimento: presumendo che questo attentato si verificasse anche nella nostra storia, potevamo in qualche modo cercare di prevenirlo, e forse evitarlo, o comunque cercare di limitare i danni. Questo avrebbe costituito forse un elemento di scostamento dalla loro linea storica, e in tal caso avrebbe dimostrato che il nostro futuro poteva essere forse meno drammatico del loro passato.

Susan intervenne nella conversazione e spiegò che l'invenzione del ricevitore di onde G, con la sua possibilità di esplorare il passato, visualizzando le immagini del passato anche recente di un qualunque individuo, aveva rappresentato nel loro mondo un elemento fondamentale per debellare la delinquenza. Questo aveva portato ad un periodo di giustizia e di tranquillità senza precedenti. Se fossimo riusciti a sviluppare in tempo la stessa tecnologia, avremmo potuto ottenere anche noi risultati analoghi, evitando forse alcuni dei problemi del periodo degli anni oscuri e in un certo senso favorendo la divergenza dalla loro linea storica.

Mi chiesi fino a che punto tutto questo avesse senso, ed esternai a loro i miei dubbi: stavano forse cercando di farci alterare il loro passato? Ma se quello che dicevano era vero, il solo fatto che disponessimo di Polifemo rappresentava già una deviazione. Se comunque avessimo ottenuto deviazioni ancora più significative, cosa sarebbe accaduto? Sarebbe cambiata la loro storia, o avremmo dato il via ad un nuovo ramo della linea storica originale, ad un universo parallelo che avrebbe cominciato ad esistere proprio come conseguenza delle nostre attività?

E d'altra parte, se loro erano in grado di vedere senza problemi il passato, perché non ci aiutavano di più nel tentare di sventare l'attentato che si era verificato nel loro passato? Fu ancora Gustav a rispondere: per qualche strana ragione, avevano difficoltà, almeno con il nostro mondo (o con il nostro periodo) a richiamare immagini che si riferissero ad un tempo antecedente o di poco successivo rispetto a quello degli ultimi collegamenti, come sarebbe stato necessario per visualizzare le scene dell'attentato. Mentre cioè risultava estremamente facile per loro seguire la nostra storia man mano che si svolgeva, avevano difficoltà enormi, apparentemente insormontabili, almeno per il momento, a "saltellare" avanti e indietro nel tempo o nello spazio vicino al nostro. Promise comunque che avrebbe tentato di scoprire di più sull'attentato, e ci avrebbe avvertito appena possibile.

A questo scopo, proposero di incontrarci tutte le sere, almeno finché non ci avessero inviato un "comunicatore".

Chiedemmo dettagli. Il comunicatore in questione era una specie di ricetrasmettitore portatile spazio-temporale, che ci avrebbe consentito di chiamarli quando volevamo. Dal punto di vista pratico, era simile ad un telefono cellulare, ma era integrato con un minuscolo generatore di onde G. Quando lo avessimo azionato, loro avrebbero rilevato le onde G che emetteva, si sarebbero sintonizzati su di noi ed avrebbero proiettato un'onda G demodulabile audio, che il comunicatore avrebbe ricevuto e decodificato come con un normale telefono, invece di un'immagine come quella che stavano inviando al momento.

Cominciai a pensare alla complicazione temporale di questa soluzione. Per loro, il nostro tempo era una specie di libro da sfogliare. Se decidevano, al loro istante T1, di chiudere il libro, potevano poi riaprirlo all'istante T2 e ritrovare la stessa pagina, come avevano già fatto varie volte con noi. Ma la presenza di un comunicatore in nostra mano alterava questa situazione: se avessi provato a chiamare un'ora dopo la fine di un incontro visivo, "quando" (rispetto al loro tempo) li avrei trovati?

Dopo averci pensato un po', senza trovare una risposta sensata, girai a loro la domanda. Ci pensarono su e poi convennero che non conoscevano la risposta: non restava che provare.

Susan chiese a Toni, che era in quel momento accanto a me, se pensava che l'indomani mattina il nostro laser fosse già pronto, e quindi se si potesse tentare l'invio del comunicatore. Io gli ricordai che avevamo la visita della commissione, e non mi sembrava quindi il momento più adatto per tentare strani esperimenti. Lui mi fece un gesto di assenso e si mise a battere sui tasti la risposta, che rinviava l'esperimento al giorno successivo.

Dopo poco ci salutammo e loro sparirono. Era stata una giornata intensa, densa di emozioni e faticosa. La successiva non sarebbe stata da meno.

13. CASA DOLCE CASA

Dopo aver caricato in macchina le nostre cose salutammo Toni e ci dirigemmo verso casa. Restammo per un po' di tempo in silenzio, immersi nei nostri pensieri. Come era cambiata la mia esistenza in così pochi giorni! Fino a poco tempo fa conducevo una vita da scapolo, con un lavoro di routine abbastanza interessante ma tutto sommato poco eccitante, incontri saltuari con qualche ragazza, in genere amiche di vecchia data alcune delle quali, conosciute ai tempi dell'università, non erano più ragazzine. Gli incontri con loro, però, non avevano più la carica erotica che avevano avuto all'inizio, e con quasi tutte esisteva ormai solo un rapporto cameratesco.

Ora, di colpo, mi ero trovato immerso in un'incredibile avventura spaziotemporale, con al mio fianco questa deliziosa compagna, in un mondo di continue scoperte, di problemi da risolvere e di decisioni improvvise, e forse alla vigilia di un periodo pieno di oscure minacce.

Mi venne poi da pensare che se quello descritto da Susan era il nostro futuro "standard", avremmo dovuto a tutti i costi tentare di cambiarlo. Il primo tentativo poteva essere fatto proprio con l'episodio dell'attentato al quale aveva accennato Gustav: se fossimo riusciti a prevenirlo, o forse a sventarlo, saremmo stati sicuri che la nostra storia non sarebbe stata necessariamente identica al passato del mondo di Susan.

Guardai Elisabetta, che sedeva silenziosa al mio fianco, guardando la strada. Chissà a cosa stava pensando! Lei si accorse che la guardavo e, come se avesse letto nei miei pensieri, disse:
- Stai pensando anche tu al futuro minaccioso che ci hanno descritto? - poi, visto che dopo avere risposto con un "sì" restavo in silenzio, lei continuò:
- Sarebbe veramente triste che proprio adesso, quando dopo anni di vita solitaria e priva di gioia ho scoperto con te di poter essere felice, ci dobbiamo preparare ad un futuro così drammatico. Chissà se non ci sono veramente vie di uscita, se non sia proprio possibile che il futuro del nostro mondo sia diverso! -
- Hai sentito quello che ha detto Gustav circa l'attentato che dovrebbe avvenire in fabbrica, no? - dissi io.
- Sì. - rispose - Immagino che avrai pensato che possa essere il banco di prova per verificare se i nostri eventi possono essere diversi dai loro. Finora, a quanto ho capito, la coincidenza delle due storie sembra perfetta. L'unica differenza sembra che sia l'esistenza del nostro laser ed il contatto con loro, che le loro cronache non riportano. Credi che sia sufficiente? -
- Non lo so - ammisi - ma se riuscissimo davvero a sventare l'attentato forse avremmo maggiori speranze. -
A quel punto ci immergemmo ognuno nei propri pensieri e restammo in silenzio fino ad arrivare a casa.

Non avevamo ancora cenato, ma ormai era piuttosto tardi; così decidemmo di mangiare solo un po' di frutta. Dopo essermi dato una veloce rinfrescata, mentre Lisa era scomparsa in camera da letto a mettersi "qualcosa di più comodo", misi sul tavolo di cucina una tovaglietta e aprii il frigo per tirare fuori la frutta rimasta. Fui sorpreso di trovare un pacchetto che non ricordavo di averci messo. Lo presi e notai che infilato nell'incarto c'era un bigliettino. Diceva solo: "Visto che l'amore non vi lascia tempo di pensare alle cose di casa, ho pensato di prepararvi qualche dolcetto per la colazione".

Tolsi la carta: nel pacchetto, su un piccolo vassoio da pasticceria, c'erano due tortine di ricotta e due crostatine alla frutta. La signora Pina era proprio un tesoro!

Misi il tutto in tavola, mi guardai intorno e decisi che ci sarebbe stata bene un po' di musica. Andai allo stereo e dopo una veloce scorsa fra i Compact-Disc poggiati sullo scaffale ne scelsi uno che mi sembrò adatto, con brani di Albinoni (fra i quali il celebre Adagio) e di Pachelbel.

La musica era iniziata da poco quando arrivò Lisa, con indosso la vestaglia di seta rosa. Rimase un attimo ad ascoltare, con aria attenta, poi mi guardò con un sorriso e disse:

- Albinoni! Il mio cavaliere del tempo è proprio un romantico, dopotutto! -

Io le presi la mano destra, la portai delicatamente alle labbra e la baciai, mormorando:

- E la mia damigella è un angelo del cielo venuto a consolare questo rude uomo d'arme. - Lei mi guardò con dolcezza, ma poi scoppiammo a ridere tutti e due. L'abbracciai e la baciai sulle guance, poi su un orecchio e poi continuai a darle tanti piccoli baci sul collo, scendendo verso la spalla, fino ad infilare il viso nel collo della sua vestaglia. Lei mi lasciò fare, per un po', stringendosi a me e chiudendo gli occhi, ma poi, con un urletto, si scostò da me e disse:

- No, no! Non posso: mi fai venire i brividi! -

- Di solletico o di un altro tipo? - chiesi cercando di attirarla di nuovo verso di me.

- Ma il rude cavaliere non aveva appetito? - chiese con tono scherzoso, senza rispondere alla mia domanda.

- Sì. E' per quello che vorrei mangiarti. -

Lei non raccolse la mia frase. Nonostante le battute scherzose di

poco prima, ora sembrava pensare di nuovo a quello che ci era stato detto. Poi mi guardò negli occhi, mi sorrise e, forse cercando di riprendere lo scherzo di poco prima, disse:
- Che cosa c'è di buono per una damigella affamata? -
Poi vide i dolcetti sul tavolo.
- E quelli da dove vengono? -
- Li ha portati la signora Pina - spiegai - E' preoccupata che pensiamo troppo all'amore e poco al cibo. -
Lei mi guardò con un'espressione strana. Poi scosse la testa, come per liberarsi di un pensiero che l'aveva turbata, e disse:
- Allora assaggiamoli! Vieni! -
Ci sedemmo a mangiare in silenzio, mentre Albinoni riempiva la stanza della sua musica struggente.
Dopo cena, in camera mia, mentre stavamo per andare a letto, mi accostai a lei da dietro, e le misi le mani intorno alla vita. Lei si fermò, come aspettando che io facessi qualcosa, ma ricordandomi che la volta precedente, in una situazione analoga, lei non aveva gradito le mie carezze, non feci altro.
Lei si girò verso di me e venne a stringersi fra le mie braccia.
- Non so che destino avremo e se ci sarà tanto tempo per le tenerezze, - mi disse a bassa voce - ma vorrei poterti dare ora tutto quello che desideri. Non mi interessa più se non sono ancora matura per certe esperienze: vorrei solo che anche tu avessi la tua parte di felicità. -
- Ma io sono già felice così, - risposi - e non voglio assolutamente che tu debba subire qualcosa che non desideri: ci sarà un tempo per ogni cosa e saremo felici insieme. -
Dicendolo, mi resi conto che lo speravo davvero, ma il dubbio che potesse non essere vero rimaneva come un fantasma in fondo al mio cuore.
Lei slacciò la cintura che teneva chiusa la vestaglia e rimase a guardarmi, come se si aspettasse che fossi io a toglierglielas. Così gliela sfilai dalle spalle, la posai sul letto e restai per alcuni secon-

di a guardarla, tenendola per le mani: Dio, come era bella! La attirai verso di me e la abbracciai teneramente, dandole un bacio e cullandola poi fra le mie braccia. Però fu solo più tardi, quando fummo a letto, vicini sotto le coperte, che provai di nuovo ad accarezzarla. E lei si abbandonò con passione alle mie carezze, come se volesse allontanare da sé quei ricordi non nostri, di un futuro immerso nell'oscurità.

14. ESAME

La commissione arrivò verso le dieci. Era composta da cinque membri: due del ministero dell'industria, due dell'IMI (l'ente che erogava i finanziamenti) ed uno del CNR, il Consiglio Nazionale delle Ricerche.

La presentazione iniziò con un messaggio di benvenuto da parte del nostro direttore, dopo di che lui ci lasciò ed io iniziai una panoramica sullo stato dell'arte nelle tecniche laser in Italia e nel mondo, fornendo alcuni dati sulla nostra posizione rispetto agli altri enti impegnati in ricerche analoghe.

Uno dei funzionari del ministero mi interruppe dicendo:
- Egregio ingegnere, nessuno mette in dubbio che la vostra ditta, o per essere più precisi la vostra divisione, sia oggi in una posizione di leader nazionale e forse anche europeo per quello che riguarda i laser di potenza. Quello che vorremmo sapere è a che punto sia arrivato lo sviluppo del nuovo laser, quale tipo di applicazioni prevedete e quando potremo vedere realizzate queste applicazioni. -
Fornii una descrizione abbastanza corrispondente al vero sullo stato di avanzamento del progetto, poi iniziai a parlare delle applicazioni, utilizzando le tavole grafiche che avevamo preparato con Toni.

Parlai di energia pulita, di smaltimento di rifiuti tossici, di comunicazioni satellitari ed altro. Poi, con un minimo di teatralità, ma senza esagerare, parlai del fatto che il laser era in grado di emettere anche radiazioni alle lunghezze d'onda nella cosiddetta "terra di nessuno" ed anticipai che la ricerca in tale settore avrebbe riservato novità sensazionali.

L'altro funzionario del ministero a quel punto disse:
- Non è forse vero che l'applicazione più diretta di un laser di questo tipo è quella di usarlo come arma? -

Passai la parola a Toni, del quale erano noti gli studi sulle armi laser all'epoca delle "guerre stellari".

- Il nostro laser, almeno nella sua configurazione attuale, non è assolutamente utilizzabile come arma, né adattabile per tale impiego a meno di profonde modifiche. La ragione principale di questo è che mentre l'effetto termico di un raggio laser è proporzionale alla potenza media emessa, i suoi eventuali effetti distruttivi, in particolare verso dispositivi elettroottici o a semiconduttori, ma anche contro bersagli generici, quale che sia il materiale del quale siano costituiti, è in prima approssimazione proporzionale alla sua potenza di picco. Questo significa che, a parità di potenza media, mentre un laser progettato per l'uso come arma sarà in genere a funzionamento impulsivo, o a impulsi ripetuti, i laser progettati per applicazioni diverse, come ad esempio la fusione controllata di idrogeno, funzionano in genere in radiazione continua, come il nostro. -

- Lei mente - disse l'uomo con voce alterata. - Abbiamo saputo che proprio ieri avete ottenuto un impulso esplosivo con effetti distruttivi. Inoltre - e scandì le parole mentre diceva la stupidaggine successiva - sappiamo che le radiazioni nell'intorno dei 100 micron hanno un effetto destabilizzante sulla materia, e verranno usate nelle armi laser di nuova generazione. -

Ci guardammo perplessi: dove poteva aver attinto quest'uomo quel mucchio di notizie, in piccola parte vere ma per la maggior parte del tutto fantasiose? E in termini pratici chi poteva avergli raccontato dell'esplosione di ieri? Avevamo una spia in casa?

Prima che potessimo rispondere, però, intervenne l'uomo del CNR:
- Tengo a precisare - disse con sussiego, rivolto all'uomo del ministero - che le informazioni in suo possesso circa le radiazioni a 100 micron sono del tutto prive di fondamento. Al giorno d'oggi, infatti, non esiste alcun tipo di radiazione che possa alterare l'integrità della materia. Lei dovrebbe informarsi da fonti serie, prima di fare quelle sparate ridicole. -

L'altro rimase immobile e in silenzio per alcuni secondi, anche se sembrava prepararsi ad una risposta esplosiva, ed io ripresi la parola per evitare che la riunione degenerasse in una rissa verbale: - Signori, vi prego, vediamo di non perdere la calma! Avrete le risposte a tutte queste domande se vorrete ascoltarci pazientemente. Parliamo intanto della cosiddetta esplosione di ieri. Come l'ingegner Lamanna vi spiegherà in termini più dettagliati, se lo volete, si è trattato solo di una scarica elettrica in aria in un punto di focalizzazione del fascio laser, dovuto al fatto che la densità del campo elettromagnetico in quel punto ha superato la rigidità dielettrica dell'aria. Non c'è stato nessun effetto esplosivo e non si sono avuti danni, salvo la rottura di un vetro dovuta allo spostamento d'aria. Quanto alle lunghezze d'onda, il nostro laser emette su due sole righe, una a 10,2 micron, tipica dei laser a CO_2, che come è noto produce solo effetti di tipo termico, ed una a 30 micron, che al momento stiamo studiando con molto interesse in quanto sembra consentire la rifocalizzazione del fascio in aria. E' proprio questa lunghezza d'onda, fra l'altro, che sembra la più interessante per i nuovi studi sulla produzione di energia pulita. -
- Dice che può essere rifocalizzata, eh! - intervenne l'altro esperto del ministero - Mi sembra molto interessante e anche del tutto nuovo; potete spiegarci il principio sul quale si basa questo fe-

nomeno? -

Passai la parola ad Elisabetta, che con tono semplice e pacato tenne la sua lezione sulla fisica dei campi, strappando ogni tanto conferme al volo all'uomo del CNR, anche se dubito molto che potesse seguire davvero tutti i dettagli della spiegazione. Ovviamente, l'esposizione, tutta e solo in termini matematici, fu fatta senza mai citare la tematica delle deformazioni spazio-temporali.

Fu poi la volta di Toni, che passò agli aspetti realizzativi del laser ed elencò le attività di ricerca che richiedevano ulteriori finanziamenti. Alla fine della sua esposizione, proposi di andare in laboratorio a vedere l'oggetto. Accettarono tutti con sollievo: se avessero visto alla lavagna ancora un po' di formule matematiche e di grafici poco comprensibili si sarebbero addormentati!

In sala laser era tutto pronto per una dimostrazione. Toni mostrò il sistema di eccitazione, spiegando che la tecnica utilizzata, con le sei sorgenti a microonde convergenti al centro che fungevano da eccitatori, era unica al mondo e si dilungò sui sistemi di controllo dell'emissione.

Fece indossare a tutti i presenti gli occhiali protettivi e poi, con l'aiuto di Rossetti, accese il laser nella stessa modalità impulsiva a 30 hertz che avevamo usato nelle fasi di immissione dello Xeno. Si diffuse nella sala la vibrazione da canna d'organo, ed i nostri visitatori si guardarono l'un l'altro stupiti. Poi Toni fece rimuovere uno dei pannelli schermanti del condotto e mostrò il fascio, che brillava debolmente della sua luce azzurra.

- E l'effetto di focalizzazione di cui ci ha parlato? - chiese l'uomo del CNR.

- E' una cosa che stiamo ancora studiando, ma ... -

- Balle! - ribatté il nostro oppositore del ministero - Non vogliono farcelo vedere perché renderebbe evidente che questo oggetto è un'arma! -

Io non ne potevo più. Decisi che non aveva più senso cercare di rabbonirlo: avremmo comunque perso la partita, visto che dove-

vamo avere anche una spia in casa.
Avrei potuto pentirmene in seguito, ma decisi che era meglio giocare all'attacco invece che in difesa. Così feci spegnere il laser, mi rialzai gli occhiali sulla fronte e poi, con aria molto seccata, ribattei:
- Non è affatto così e la invito formalmente a desistere da questo atteggiamento insultante. E' chiaro a tutti, ormai, che lei non è adatto a far parte di questa commissione in quanto prevenuto, tecnicamente impreparato e quindi non in grado di formulare un parere di qualsiasi tipo. La invito a tenere un comportamento civile, o sarò costretto a farla accompagnare fuori dal personale della sicurezza. -
L'uomo diventò paonazzo: - Nazisti! - urlò infuriato, mentre le vene del collo gli si gonfiavano come se dovessero scoppiare.
- Siete dei nazisti guerrafondai, ma vi farò pentire di questa offesa: vi farò togliere i fondi, vi farò licenziare! Adesso sono io che me ne vado! -
Si girò sui tacchi e si avviò all'uscita. Io feci cenno ai due uomini della sorveglianza che erano vicino alla porta di scortarlo e verificare che uscisse davvero dallo stabilimento.
Gli altri erano rimasti ammutoliti a guardare, ma notai che mentre i membri della commissione guardavano un po' me e un po' l'uomo che si allontanava, Elisabetta e Toni, avendo capito che avevo messo su una sceneggiata per ragioni tattiche, si trattenevano per non scoppiare a ridere.
La situazione, tuttavia, era grave. Avevo scelto di cavalcare la tigre, invece di limitarmi a cercare di non essere mangiato, ma il gioco poteva rivelarsi altrettanto difficile.
Mi rivolsi ai membri rimasti della commissione con un sorriso, come se nulla fosse accaduto, e cercai di ricondurre la loro attenzione su fatti tecnici.
- Il fenomeno di rifocalizzazione al quale assisterete fra poco e al quale vi invito a dedicare la massima attenzione, è una scoperta

molto recente e, come vi ha detto l'ingegner Lamanna, è ancora in fase di studio e non ha ancora avuto un'interpretazione matematica del tutto esaustiva. E' qualcosa di totalmente nuovo e abbastanza sorprendente, le cui possibili applicazioni potrebbero essere davvero fantastiche. -
Mi accorsi che erano attenti e curiosi di sapere di cosa si trattasse. Toni intanto, mentre parlavo, aveva riacceso il laser e dato disposizioni perché si ripetesse l'esperimento di modulazione del giorno prima. Ne avevamo parlato prima della riunione, ed avevamo deciso che poteva essere una buona carta da giocare, se usata con moderazione. Non volevamo, infatti, che il risultato della modulazione fosse così evidente da far capire anche ad un non addetto ai lavori che stavamo ottenendo una distorsione spazio-temporale; doveva invece sembrare solo una modesta rifocalizzazione del fascio, che rappresentava comunque qualcosa di mai visto prima. Per tale ragione, la modulazione d'ampiezza sarebbe stata mantenuta a livelli molto bassi e la frequenza sarebbe stata tale da produrre un solo punto focale, vicino alla parete di fondo della sala.

Mi riabbassai gli occhiali, invitai gli ospiti a fare lo stesso e ad osservare il fascio, e feci segno a Toni di accendere il laser e introdurre la modulazione. Quando si vide il fascio che prima si gonfiava leggermente e poi si "strozzava" in prossimità della parete di fondo della sala, si sentì un mormorio e qualcuno emise un "Oooh!" di meraviglia.

Fu uno degli uomini dell'IMI, che fino a quel momento non aveva mai aperto bocca, a rompere il silenzio:

- Il punto di focalizzazione può essere posto a qualunque distanza dal laser? - chiese.

- Riteniamo di sì - rispose Toni - anche se per il momento non abbiamo avuto la possibilità di verificare se il fenomeno si produce anche a grande distanza. -

- Intende dire che a corta distanza siete in grado di spostarlo a

piacere? - chiese ancora lui.
- Sì. Possiamo anche farvelo vedere. - Così dicendo, Toni ritoccò i comandi del modulatore ed il punto focale si spostò lentamente in avanti, fino a sparire nel condotto che attraversava il muro.
- Che cosa c'è oltre quel muro? - chiese l'uomo del CNR.
- Un bersaglio dissipativo, progettato espressamente per poter disperdere in forma di calore e senza problemi l'energia emessa dal laser. - risposi io - Volete vederlo? -
Volevano. Spegnemmo il laser, uscimmo dalla sala e ci avviammo a ispezionare il tunnel del bersaglio. Attraversammo i cancelli posti lungo il cunicolo, mostrando loro come funzionavano i sistemi di sicurezza che impedivano l'accesso al tunnel mentre il laser era in funzione, e arrivammo al bersaglio. Fecero ancora molte domande, in un'atmosfera di serena curiosità per i fatti tecnici, finché un sorvegliante venne ad avvertirci che il pranzo sarebbe stato pronto entro pochi minuti.

Il pranzo era stato preparato in una delle salette del servizio commerciale, situata sul lato destro dell'edificio della mensa. Era una bella giornata di sole, con un clima decisamente mite, e la breve passeggiata per arrivarci fu molto gradevole.

Al pranzo con gli ospiti, oltre ad Elisabetta, Toni e me, partecipava anche De Chiesa, che ci raggiunse all'ingresso della saletta.

Era stato predisposto un menu a base di pesce: cocktail di scampi, risotto "alla pescatora" e spigola al cartoccio, ma prima di iniziare verificammo con gli ospiti che questa scelta fosse di loro gradimento, cosa che tutti confermarono, scartando il menu senza pesce che potevamo offrire come alternativa.

Il pranzo fu gradevole, in un'atmosfera amichevole e rilassata, ed il resto della riunione fu solo tranquilla routine. Nessuno accennò più all'incidente della mattina con l'astioso personaggio del ministero, e verso le quattro gli ospiti si accomiatarono, dopo essersi complimentati con noi per i risultati già raggiunti ed avere

promesso, non sollecitati, il più completo appoggio al proseguimento della nostra ricerca.
Poco dopo mi ritrovai con De Chiesa nel suo ufficio, per commentare l'accaduto. Raccontai per sommi capi l'incidente della mattina, mentre lui ascoltava con aria attenta.
- C'era da aspettarsi che succedesse qualcosa. - commentò. - Ma lei sa chi è quel tipo che ha cacciato fuori? -
- No. So solo che era del ministero, ma chiunque fosse, stava rendendo la riunione così rissosa e negativa che ho giudicato meno dannoso arrivare ad una rottura piuttosto che lasciarlo fare. Se ritiene che non fosse il caso di farlo, sono disposto ad assumermene la responsabilità. -
- No, Rinaldi: ha fatto bene. - disse ridacchiando - Avrei voluto esserci e godermi la scena! Adesso avremo certamente delle grane, visto che l'individuo in questione pare che sia un parente del ministro, che, come certamente saprà, è uno dei firmatari del documento contro l'industria militare che è stato presentato alla Camera. Ma non si preoccupi: mi faccio carico io del problema e le darò una completa copertura. Voi tre continuate tranquillamente il lavoro che state facendo: è troppo importante. -
- Un fatto che mi preoccupa, comunque, è che fosse informato di quella specie di esplosione che si è verificata ieri. Chi può averglielo detto? Si direbbe quasi che abbia infiltrato una spia qui da noi. -
- In effetti, è molto strano e non può essere una coincidenza. Vedrò di capire come è stato possibile. Lei non ci pensi più e continui a lavorare. Mi occuperò io degli aspetti politici. -
Io lo ringraziai, lui mi salutò augurandomi buon lavoro e mentre me ne stavo andando aggiunse: - A proposito: mi tenga al corrente degli sviluppi, mi raccomando! -
Povero direttore! Si accollava con apparente disinvoltura la grana che gli avevo procurato, senza nemmeno sapere nulla della reale portata dei fenomeni che stavamo vivendo.

Forse sarebbe stato il caso di metterlo al corrente.

Forse. Per quanto ... !

L'incontro con Susan, quella sera, fu dedicato quasi esclusivamente alla preparazione dell'esperimento del giorno successivo, quando avrebbero tentato di inviarci il comunicatore.

Toni si incaricò della definizione dei dettagli dal nostro lato. Elisabetta ed io, non avendo possibilità di partecipare a questa attività, vista la lentezza del sistema di comunicazione, decidemmo di lasciarlo solo e andare a cena in una delle trattorie di campagna della zona.

Trovammo un localino simpatico, con pochi tavoli, un grande camino acceso in un angolo e una simpatica donnina abruzzese ("sora Lucia") che ci propose una cena a base di "stuzzichini".

Una volta seduti ci guardammo attorno: una tavolata con tre giovani coppie si trovava vicino al camino. Stavano mangiando delle grandi pizze, scambiandone pezzi tra loro, ridendo e scherzando.

Oltre a loro e a noi, solo altre due coppie: una di giovanissimi, forse in età da liceo, che si guardavano con espressione estasiata, tenendosi per mano mentre aspettavano la cena; lei era bionda, con i capelli fermati da un cerchietto di velluto, lunghi fino alle spalle. Lui bruno, con i capelli corti ed un maglione colorato con una scritta di un "College" americano.

L'altra coppia aveva un aspetto più adulto e poteva essere più o meno della nostra età. Erano vestiti elegantemente, ma quello che colpiva di più, oltre all'avvenenza della ragazza, era la sua capigliatura, di un rosso tiziano intenso, davvero fuori del comune. Aveva i capelli lunghi, color fiamma, ondulati e vaporosi, che le scendevano fino oltre le spalle. La pelle bianchissima, salvo una spruzzata di efelidi sugli zigomi, contrastava con il nero del vestito, che lasciava abbondantemente scoperte le spalle ed aveva una scollatura a V ampia e profonda, che mostrava, più che coprirla, la rotondità dei seni.

Lui sembrava piuttosto alto, era snello, indossava una giacca

sportiva e un gilet di panno e aveva una bella cravatta, intonata al gilet, con un nodo piuttosto grande. Decidemmo che la Porsche parcheggiata fuori dal locale doveva essere loro.
Elisabetta mi domandò che cosa pensavo della ragazza.
- Beh, mi sembra abbastanza attraente, non ti pare? -
- Sì. - disse lei. E poi, con un tono triste nella voce - Ti piace più di me, vero? -
- No, affatto. - risposi - Ha dei lineamenti un po' duri che non corrispondono ai miei canoni di bellezza. E' solo che quella capigliatura rossa tende ad attirare lo sguardo. Non so perché, ma dà l'idea che anche il carattere della ragazza e la sua sensualità debbano essere di fuoco come il colore dei suoi capelli. Fantasie di adolescenti mai cresciuti, forse. -
- Sembra che il mio cavaliere del tempo sia anche poeta e filosofo, questa sera, anche se forse un po' troppo interessato alle chiome rosse. - disse lei. - Allora dimmi: qual è invece il tuo canone di bellezza? -
- Non lo sai? - risposi guardandola - E' una piccola fatina bruna, con grandi occhi azzurri, il corpo liscio di una statuetta cinese, e un ciuffettino birichino ... -
La sua reazione fu vivace e inaspettata: appallottolò il tovagliolo e me lo tirò in faccia ridendo, mentre diceva:
- Aspetta che ti prendo e ti faccio vedere io come la fatina fa a pezzetti i cavalieri che sbavano per le chiome rosse! -
Allungai una mano per carezzarle una guancia. Lei mi prese il polso con una mossa veloce e mi diede un morso sul bordo della mano; poi appoggiò la sua guancia sul mio palmo, chiudendo gli occhi, come un gattino.
Scherzammo ancora sulla rossa bellezza, inventando doppi sensi su belle dame e nobili cavalieri, su antichi eroi in cerca del vello d'oro, o forse anche del vello rosso.
La cena fu deliziosa, fatta di tante cosine diverse, e quando uscimmo eravamo sazi e soddisfatti.

Ci eravamo quasi dimenticati di quel mondo complicato fatto di laser, di problemi sindacali e di contatti col futuro. E quando fummo a casa ci sentivamo isolati dal mondo, soli con il nostro amore.

Ci scambiammo tenerezze, baci e carezze, prima sotto la doccia e poi al calduccio, sotto le coperte. Ma era stata una lunga giornata ed era quasi una settimana che dormivamo pochissimo: eravamo entrambi stanchi ed assonnati, e ben presto ci addormentammo tenendoci abbracciati.

15. LA SFERA DI LUCE

Una folla di operai si era nuovamente ammassata davanti ai cancelli dell'Astra ma, come la volta precedente, riuscimmo a passare senza eccessivi problemi, forse anche perché stavamo entrando con la mia auto, che gli uomini del consiglio di fabbrica sembravano riconoscere.

Toni ci aspettava in ufficio per spiegarci le modalità con le quali doveva avvenire l'esperimento concordato con Susan.

Avremmo dovuto mantenere il laser in emissione continua, al minimo livello di potenza che garantisse una buona stabilità, in modo da evitare scariche in aria, ed ottenere un fascio rifocalizzato con i lobi molto ampi, in modo che il loro diametro massimo fosse di almeno un metro e la distanza fra due "nodi" fosse di circa due metri. A quel punto l'esperimento sarebbe stato preso in mano da Susan che, dopo aver controllato visivamente che in sala laser ci fossimo solo noi, avrebbe cercato di far transitare il comunicatore. Noi dovevamo solo predisporre uno strato di materiale morbido sotto il fascio laser, in modo che il comunicatore non si danneggiasse cadendo a terra. Decidemmo di preparare l'esperimento in tarda mattinata e poi di mandare tutti gli altri a mensa per poter rimanere soli.

Non fu facile stabilizzare l'emissione a un livello di potenza ragionevole ed ottenere un fascio con lobi della dimensione suggerita, ma dopo aver modificato "al volo" alcune regolazioni dei circuiti di controllo ed aver ritoccato una regolazione manuale sui circuiti di feed-back, ci riuscimmo. Poi, quando gli altri erano già andati a mensa, mettemmo in terra, sotto il punto in cui si formava il primo lobo del fascio, uno spesso materassino di materiale morbido (che in realtà era un pannello assorbente per microonde) e ci sedemmo ad aspettare.

Dopo poco vedemmo che all'interno della luminescenza azzurrina del primo lobo si stava formando una sfera evanescente di luce bianca. La sfera crebbe fino ad occupare tutto il diametro del lobo, poi si stabilizzò, mantenendo però un aspetto poco definito. Dopo circa un minuto scomparve, senza che fosse avvenuto altro. Passati alcuni secondi tornò ad apparire, per poi scomparire di nuovo. Sembrava che Susan stesse cercando di effettuare il trasferimento, ma per qualche ragione questo non potesse avvenire. I tentativi, se quello erano, durarono circa mezz'ora, con la sfera di luce che diventava di volta in volta più nitida, come era avvenuto all'epoca del primo contatto con Susan, poi cessarono. Noi nel frattempo discutemmo fra noi se fosse possibile tentare qualche azione che facilitasse l'esperimento, ma ci mancavano troppe informazioni per poter formulare delle ipotesi su cosa non stesse funzionando. Eravamo meravigliati che, pur avendo a disposizione un tempo indefinito, "loro" avessero deciso di desistere. Forse avevano capito il problema ed avevano deciso che avremmo dovuto cambiare noi qualche regolazione: avremmo dovuto aspettare fino alle otto per saperlo.

Il pomeriggio in ufficio era tranquillo e decidemmo di andare a cena presto, in una pizzeria di Pomezia, in modo da avere già cenato prima dell'appuntamento alle otto.

Andammo da Enzo, una pizzeria nella quale ero già stato in precedenti occasioni: uno stanzone rustico che comunicava con la cucina, dominata dal grande forno a legna, attraverso un arco di mattoni, parzialmente ostruito da un bancone sul quale il cuoco (Enzo?) posava le pizze man mano che erano pronte e una giovane camerierina in pantaloni e T-shirt neri, molto gentile e con un bel sorriso in volto, le serviva ai tavoli.

Pensavamo di essere quasi soli, a quell'ora, ma il locale si riempì rapidamente di gruppetti di giovani e giovanissimi, attratti evidentemente dalla pizza, che era di ottima qualità e a buon prezzo.

Arrivavano vociando, sorridenti ed eccitati, con giacche a vento variopinte, qualcuno con uno zainetto colorato, poi depositavano zainetti e giacche su una sedia, e così vicino ad ogni tavolo si formava un mucchio disordinato di stoffa multicolore.

Cenammo rapidamente, con pizza e un po' di frutta, ed arrivammo puntuali all'appuntamento.

Nell'ogiva di luce, che divenne visibile mentre ci avvicinavamo, Susan ci aspettava con accanto un uomo che vedevamo per la prima volta; lo presentò come Charles Benson, detto "Chuck", il loro massimo esperto di onde G e di trasmissioni spaziotemporali. Chuck ci aveva già visti sia durante la ricezione di immagini del nostro tempo, sia nelle registrazioni dei nostri incontri precedenti, e quindi conosceva già i nostri nomi e i nostri incarichi.

Entrò subito in argomento. Come avevamo immaginato, l'esperimento, che per noi era durato poco più di mezz'ora, era stato per loro un lavoro di vari giorni.

Il problema incontrato, che aveva impedito il trasferimento, era legato alla struttura della nostra emissione di onde G, che sembrava affetta da una strana anomalia: i vettori di campo E, M e G, che nel loro sistema erano ortogonali, si presentavano nel nostro sistema con una strana configurazione obliqua, che dal punto di vista matematico sembrava riconducibile, in un riferimento pentadimensionale, ad un sistema di coordinate "esagonali", ortogonale alla coordinata T. Era quasi come arabo, per me, ma sembrava che Elisabetta capisse perfettamente la situazione.

Erano quindi arrivati alla conclusione che ai fini dell'emissione di onde G era come se nel nostro laser vi fossero tre sorgenti indipendenti, disposte con angoli di 120 gradi sia rispetto all'asse del laser che fra di loro, che generavano ognuna una forte ellitticità di emissione. Era forse la sovrapposizione di questi effetti ad aver dato luogo alla formazione dei "punti caldi" disposti ad esagono che era stata sfruttata per la trasmissione di immagini verso di noi, ma al tempo stesso impediva l'aggancio delle loro onde G, che erano di tipo ortogonale, con le nostre, di tipo esagonale.

Seguì un lungo scambio di informazioni, rallentato dal nostro sistema di scrittura sul portatile, sulla struttura fisica del nostro laser e su quale potesse essere la ragione di questa stranezza.

Ad un certo punto, Chuck chiese se nel laser ci fossero degli elementi importanti disposti con una simmetria rotazionale di molteplicità tre o sei. La risposta era per noi immediata: gli eccitatori a microonde! Spiegammo che per ragioni costruttive avevamo deciso di distribuire gli eccitatori ad intervalli uniformi attorno all'ampolla del plasma e a questo punto li avevamo posizionati come se si trovassero sulla superficie di un cono, come le stecche di un ombrello semiaperto, in modo che i loro segnali di uscita convergessero all'interno dell'ampolla stessa.

Questo, spiegò Elisabetta, aveva consentito di ottenere un livello di eccitazione sei volte maggiore di quello ottenibile con un solo eccitatore e la densità di campo all'interno dell'ampolla era risultata non solo molto alta ma anche abbastanza uniforme, anche se si era riscontrato che aveva una distribuzione di energia molto particolare, nella sezione dell'ampolla, che era stata definita come "un'ellisse a sei fuochi". Era probabilmente questa la causa del problema.

Chuck fu d'accordo: era proprio il tipo di ragione che loro avevano ipotizzato fosse alla base dell'inconveniente. Per poter andare avanti, era necessario o eliminare questa particolarità della struttura, o fare comunque in modo che la densità di eccitazione diventasse più uniforme, perdendo o almeno riducendo questa caratteristica "esagonale".

Nonostante mi fossero poco chiari gli aspetti fisico-matematici del problema, mi era abbastanza chiaro il legame geometrico fra la struttura fisica del laser e l'effetto descritto. Mi venne quindi l'idea che fosse possibile limitare il problema agendo sulla polarizzazione degli eccitatori.

Al momento, infatti, i segnali di eccitazione avevano tutti una polarizzazione lineare, che aveva un orientamento ben definito rispetto al corpo dell'eccitatore. Il fatto che fossero disposti a raggiera faceva sì che la polarizzazione dell'eccitazione all'interno del laser fosse la somma di tre polarizzazioni lineari ruotate di 120 gradi l'una dall'altra. Pensavo come se fossero solo tre, e non sei, dato che sommando le due lineari opposte, che erano allineate tra loro come polarizzazione ma convergenti come direzione d'arrivo, disassate entrambe di circa trenta gradi rispetto all'asse meccanico del laser, se ne produceva una sola che appariva allineata allo stesso asse.

E se avessimo provato a farle ruotare tutte di 90 gradi?

O meglio, se fossimo passati ad una polarizzazione circolare, omogenea su tutti gli eccitatori? Ne parlai ad Elisabetta, che ci pensò su un po' e poi disse che secondo lei la cosa poteva funzionare. Ne parlammo a Toni, e chiedemmo un parere anche a Chuck; anche loro accolsero l'idea con interesse. Decidemmo quindi che valeva la pena di provare il giorno successivo.

Ricordai a tutti che cambiando la configurazione del laser in questo modo sarebbero forse spariti i "punti caldi" e di conseguenza avremmo rischiato di perdere la possibilità di questi contatti visivi, ma fu concordato che se il trasferimento non fosse riuscito, o il comunicatore non avesse funzionato, avremmo ripristinato la configurazione attuale del laser, in modo da poter avere un altro incontro la sera successiva. Sembravano tutti convinti, però, che l'esperimento sarebbe riuscito.

16. LA MIA DONNA

Tornammo a casa abbastanza euforici: sembrava che fossimo ad una svolta positiva! Era ancora presto, almeno rispetto alle sere precedenti, e chiesi ad Elisabetta che cosa volesse fare.
Lei mi guardò con un'espressione maliziosa e disse:
- Potresti provare a fare l'amore con me, se ne hai voglia! -
L'abbracciai e le chiesi: - Sei sicura di volerlo? -
- Credo proprio di sì, non voglio più aspettare. -
Giocammo ancora sotto la doccia: ci insaponammo, ridendo, e ci lasciammo risciacquare dall'acqua tiepida mentre ci tenevamo stretti. Le accarezzai i seni e mentre le loro punte si risvegliavano sotto le mie carezze lei mostrò chiaramente di compiacersi dell'eccitazione che questo provocava in me e che non potevo certo nascondere.
Ci asciugammo insieme, fra mille carezze. Poi, quando fummo sdraiati sul letto, restammo immobili per un momento, mano nella mano. Mi sollevai su un gomito, per avvicinarmi a lei e baciarla, ma lei mi poggiò una mano sulla spalla e disse:
- No, aspetta; voglio venire io da te. -
Mi spinse indietro sul cuscino, si girò e mi arrivò addosso, poggiandomi il seno sul torace e guardandomi sorridente.
La baciai mentre le accarezzavo la schiena e lei si abbandonò alle

carezze. Poi si sollevò sulle braccia e mi chiese se potevo abbassare la luce.
- Non spegnerla del tutto, però: voglio vederti. - aggiunse.

Mentre allungavo una mano per spegnere la lampada sul mio comodino, lasciando invece accesa quella sul suo, lei scavalcò i miei fianchi con un ginocchio e si mise a cavalcioni su di me, stringendomi fra le ginocchia, con il corpo eretto, come aveva fatto la prima mattina. Questa volta, però, non c'era la coperta, fra noi, e il contatto del suo corpo con il mio ventre mi mandò un brivido su per la schiena, e mi riempì di desiderio.

Le accarezzai nuovamente i seni, racchiudendone la pienezza nelle mani e giocando a lungo con le punte rosa che sembravano sbocciare fra le mie dita; poi, a piene mani, le accarezzai i fianchi rotondi e le cosce vellutate. Passai la punta delle dita sul suo addome, soffermandomi solo per un attimo attorno all'ombelico, e poi scesi giù, verso quel ciuffetto nero che poggiava sul mio ventre e chiedeva attenzione.

Lei alzò le braccia in alto, unendo le mani dietro la testa, che spinse lentamente all'indietro, mostrandomi la gola e il collo, e inarcando la schiena, come ad offrire ancora i seni alle mie carezze. Sollevai nuovamente la mano sinistra ad accarezzarle il seno e la feci scorrere lentamente sulla sua rotondità, tenendola aperta e sentendo le mie dita, una per volta, urtarne delicatamente la punta, mentre con l'altra mano continuavo ad accarezzare il ciuffetto nero, sempre più giù.

Poco dopo, lei poggiò le mani sulle mie spalle e sollevò leggermente il corpo dal mio, dandomi spazio per fare arrivare la mia mano ancora più in là, oltre il ciuffetto nero, a portare le mie carezze fra le pieghe più delicate del suo corpo.

La sentii fremere, con sempre maggiore intensità, mentre chiudeva gli occhi e si abbandonava a quelle sensazioni, dondolando lentamente il capo da un lato e dall'altro.

Poco dopo, con un filo di voce, mi disse:

- Vieni da me, adesso. -
Fu una cosa dolcissima. Lei mi accolse con trepidazione, all'inizio, ma poi fu lei stessa, che aveva libertà di movimento, a controllare la nostra unione, mentre mi offriva la visione stupenda del suo corpo eretto, con la testa gettata all'indietro, gli occhi serrati, le labbra dischiuse nel respiro e le mani poggiate sul mio petto. La sentii incerta, ad un tratto, ed emise un debole lamento, che si accentuò per alcuni istanti mentre si abbassava ancora di più su di me e, sempre con gli occhi chiusi, inclinava la testa di lato e sollevava la spalla destra, fino a portarla a strofinare contro la guancia, continuando a gemere con le labbra dischiuse. Poi si fermò, col respiro affannato, socchiuse gli occhi e piano piano avvicinò il suo capo al mio, fino a sussurrarmi:
- Ora sono davvero la tua donna. -
La baciai e la strinsi, sentendomi sommergere dalla passione, e incapace di star fermo cominciai a muovermi lentamente. Lei tornò in posizione eretta, come poco prima, e cominciò anche lei a muoversi un poco, ondulando il ventre; pianissimo, prima, e poi più in fretta, nella cadenza sempre più rapida dell'amore.
Il piacere crebbe improvviso, incontrollabile, e ci squassò entrambi come un'enorme ondata, che sembrò senza fine.
Restammo a lungo abbracciati, dopo.
- Tu sei il mio amore. - disse lei.
- Tu la mia donna. - risposi.
- Io non credevo che potesse essere così bello, così ... incredibilmente bello. -
- Ti ho fatto male? - domandai.
- Solo un pochino, all'inizio, ma il piacere che sentivo crescere dentro di me era così intenso che non avrei mai potuto rinunciarci. - Cosi dicendo si sollevò un poco sulle braccia e rimase a guardarmi, sorridendo.
Avevo i suoi seni davanti agli occhi, vicinissimi; li trovavo più belli che mai, con le punte rosa che ora apparivano più grandi del

solito e molto più rilevate. Glielo feci notare e dissi scherzando che forse volevano un bacio.
- Allora prova! - rispose lei con un sorriso.
Provai, e fu una sensazione stupenda, ma anche una cosa molto emozionante, che risvegliò rapidamente tutta la mia passione. Lei se ne accorse subito e mi lasciò continuare, ma dopo un po' cominciò a muovere pian piano i fianchi, e poi di più, e più in fretta. Poggiai le mani ai lati del suo corpo e cominciai a muovermi anch'io, adeguando gradualmente, ma senza fretta, i miei movimenti ai suoi, finché un'ondata di emozione, non violenta come la precedente, ma forse ancora più struggente, ci trasportò di nuovo e molto più a lungo nel cielo dell'amore.
La mattina dopo ci svegliammo tardi. Avrei voluto ripetere subito l'esperienza della sera prima, ma Lisa, con un'espressione di felicità sul volto, mi disse che era meglio rimandare, vista l'ora. La guardai a lungo, mentre girava per la stanza vestita solo dei suoi capelli, e poi in giro per casa, mentre ci preparavamo ad uscire: non l'avevo vista mai così bella.
In macchina, mentre andavamo al lavoro, la vedevo persa fra i suoi pensieri, felice e sorridente, e sentivo di amarla sempre più.
Lei ad un tratto, accortasi che la guardavo, prese un'espressione più intensa e mi chiese:
- Te ne sei accorto? -
- Accorto di cosa? - chiesi io, mentre mi veniva in mente a cosa probabilmente volesse alludere.
- Che ... ecco, sai ... quando ... e dopo ... -
- Si? - chiesi con tono indifferente, mentre vista la sua incertezza ero quasi certo di aver capito.
- Dopo, quando sono andata ... uffa, ma non capisci? -
- Forse si - dissi io - ma cerca di essere un po' più chiara -
- Beh ... insomma ... ho trovato tracce di sangue!-
- Succede a tutte le ragazze, la prima volta - dissi io.
- Sì, ma io credevo ... sai, sono vissuta tutti questi anni pensando

che la mia verginità fosse scomparsa con l'incidente, e invece ... -
- La verginità è un fatto dell'animo, forse ancora di più che un fatto fisico, non credi? - chiesi.
- Sì, anche, ma sono così contenta di aver avuto anche qualcosa di ... di fisico, da offrirti! Non osavo sperarci. Ma tu non ti sei accorto di nulla? -
- Sì, me ne sono accorto - dissi - e poco dopo ti ho anche chiesto se ti avevo fatto male. Ma poi aspettavo che fossi tu ad accennarne. -
- Sei un tesoro! E ti amo tanto! -
- Anch'io, piccola mia! -
Poggiai una mano sulla sua gamba, accennando ad una carezza; poi rimanemmo in silenzio mentre la campagna romana scorreva lentamente intorno a noi, con i suoi colori di primavera.
Poi, d'improvviso, mi venne in mente che non avevamo preso precauzioni di nessun genere.
La guardai, lei sembrò accorgersi che avevo un'espressione preoccupata e mi chiese se ci fosse un problema.
Le spiegai quello che mi era venuto in mente. Lei sorrise e disse, con aria un tantino misteriosa:
- Non ti preoccupare: non succederà nulla. -
- Come fai ad esserne sicura? - chiesi.
- Perché mi conosco, e so che mancano solo pochi giorni. -
Ci misi un po' a capire cosa volesse dire. Poi capii e la accarezzai di nuovo.
- Ma se succedesse ... ti dispiacerebbe tanto? - chiese.
- No, non credo, - risposi - ma preferirei che passasse un po' di tempo, prima. E poi, tutto sommato, vorrei che prima ci sposassimo. Tu no? - Non rispose, ma mi prese una mano fra le sue e me la strinse forte.

17. VOCI AMICHE

Quando arrivai in sala laser, poco dopo le nove, trovai tutti in grande agitazione.
- Ma perché diavolo volete cambiare la polarizzazione degli eccitatori? - stava dicendo Lama a Toni - Funzionano benissimo! -
- Non è del tutto vero. - rispose Toni - Abbiamo constatato che la distribuzione del campo di eccitazione non è uniforme nella sezione dell'ampolla, ma segue uno schema esagonale che potrebbe disturbare alcuni esperimenti. -
- Ma dove li vado a prendere sei polarizzatori circolari? Dovremmo ordinarli in America e ci vorrebbero comunque dei mesi ad averli! Possibile che non si possa fare altro? -
- Che polarizzazione hanno, attualmente? - domandai, intervenendo nella discussione.
- Lineare. - rispose Lama.
- Certo, questo lo sapevo. Ma come è orientata rispetto al piano assiale? -
- Se intendi riferirti al piano che contiene sia l'asse del laser che quello dell'eccitatore, la polarizzazione è parallela a quello. -
Mi rivolsi a Toni:
- E se provassimo a mantenerla lineare ma a metterla ortogonale a quel piano, invece che parallela? -

- Che cosa cambierebbe? -
- Forse non molto, - risposi - ma può anche darsi che, combinandosi con quella dell'eccitatore diametralmente opposto, dia luogo ad un'eccentricità più ridotta. Se fosse davvero così, non avremmo più quello strano effetto esagonale a "cristallo di neve", e la modesta eccentricità residua potrebbe anche compensarsi con quella delle altre due coppie di eccitatori! -
- Tu vedi sempre le cose in termini geometrici, vero? - disse Toni con un tono leggermente perplesso - Però può anche darsi che sia una buona idea. Vale la pena di provare. - E poi, rivolgendosi a Lama: - Abbiamo sei *twist* in guida da novanta gradi? -
- In magazzino ci sono di sicuro: li stiamo usando per la produzione del generatore da campo per l'Esercito! Vado a prenderli; ma guarda che bisognerà far modificare le staffe di fissaggio degli eccitatori, o almeno farci una nuova serie di fori! -
- Ci penso io. - rispose Toni - Fammi solo sapere quanto sono lunghi esattamente i *twist*.
Poco prima delle due era tutto pronto e ci trovavamo tutti in sala laser per ritentare l'esperimento.
Toni salutò Elisabetta, che quella mattina non aveva ancora incontrato; poi, come se avesse notato in lei qualcosa di nuovo, la guardò ancora, più a lungo; poi guardò me con una strana espressione, ma non disse nulla.
Più tardi, mentre aspettavamo che anche gli ultimi andassero a mensa disse:
- Sapete, ieri ho rivisto Elena. -
- Ah, bene! - dissi io - E come è andata? -
Lui sembrò esitare per un attimo, poi il suo volto prese un'aria sognante e disse lentamente: - Molto bene! E' fantastica. -
Lisa ed io ci guardammo e scoppiammo a ridere.
Lui ci guardò con aria perplessa e disse: - Che c'è da ridere? Voi due, piuttosto, cosa avete combinato, oggi, che avete quell'aria così soddisfatta? -

- Abbiamo esorcizzato un fantasma - rispose lei - e ne siamo molto felici. -

Lui la guardò con aria interrogativa; probabilmente non riusciva a capire che cosa volesse dire lei con quella frase, ma non fece altre domande e si allontanò scuotendo la testa.

Poco dopo, uscito anche Rossetti, che quel giorno sembrava non voler andare a pranzo, avviammo l'esperimento. Come il giorno prima, si formarono i lobi azzurri e dopo alcuni secondi comparve la sfera di luce. Per qualche secondo non successe altro. Poi apparve una piccola immagine scura al centro della sfera, tremolò per un attimo mentre anche la luce azzurra del nostro fascio sembrò tremare, e scomparve, assieme alla sfera di luce.

Guardammo in terra: sul materassino che avevamo preparato non c'era assolutamente nulla.

Toni si grattò la testa con aria perplessa:
- E adesso? - chiese.
- Sembra che loro pensino che l'esperimento sia finito. - dissi senza molta convinzione.

Ancora una volta fu Elisabetta ad avere un'idea:
- E' possibile che in questo momento loro stiano visualizzando le immagini della sala: ricordate che possono farlo? Penso che vorranno vedere come si svolge l'esperimento! -
- Ma allora avranno anche constatato che il comunicatore non è arrivato! - disse Toni.
- Forse, ma purtroppo non possono parlarci né sentire quello che diciamo. - disse lei.
- Non importa. - intervenni - Se ci stanno guardando possiamo inviare messaggi tramite carta e pennarello, come ho fatto io il secondo giorno, e loro possono risponderci attivando la sfera o anche mandandoci una risposta scritta, ammesso che riescano a trasferirla! Proviamo? -

Trovammo un pacco di carta perforata da stampante, bella larga, e un pennarello nero e scrissi un messaggio che diceva:

"Se mi leggete, attivate la sfera!" Lo tenni ben aperto davanti a me e mi allontanai di alcuni metri, ricordando che loro non erano in grado di visualizzare la zona più vicina al laser. Dopo qualche secondo apparve la sfera, rimase visibile per un paio di secondi e scomparve di nuovo.
- Forte! Adesso possiamo essere noi a condurre la danza! - disse Toni - Spieghiamogli che cosa è successo. -
Preparammo un altro cartello, che spiegava cosa era successo, e poi un terzo, chiedendo che inviassero la sfera per un secondo per risponderci sì e per cinque secondi per rispondere no. Li posammo sulla console del modulatore, che aveva il piano inclinato. La sfera apparve e rimase per circa un secondo: funzionava!
Domande e risposte si susseguirono velocemente:
"Pensate che il comunicatore sia passato?"
"Si"
"Sapete dove si trova?"
"No"
"Ma ritenete che sia nel nostro spazio-tempo?"
"Si"
"Potete attivarlo ora?"
"Sì"
"Allora inviate un tono udibile, acuto e modulato"
"Sì".
Dopo qualche secondo cominciammo a sentire un debole trillo, simile a quello di un telefonino.
Spegnemmo il fascio del laser ed anche alcune apparecchiature ausiliarie, che avevano dei ventilatori e producevano un rumore di fondo non trascurabile, e cercammo di capire da dove veniva il suono, ma non ci riuscimmo: sembrava provenire dal soffitto, ma quando provai a salire su una delle scale collegate alla struttura del laser mi sembrò invece provenire dal pavimento.
Cominciavamo a dubitare che l'oggetto si trovasse veramente lì, quando un sorvegliante si affacciò alla porta dicendo:

- Scusi, ingegner Rinaldi ... -
- Che c'è? - domandai.
- Volevo avvertirla che si sente uno strano suono provenire dal cunicolo. Come se ci fosse un segnale di allarme, oppure un telefonino che suona. -
Il cunicolo! Ecco dove era finito l'oggetto. Mentre Toni disattivava completamente il laser, in modo da permettere l'apertura dei cancelli di sicurezza, ringraziai il sorvegliante e gli dissi:
- Finalmente! Deve essere il cercapersone che ho perso ieri mentre ero in giro con gli ospiti. Non riuscivo più a trovarlo. E' tanto che suona?-
- Saranno cinque minuti. - rispose lui.
- Grazie di avermi avvertito: adesso vado a recuperarlo. -
Scrissi in fretta un altro cartello: *"Stop now: we found it"*; e poi aggiunsi *"probably"*.
Il trillo, fino ad allora chiaramente udibile, cessò. Aspettammo che il sorvegliante si fosse allontanato e ci precipitammo nel cunicolo. Mentre, fermi davanti all'ingresso del tunnel del bersaglio, ci guardavamo intorno, sentimmo di nuovo il trillo, stavolta vicinissimo, provenire proprio dalla direzione del bersaglio.
- Brava Susan, - esclamai - sei una ragazza d'oro! -
Elisabetta, che era alla mia destra, si infilò velocemente nel tunnel e dopo pochi passi si chinò a raccogliere un oggetto di forma allungata e lo portò verso di noi: il comunicatore era finalmente nelle nostre mani.
Era un oggetto piatto e sottile, di dimensioni simili a quelle di un telefono cellulare, ma alquanto più lungo. Aveva una zona con incisioni longitudinali, dalla quale presumibilmente usciva il suono, e due zone circolari, lievemente incassate, nelle quali si vedevano rispettivamente le scritte ON ed OFF. Il cerchio con la scritta ON emetteva in quel momento una luce verde.
- *Hallo, Giorgio; are you sure that I am* "una ragazza d'oro"? -
La voce femminile che uscì dal comunicatore ci fece trasalire.

Era una voce calda e carezzevole, che faceva trasparire chiaramente, pur nel tono scherzoso della frase, una grande emozione.

Risposi con tono eccitato parlando in italiano, pensando che lei lo conoscesse abbastanza bene, visto che mi aveva capito; ma lei, tornata all'inglese, spiegò che di italiano sapeva varie parole, ma non abbastanza per sostenere una conversazione.

Parlava inglese con un accento quasi perfetto, anche se con una sonorità chiaramente "non britannica" e con alcune coloriture che non avevo mai sentito in precedenza, ma con una chiarezza tale che avrebbe potuto fare l'annunciatrice alla radio.

Visto che l'oggetto consentiva di condurre una conversazione a viva voce anche gli altri intervennero, accolti con calore dalla voce della nostra nuova amica. Noi eravamo al settimo cielo: avevamo tra le mani un oggetto "impossibile", che ci permetteva di parlare con un'amica che ancora non era nata! Continuammo a parlare per un po', poi proposi di spostarci nel mio ufficio. Restammo lì quasi tutto il pomeriggio: avevamo tante cose da dirci, tante domande che attendevano risposta, e che pian piano furono soddisfatte.

Dopo qualche tempo, Susan ci disse che Gustav aveva una notizia importante per noi.

Gustav aveva una voce simpatica, profonda, con una coloritura ben avvertibile di accento californiano, molto simile a quello del nostro tempo.

Volle salutarci uno per uno, scambiando alcune frasi amichevoli con ognuno di noi. Poi, con tono più grave, ci disse che aveva delle notizie non belle da comunicarci.

Gli chiesi di procedere e lui ci informò di essere finalmente riuscito a sapere qualcosa di più preciso sull'attentato che era stato compiuto (... sarebbe stato compiuto) nella nostra fabbrica: nel loro mondo, era avvenuto alle cinque di mattina dell'undici marzo: lunedì prossimo. Aveva provocato danni gravissimi alla palazzina della produzione, che sarebbe stata parzialmente distrutta da un incendio, ed avrebbe comportato il ferimento di alcune persone. Il laser, apparentemente, non sarebbe stato distrutto, ma forse avrebbe riportato qualche piccolo danno.

La possibilità di sventare l'attentato, o almeno di limitarne i danni, era secondo lui non solo importante di per sé, ma addirittura di importanza fondamentale per il nostro futuro. Non volle dirci di più, ed aggiunse che purtroppo non era riuscito a sapere altro che quello che ci aveva appena detto. Dopotutto, si trattava di un evento poco significativo per la stampa americana dell'epoca, e molto lontano nel tempo, per loro.

Non potei trattenermi dal chiedergli perché non avesse fatto ricerche negli archivi dei nostri giornali. Lui esitò molto a rispondere, poi mi disse soltanto che non era stato possibile e mi pregò di non fare altre domande: avrebbe spiegato meglio la situazione il Lunedì, dopo il prevedibile attentato.

Fu poi Susan a riprendere il discorso, chiedendoci chi fosse Elena Poggi.

Ci guardammo in faccia: come conosceva quel nome? Toni le spiegò che era una nostra amica, e lei allora chiese se si trattava della sua donna. Con tono esitante, Toni ammise che sì, insomma ... più o meno ...

Susan disse solo che lo aveva immaginato e chiese se fosse possibile parlare con lei. Decidemmo che ci saremmo organizzati in modo da poterlo fare l'indomani, Sabato, incontrandoci nel pomeriggio a casa mia.

Susan si disse d'accordo e dopo aver detto - A domani, *my dear friends!* - chiuse il collegamento.

Ci chiedemmo in qual modo potesse aver saputo il nome di Elena, ma non ne venimmo a capo. Concludemmo che forse si trattava di qualcosa legata a un evento futuro, registrato nella storia del loro mondo, e non ci pensammo più.

Discutemmo fra noi sull'accaduto. L'emozione era tanta, ed era durata così a lungo, che lì per lì non prestammo molta attenzione alla notizia dell'attentato, ma rimanemmo a parlare delle possibilità che si aprivano per noi sul piano tecnico e scientifico.

Ci chiedemmo, fra l'altro, come mai il comunicatore fosse finito in prossimità del bersaglio; nell'euforia dell'evento, avevamo dimenticato di parlarne con Susan.

Ad ogni modo, visto che il trasferimento era stato controllato da loro, non ci preoccupammo eccessivamente; ci sembrava abbastanza evidente che invece di fissarsi sul primo lobo del nostro fascio laser, il loro "aggancio" era slittato sul quarto o il quinto. Ci sarebbe stato tempo in seguito per analizzare il problema.

Poi, rendendomi conto che non avremmo avuto molto tempo per tentare di sventare l'attentato, proposi di dare la notizia a De Chiesa, dicendogli che si era trattato di una telefonata anonima. Loro furono d'accordo e li lasciai nel mio ufficio per andare a informarlo.

Lo trovai alla sua scrivania, che leggeva la posta. Mi guardò con aria interrogativa:
- Rinaldi, con chi ha litigato, oggi? -
- Con nessuno! Io di solito evito di litigare. -
- Lo so. Ma allora cosa è quell'aria afflitta? -
- Ho ricevuto una telefonata. Brutta storia. Mi hanno avvertito che lunedì mattina, verso le cinque, ci sarà un attentato alla palazzina del laser. -
Lui rimase silenzioso per un po'. Poi mi guardò e disse:
- Potrebbe essere solo uno scherzo di cattivo gusto. -
- Non credo; - risposi - sono portato a pensare che sia vero, e che chi ci ha avvisato sia veramente un amico! -
- Mio Dio! - disse lui - Che possiamo fare? -
- Potremmo avvisare i carabinieri, la polizia ... -
- E farci dare dei matti? Lo sa cosa succederebbe se poi non fosse vero niente? -
- Posso immaginarlo - dissi - ma anche non fare nulla avendo avuto informazioni così precise mi sembra veramente da inco-

scienti. -
- Va bene - disse lui - correremo il rischio. Ma smuovendo il minimo polverone possibile. Lasci fare a me. -
- Ha qualcosa in contrario se io e Lamanna veniamo in ditta a controllare? -
- La risposta è sì, ma penso che con due personaggi come voi non abbia molta importanza, vero? -
Lo guardai sollevando le sopracciglia e stringendomi le spalle. Una smorfia, alle volte, vuol dire di più ...
Non dissi nulla, ma poi, mentre mi allontanavo lui mi chiamò.
- Si? - dissi, girandomi a guardarlo.
- Serve a qualcosa raccomandarle di essere prudente? -
- Se non ha anche un giubbetto antiproiettile da prestarmi, non credo. -
- State attenti, voi due! Non vorrei proprio che vi succedesse qualcosa! -
Mentre uscivo, vidi che sollevava il telefono e pigiava tante volte lo stesso tasto: almeno i vigili del fuoco sarebbero stati dei nostri!
- Allora? - chiese Toni vedendomi tornare.
- Ci pensa lui, - risposi - ma io vorrei venire qui in tempo per vedere cosa succede. -
Elisabetta mi mise una mano sul braccio e disse allarmata:
- Ma può essere molto pericoloso! -
- Lo so, ma non vedo che cos'altro si possa fare. Ci terremo al riparo, ci coordineremo con la sorveglianza e terremo alcuni estintori a portata di mano. -
- Sono d'accordo. - disse Toni - Non vorrei proprio che qualche stronzo di terrorista buttasse all'aria il nostro lavoro! -
Elisabetta ci guardò con aria preoccupata, ma non disse nulla.

18. WEEKEND

Stavamo tornando a casa. Elisabetta non aveva più detto nulla e sembrava molto preoccupata della mia idea di andare ad assistere agli eventi del Lunedì. Cercai di distrarla con una battuta scherzosa, ma lei scoppiò a piangere dicendo che non avrebbe potuto sopportare che mi succedesse qualcosa. Allora fermai la macchina e la attirai a me. Lei poggiò la testa sulla mia spalla, continuando a singhiozzare e dicendomi con frasi spezzate quanto fosse diventato importante per la sua vita il nostro amore.
Parlammo un poco, lei si calmò e le sollevai il viso verso di me: aveva le guance striate di lacrime e gli occhi semi-chiusi. Mi chinai a baciarla, e sulle sue labbra tenere sentii il sapore delle lacrime. Lei si abbandonò al bacio e si lasciò cullare. Poi mi scostai da lei quanto bastava a prendere il fazzoletto nella tasca e glielo porsi. Lei lo prese e si girò verso il finestrino per asciugare le lacrime, mentre io le accarezzavo le spalle con un gesto lieve.
Poi si voltò di scatto verso di me e disse solo, con voce decisa:
- Voglio fare l'amore. -
- Qui? - chiesi stupito.
Un sorriso ancora incerto riapparve sul suo viso e disse:
- No, micione: nel tuo bel letto morbido. Andiamo a casa. -
Arrivati in camera da letto la spogliai lentamente, coprendola di

piccoli baci, strappandole gemiti di piacere mentre i vestiti scivolavano via dal suo corpo, scoprendola.
Riempimmo d'acqua calda la vasca da bagno e ci immergemmo assieme, continuando i nostri piccoli giochi.
Quando più tardi, abbracciati sul letto, lasciammo finalmente che il desiderio guidasse le nostre azioni, Lisa si abbandonò al piacere, gemendo e dibattendosi fra le mie braccia.
Poi giacemmo stremati, immobili, senza più toccarci.
Dopo qualche minuto allungai il braccio verso di lei e le toccai il fianco. Lei rispose con un debole suono a bocca chiusa, quasi come un gattino che fa le fusa.
Mi girai verso di lei: stava sdraiata a pancia in giù, con la guancia destra affondata nel cuscino, i gomiti allargati e le mani sotto il cuscino.
Passai due dita lungo la sua schiena, strappandole un mugolio di piacere; accarezzai con i polpastrelli le fossette che aveva sopra le natiche, poi passai la mano, chiusa leggermente a coppa, lungo le sue sode rotondità posteriori, soffermandomi ad accarezzarle e saggiarne la consistenza, e poi più giù, lungo le gambe.
La sentii fremere. Sollevò un poco la testa e mi chiese che programma avessi. Le diedi un pizzicotto sul sedere e dissi:
- Potremmo cominciare col cenare, ma dopo ... -
- Baciami, allora! - disse lei, rotolandosi sul letto verso di me.
La mattina dopo, mentre facevamo colazione, mi venne in mente di provare ad accendere il comunicatore, che era rimasto nella mia borsa. Lo presi e lo posai sul tavolo.
Lisa stava versando il caffè nelle tazzine; mi guardò e disse:
- Pigia quel bottone, che tiriamo giù dal letto quella pigrona di Susan. -
- Chissà se è sposata, - pensai ad alta voce - potrebbe non aver voglia di parlare, in questo momento. -
- Se sta facendo quello che facevamo noi poco fa, non ne avrà per niente! - disse lei ridendo.

Il bottone era stato pigiato e si era acceso di una luce gialla lampeggiante, ma non succedeva nulla di più.

Cominciai a malignare sul fatto che Susan doveva essere molto occupata. Lisa venne a sedersi sulle mie ginocchia e mi abbracciò dicendo: - Potremmo approfittarne! - mentre mi guardava con occhi ridenti.

Il comunicatore emise un trillo breve, come un telefono, poi la luce nel pulsante ON divenne verde e la calda voce di Susan ci augurò il buon giorno. Le chiedemmo dove fosse e lei rispose che si trovava in laboratorio. Poi spiegò che la chiamata era arrivata di notte e nessuno aveva potuto rispondere. Quando lei era arrivata in laboratorio, alcune ore dopo, aveva visto il segnale di chiamata ed aveva attivato il collegamento.

Cercammo di ricostruire il meccanismo temporale che ci legava, e basandoci sul collegamento del giorno prima e sui dati che lei ci forniva, deducemmo che il tempo trascorso dalla fine del collegamento precedente al momento in cui avevamo inviato il segnale di chiamata era molto simile, e presumibilmente identico, da noi e da loro. Da quel momento, poi, per loro erano passate ore, per noi solo secondi, come nel caso dei collegamenti visivi.

Questo rispondeva alla domanda che ci eravamo posti in precedenza, ed indicava anche che, dal nostro punto di vista, loro avrebbero sempre risposto immediatamente, o quasi, alle nostre chiamate.

Chiesi a Susan se ci stesse vedendo. Lei rispose di no, e ci raccontò che in precedenza avevano iniziato a seguirci visivamente con una certa continuità, spinti dalla curiosità ed anche da una certa voglia di conoscere noi e le nostre abitudini. Avevano però smesso, ed era stata lei a fare pressioni in tal senso, quando ci aveva visto entrare in bagno, la notte in cui eravamo tornati a casa inzuppati di pioggia. Da quel momento in poi avevano attivato la visualizzazione solo nell'ambiente d'ufficio.

La ringraziai della delicatezza, e aggiunsi che se voleva poteva

anche attivare la visione in questo momento: eravamo abbastanza presentabili. Elisabetta mi lanciò un'occhiata un tantino perplessa e si sistemò meglio la vestaglia, che in quel momento aveva i bordi alquanto scostati e permetteva di intravedere la rotondità dei seni.
Io le mandai un bacio con le dita e le sussurrai:
- Sei bellissima. -
Susan ci avvertì che iniziava a vederci. Le chiesi se ci vedesse su uno schermo, o che cosa, e lei rispose di no, che ci stava vedendo in una specie di proiezione tridimensionale, sul tipo di quella che presumeva vedessimo noi durante i collegamenti visivi in campagna. L'immagine era a colori e a grandezza naturale, ed aveva come sfondo l'ambiente in cui ci trovavamo, per cui le dava l'impressione di essere davvero lì davanti a noi. Poteva anche variare a piacere il punto di vista per mezzo di alcuni controlli e adesso, grazie al comunicatore, aveva anche l'audio.
- A proposito - disse - siete molto carini, nell'ambiente domestico. -
La ringraziammo del complimento e le chiedemmo se fosse sola. Rispose di sì; gli altri erano tutti indaffarati. Gustav, in particolare, era impegnato a ricercare elementi storici del loro passato per poterli raffrontare alla nostra situazione. Ci chiese poi se avevamo altro da chiederle, e alla nostra risposta negativa ci salutò, rimandando la conversazione a più tardi.
Quella mattina Elisabetta decise che doveva andare dal parrucchiere e poi a fare acquisti e così prese la sua auto.
- Chissà se cammina ancora! - disse mentre stava entrandoci. Ma il vivace motorino partì subito, ronfando allegramente.
Decisi di uscire anch'io: volevo acquistare un regalino per lei, ma non avevo le idee chiare su che cosa orientare la mia scelta e dopo aver girato vari negozi senza trovare nulla che mi sembrasse adatto mi ritrovai dal gioielliere del vicino centro commerciale, che conoscevo da tempo e che abitava non lontano da me.

Gli spiegai che cercavo qualcosa di carino per una cara amica; lui mi propose una spilla, ma a me non sembrava una cosa abbastanza significativa. E se le avessi regalato un anellino?
Lui sul momento mi guardò con aria perplessa, poi disse:
- Certo, un anello è una cosa un po' più impegnativa, ma naturalmente è proprio il regalo che in genere è più apprezzato dalle ... hem ... dalle signore ... o signorine. -
Ormai si era impappinato. Si schiarì la voce e poi, ritrovata la sua professionalità, disse:
- Ne ho di molto belli e di tutti i prezzi. Lei su che cifra è orientato? -
- Non mi interessa molto il prezzo - dissi io - sempre che non si tratti di una fortuna, naturalmente. Vorrei che fosse una cosa abbastanza semplice, senza fronzoli ma molto carina. Però non ho un'idea precisa. Se può mostrarmene alcuni ... -
- Certo, certo. - disse lui mentre cominciava a tirar fuori dalla cassaforte alcuni involti di velluto grigio.
Fu una scelta facilissima: quando aprì il secondo involto lo individuai subito: un anello piccolino, con un bel rubino di una forma quasi rettangolare con gli angoli arrotondati (un'ellisse a quattro fuochi, mi venne da pensare), con ai lati due brillantini inseriti ognuno in un castone della stessa forma del rubino. Perfetto!
Il gioielliere mi mostrò il prezzo; poi vedendo la mia espressione decisamente "sorpresa" mi disse:
- Ma ne ho altri simili, ad un prezzo nettamente inferiore. Lei è andato a colpo sicuro sul più caro di questa busta! Sa, il rubino è abbastanza grande ed ha un bel colore, ma anche i due brillantini hanno un certo valore: non sono due scheggette, sono pietre già di una discreta dimensione, tagliate bene e con una bella luce! -
Presi l'anello e lo infilai sul mignolo: arrivava quasi fino alla metà del dito, e pensai che come misura probabilmente era già giusta.
- Perché non mi fa un bello sconto su questo, così non le faccio perdere altro tempo? -

Destino

Lui mi guardò con aria divertita:
- E' per la bella signorina bruna con la quale è rientrato ieri sera? - domandò.
- Sì, ma non mi ero accorto che lei fosse da quelle parti, in quel momento. -
- Stavo facendo il mio solito giro in bicicletta e vi ho visti per caso. Avevate un'aria molto felice e non mi è sembrato il caso di disturbare. Mi scusi, anzi, se ora mi sono permesso ... -
Poi tacque e si mise ad osservare con attenzione la sigla scritta dietro il cartellino.
- Va bene, - disse - su questo posso farle un bello sconto. Ma mi deve promettere che tornerà da me quando dovrà acquistare le ... gli ... beh, diciamo altri articoli del mio genere. D'accordo? -
- D'accordo. -
Mi fece davvero un bello sconto. Poi disse:
- Ha preferenze sulla scatola? - e dato che lo guardavo perplesso continuò: - Alcuni vogliono la classica scatola da anello, con la parte superiore bombata. Altri, per aumentare l'effetto sorpresa, vogliono invece una scatoletta piatta. -
Optai per la scatoletta piatta: volevo che la sorpresa fosse completa. Pagai con la carta di credito (non porto mai somme del genere in contanti) ed uscii col mio pacchettino in tasca. Mi sentivo felice, e anche più leggero; in tutti i sensi.
Quando arrivai a casa Lisa non era ancora tornata. Decisi di prepararle un pranzetto delicato e romantico. Tirai fuori due candelieri d'argento (tenuti da parte per un'occasione come quella), e andai a cercare le candele nel ripostiglio. Ne trovai solo rosse, forse un po' troppo natalizie, ma decisi che andavano bene lo stesso: era quasi l'una, i negozi stavano per chiudere e lei sarebbe arrivata da un momento all'altro.
Misi sul tavolo una bella tovaglia, dei bicchieri di cristallo, alti e sottili, ed un bocciolo di rosa, che la pianta vicino al cancello stava timidamente tirando fuori, in quella tiepida fine d'inverno.

Avevamo ancora della trota affumicata, che come avevo visto le piaceva molto, e del caviale. Presi del pane a cassetta e preparai dei crostini. Poi tirai fuori il grill elettrico per cuocere del filetto, che era ancora in frigorifero, e misi in due piccole insalatiere l'insalatina mista e le *"crudité"* (carote, sedani, ravanelli e cuori di finocchio) che mi ero fatto preparare dal locale fruttivendolo di lusso, un negozio che molti in zona chiamavano scherzosamente Bulgari, dal nome del celebre gioielliere, in un'evidente allusione ai suoi prezzi, non proprio "popolari".

Il pranzo sarebbe stato completato (se ne avessimo ancora avuto voglia) dai nuovi dolcetti di ricotta che la signora Pina aveva coscienziosamente preparato, vista la cura e la rapidità con cui erano stati "spazzolati via" i primi.

Avevo anche acquistato un bigliettino da mettere sotto la scatolina con l'anello: raffigurava due gatti su un tetto, visti da dietro, che guardavano la luna tenendo le code allacciate. Dentro, dopo averci pensato per almeno dieci minuti, avevo scritto solo "Al mio amore". Non era un gran componimento, ma ...

Stavo sistemandolo in tavola, sotto il suo tovagliolo, quando lei arrivò. Aveva l'aria felice e le braccia cariche di pacchetti. Mi salutò in fretta, atteggiando le labbra ad un piccolo bacio, e mi chiese se potevo andare a prendere la valigia che aveva lasciato in macchina. Poi, visto che la guardavo senza dire nulla, aggiunse:
- Sono andata a casa a prendere un po' di vestiti, non voglio che tu mi veda sempre con le stesse cose indosso. -
- Ma io non protesto mica! Anche perché nei momenti più belli di solito non hai molte cose addosso! Però ... una valigia! Hai intenzione di restare a lungo? - Lei finse di arrabbiarsi, mi venne vicina e fece finta di darmi un pugno.
- Sei un orribile bruto - disse con gli occhi che ridevano - e meriteresti che andassi a dormire col cappotto, oppure che me ne andassi a casa mia! - Poi mi gettò le braccia al collo e si lasciò sollevare da terra e baciare.

Andai a prendere la valigia e chiusi la macchina. Quando rientrai lei stava osservando i preparativi del pranzo e fece qualche commento scherzoso: non si era ancora accorta del pacchettino. Se ne accorse poco dopo, quando ci sedemmo a tavola e sollevò il tovagliolo.
Disse: - Oh. E' per me? -
- Guarda nel biglietto - dissi io.
Aprì il cartoncino e rimase a guardarlo a lungo, come se ci fosse scritto un lungo testo.
Poi, guardandomi con gli occhi lucidi, disse:
- Posso aprirlo? -
- Certo: sei tu il mio amore! -
La guardai mentre tagliava il cordino argentato, leggeva l'etichetta del negozio spalancando gli occhi e scartava la scatolina. Poi, lentamente, alzò il coperchio e aprì la bocca, come per dire qualcosa; ma non disse nulla. Tirò fuori l'anello, guardandolo come se non potesse credere che fosse vero, poi lo chiuse nel pugno e venne ad abbracciarmi.
La feci sedere sulle mie ginocchia e la tenni stretta per qualche secondo, baciandole la guancia; poi mi scostai leggermente e le dissi di provarlo. Lei aprì la mano in cui lo teneva stretto e me lo porse dicendo: - Fallo tu! -
Presi l'anello dalla sua piccola mano, poi lo infilai delicatamente all'anulare della sinistra, che lei aveva sollevato verso di me: la misura era perfetta e sulla mano mi sembrò facesse un effetto stupendo. Fui sul punto di dire qualcosa, mentre lo infilavo al suo dito: una frase da ricordare in seguito, ma tutto quello che mi veniva in mente mi sembrò troppo retorico o troppo ovvio, così restai in silenzio.
Lei lo guardò, mormorando - E' bellissimo. - poi mi guardò con amore e disse - E tu sei un tesoro! - Ci baciammo, e proprio in quel momento suonò il telefono.
Era Toni. Era a pranzo con Elena in un ristorante non lontano

da noi e proponeva di incontrarci subito dopo, per mettere al corrente anche lei sulla situazione e poi chiamare Susan.
Lisa teneva il capo vicino al mio e sentì tutto. La guardai per avere un suo parere e lei fece cenno di sì con la testa. Concordammo che ci avrebbero raggiunti entro un'ora circa ed avremmo preso insieme il caffè.
Avevamo finito di pranzare da poco e stavo mettendo sul fuoco la caffettiera quando arrivarono Elena e Toni. Avevano l'aria allegra e spensierata, e mentre ci salutavamo mi venne da pensare che forse anche i loro rapporti erano diventati più intimi; decisi comunque che non erano fatti miei e non avrei fatto nulla per approfondire l'argomento.
Ci sedemmo tutti vicino al camino ed io posai il comunicatore di Susan sul tavolinetto tra le poltrone. Le ragazze si scambiarono alcune frasi di cortesia ma Elena notò quasi subito l'anello di Lisa. - E' molto bello. - commentò - Complimenti! -
- E' un regalo che ho appena ricevuto! - disse Lisa, guardandomi con un gran sorriso.
Elena ci guardò; poi, guardandomi negli occhi, puntò l'indice della mano destra prima verso di me e poi verso Lisa, come per domandare se fossi stato io. Feci cenno di sì e lei disse una frase carina, ricordando anche la sera della cena a Fiumicino, quando passeggiavamo tenendoci per mano. Conclude dicendo:
- Mi fa molto piacere che vi siate messi insieme: sembrate proprio fatti l'uno per l'altro. -
Poi, dopo un attimo di silenzio, con tono distaccato ma con un sottofondo di preoccupazione nella voce, ci disse che Toni le aveva preannunciato che questa riunione sarebbe stata una cosa molto importante, ma le era sembrato che avesse l'aria preoccupata e non aveva voluto dirle altro. Non era arrivato il momento di chiarire la cosa? Mi stupì che Toni non le avesse detto nulla, ma evidentemente aveva preferito raccontarle tutto in una volta.
- Comincio io? - domandai guardando i miei amici. Annuirono

entrambi, ed io dissi ad Elena:
- Stai per fare il più grosso colpo giornalistico della storia, amica mia, ma non credo proprio che potrai tirarne fuori un articolo! - Cominciai dall'inizio, come avevo cominciato i miei appunti, e raccontai tutta la storia degli incontri con Susan; tralasciai i particolari tecnici, ai quali probabilmente lei non sarebbe stata interessata, e conclusi dopo un bel po', mostrandole il comunicatore che Susan ci aveva mandato.
Restammo in silenzio per un po'. Elena aveva poggiato la testa allo schienale del divano, subito dopo che avevo completato il mio racconto; aveva chiuso gli occhi e sembrava stesse cercando di assimilare quello che aveva sentito.
Toni le prese una mano, ma non disse nulla. Lei aprì gli occhi e ci guardò, facendo passare lo sguardo lentamente dall'uno all'altro. Poi, senza rivolgersi a nessuno in particolare, domandò:
- Ma ... è davvero andata così? - Poi mi guardò negli occhi e si affrettò ad aggiungere: - Scusa, Giorgio, non volevo dire questo. E' che ... mi sembra una storia davvero impossibile, una di quelle che si possono vedere nei film, ma nella vita di tutti i giorni non succedono. E voi vi portate dentro questo segreto da più di una settimana! - Scosse la testa. - Non so che dire. Grazie di avermene voluto parlare. -
- Non è stata una nostra idea. - disse Toni - E' stata Susan a chiedercelo: conosceva il tuo nome. -
Continuammo a parlarne per un po', poi decidemmo di chiamare Susan. Rispose immediatamente, e vidi Elena trasalire nel sentire la sua voce. Ci salutò e chiese se poteva attivare il collegamento visivo. Risposi di sì e dopo un attimo lei si disse lieta nel vedere che era presente anche Elena.
- Ma io non la vedo! - disse Elena.
- Non puoi vederla, adesso. - spiegai - Solo quando ci troviamo in punti particolari, come quello in campagna vicino a Pomezia, lei è in grado di inviarci la sua immagine; in questo momento

solo lei è in grado di vedere noi. -
- *Hi, Elèna* - disse la voce di Susan dal comunicatore - *I hope you understand English. My Italian is very poor, or* "molto cativo" *as you say; for sure, it's not sufficient for a conversation.* -
- *Yes, I do.* - rispose Elena esitante; poi, vedendo i nostri gesti di incoraggiamento, continuò a parlare con Susan. Parlava inglese in modo abbastanza scorrevole, con un accento che, per essere italiana, era più che accettabile; forse più americano che inglese, ma questo non disturbava affatto, parlando con Susan, e comunque nessuno di noi avrebbe potuto fare l'annunciatore per la BBC.

Dopo aver parlato con Elena per qualche minuto, Susan disse che la ragione per la quale aveva sollecitato quell'incontro era che, nel loro passato, le storie di noi quattro sembravano indissolubilmente intrecciate e includevano eventi drammatici. Lei ed i suoi colleghi avrebbero cercato di aiutarci e, se possibile, di farci evitare gli elementi più negativi, ma non sembrava una cosa facile: per riuscirci, avremmo dovuto o essere capaci di far deviare la nostra storia dalla loro, oppure viverne una proprio diversa, ma non era chiaro se o fino a che punto questo fosse possibile.

Le chiedemmo, sovrapponendoci l'un l'altro, di anticiparci qualcosa sui rischi più immediati del nostro futuro.

Lei disse che per il momento poteva soltanto ripetere quello che già ci avevano detto in precedenza sull'attentato alla fabbrica, così come era avvenuto nel loro mondo: era stato verso le cinque della notte fra Domenica e Lunedì, aveva causato danni gravissimi alla palazzina nella quale avevamo il laser, ma non aveva danneggiato, o almeno non in modo grave, il laser stesso. Aveva invece causato il ferimento di alcune persone, di cui due in maniera abbastanza seria, ma nessuno di noi era tra i feriti.

Elena chiese che probabilità ci fossero che l'episodio si svolgesse in modo identico nel nostro mondo. Susan rispose che non lo sapevano. Però confermò che fino a quel momento tutti gli elementi controllabili fra la nostra storia e la loro sembravano assolutamente identici, salvo per il fatto che nella loro non c'era traccia della scoperta delle onde G, che invece noi ora conoscevamo. Proprio per questo speravano che fosse possibile una "divergenza" del nostro futuro dal loro passato, e che i drammatici "anni bui" attorno alla fine del secolo raccontati dalla loro storia potessero essere per noi diversi, o almeno un po' meno drammatici.

Elena chiese ancora su quali elementi si basava la loro richiesta di conoscerla. Susan fu piuttosto esitante nel rispondere; disse solo che la loro storia riportava eventi successivi all'attentato che ci vedevano coinvolti tutti e quattro, e dai quali sembrava abbastanza evidente che ci fosse un legame affettivo fra lei e Toni. Aveva visto giusto?

Fu la volta di Elena a esitare nella risposta; poi, dopo aver guardato tutti noi, disse a Susan che si trattava di un fatto molto recente, ma ... sì, fra lei e Toni stava effettivamente nascendo un rapporto affettivo. Susan a questo punto le disse di guardare bene nel suo animo, per decidere rapidamente se voleva davvero legare il suo futuro a quello di Toni; se era così, ben presto avrebbero dovuto prendere assieme delle decisioni importanti. Toni tentò di saperne di più, ma Susan rifiutò in maniera categorica di dirci di più sugli eventi futuri. Promise però che lo avrebbe fatto Lunedì sera, dopo aver verificato se la vicenda dell'attentato si sarebbe svolta come nella loro storia, o no. Poi ci avvertì che avrebbe chiuso il collegamento, ma prima disse a ciascuno di noi, come un saluto speciale, qualche frase gentile.

Ne rimanemmo tutti alquanto turbati, anche se non capivamo veramente che cosa stesse succedendo: Susan ci aveva parlato in modo molto affettuoso, mostrando sia una calda amicizia verso ognuno di noi, e questo poteva essere abbastanza comprensibile, sia di conoscerci meglio di quanto noi potessimo immaginare. Ma nei suoi saluti finali c'era una componente di struggente pena che non riuscivamo a capire. Tentammo di chiederle se prevedeva dei rischi immediati per qualcuno di noi e lei rispose di no,

che per il momento potevamo stare tranquilli e goderci il weekend e il nostro amore. Ma ancora una volta ci pregò di non chiederle più nulla: ci saremmo risentiti Lunedì sera e, a seconda degli ultimi sviluppi della situazione, forse avremmo potuto sapere qualcosa di più.
Poi ci lasciò e il comunicatore si spense da solo.
- Chissà perché Susan è tanto turbata dalla nostra vicenda! - disse Elisabetta, che evidentemente stava cercando di inquadrare la situazione in uno schema razionale - In fondo, ci conosce appena! Capirei un suo coinvolgimento emotivo se fossimo personaggi famosi della sua storia: anche io mi sentirei emozionata se dovessi parlare con Garibaldi prima di una sua battaglia, oppure con Napoleone alla vigilia di Waterloo, sapendo che cosa gli succederà il giorno dopo! Ma sembra che per loro noi non siamo affatto famosi, e che solo dopo lunghe ricerche siano riusciti a trovare nel loro passato una traccia della nostra esistenza. -
- Eppure quando ci ha lasciati sembrava quasi che fosse sul punto di scoppiare a piangere. - disse Elena.
- E' inutile arrovellarsi. - dissi io - E' già un sollievo sapere che nessuno di noi resterà coinvolto nell'attentato; possiamo trascorrere un tranquillo weekend, come lei stessa ci ha suggerito, e Lunedì sera sapremo qualcosa di più. -
- Mi sto chiedendo fino a che punto sia vero, o sarà vero, che non verremo coinvolti nell'attentato. - disse Toni.
- Che vuoi dire? - domandai - Susan è stata abbastanza precisa, al riguardo. -
- Sì, ma lei si riferiva a come si sono svolti i fatti nel suo mondo e non risulta che qualcuno fosse stato avvertito, in quel caso. Come puoi essere sicuro che i fatti avranno qui da noi lo stesso svolgimento? -
- E' vero - disse Elisabetta - non possiamo esserne sicuri. Tuttavia l'essere informati in anticipo dovrebbe migliorare la situazione, non peggiorarla. - Poi però, dopo una piccola pausa, aggiun-

se: - Ma può anche essere vero il contrario: se nel suo mondo non eravamo stati avvertiti, non saremmo stati presenti al fatto, data l'ora, e quindi la nostra sicurezza personale sarebbe stata comunque assicurata. Se domani notte andremo lì, il nostro destino potrebbe anche essere diverso, e in peggio, rispetto a quello dei nostri "alter-ego" del mondo di Susan. -
- Ma davvero avete intenzione di andare in fabbrica per assistere all'attentato? - chiese Elena.
- Sì, ma non preoccuparti: saremo prudenti! - rispose Toni.
Continuammo a discutere, ma dopo alcuni minuti ci rendemmo conto che in effetti Susan aveva ragione: meglio godersi in pace il fine settimana, anche se sapevamo che al Lunedì avremmo avuto una giornata difficile.
- E' un po' come avere un appuntamento dal dentista. - osservò Toni, strappandoci un sorriso.
Il sole si era già abbassato un bel po', ma mancava ancora più di un'ora al tramonto e la giornata era stata molto mite. Decidemmo di uscire per andare a fare due passi lungo il mare. Prendemmo la macchina di Toni, che era più comoda della mia, e le ragazze si vollero sedere dietro; durante i pochi minuti del tragitto fino al lungomare avevano già intavolato una fitta conversazione, mentre io e Toni eravamo rimasti silenziosi.
Restammo sulla spiaggia fino al tramonto; tenevo Lisa stretta al mio fianco mentre guardavamo il grande disco rosso del sole che spariva pian piano nel mare. Quando scomparve del tutto, senza che il famoso raggio verde della leggenda si fosse fatto vedere, lei si voltò verso di me, con le mani affondate nelle tasche del giaccone di lana che aveva indossato, e avvicinò il suo volto al mio, sollevandolo e chiudendo gli occhi. Io la circondai con le braccia, la strinsi a me e le diedi un piccolo bacio in punta di labbra.
Cercammo con lo sguardo Elena e Toni; si erano fermati poco più indietro, lui le teneva un braccio intorno alle spalle e ci stavano guardando con un'espressione sorridente in volto.

- Si può avere un bis? - disse lui.
- Il sole replica domani sera - risposi.
- No, parlavo del film d'amore! -
- Ah, non so! Che ne dice la protagonista? -
- Ma dai! - si schernì Elisabetta - Andiamo a casa, invece: qui comincia a fare fresco! -
Tornammo a casa. Accesi il camino, misi su un disco di musica classica e restammo a parlare finché ci accorgemmo che era ora di cena. Proposi di uscire, ma Elisabetta disse che avevamo tante cose buone e si poteva improvvisare una cenetta simpatica. Elena e Toni furono d'accordo, e le due ragazze decisero che avrebbero preparato tutto loro. Così, mentre io e Toni restavamo vicino al camino, loro sparirono in cucina.
- Allora? - chiese Toni appena si furono allontanate.
- Allora cosa? -
- Come va con Elisabetta? -
- Molto bene. Hai visto l'anello? -
- Sì sì, è molto bello; ma finora non mi hai detto nulla di lei. Com'è, in privato, la nostra fatina degli elettroni? -
- E' bellissima, e dolcissima. - risposi - Non avrei mai creduto di potermene innamorare in un modo così profondo e così fanciullesco: mi sento come al tempo della mia prima "cotta", al liceo! -
- E' davvero bella - disse lui, come se se ne fosse appena accorto - Sono alcuni giorni che la osservo e mi sembra che nell'ultima settimana sia diventata ancora più bella di prima, come se stare con te l'avesse fatta sbocciare. -
- Forse aveva solo bisogno di sentirsi amata. Io la trovo stupenda. - Poi, spinto dalla curiosità domandai - E la tua vicenda con Elena? Mi pare che anche fra voi funzioni bene, non è così? -
- Sì, certo, mi piace moltissimo e ci troviamo molto bene insieme. Ma ... - disse lui con tono incerto, come se fosse un po' a disagio nel parlarne. E si fermò.
- C'è qualcosa che non va? -

- No, no! Anzi, va tutto benissimo! E' che mi sento un po' imbarazzato a parlarne. Vedi, è che ... ci vogliamo bene, non c'è dubbio, ma ancora non ... non è ... un rapporto consolidato. -
- Va bene, scusami se te l'ho chiesto: sono stato indiscreto. E' solo che mi sembrava di aver capito che tu la considerassi la tua donna. Ma non importa: non voglio sapere di più. -
- Sono io che vorrei spiegarti. - disse lui - Vedi, siamo ad un punto delicato: finora ci siamo sempre visti fuori, ed è stato un rapporto in crescendo; lei si è dimostrata affettuosa, ha anche detto di amarmi e ci siamo scambiati baci e piccole tenerezze. Ma non abbiamo mai avuto un vero momento d'intimità. D'altra parte non siamo più ragazzini. Le avevo proposto di venire a cena a casa mia, stasera, ma lei ha risposto che doveva pensarci su. Ora invece siamo qui e non so come andrà a finire. -
- Ho l'impressione di averti rotto le uova nel paniere, - gli dissi - ma non potevo immaginare che foste ad un punto cruciale del vostro rapporto. D'altra parte, quello che lei ha sentito da Susan deve essere stato abbastanza sconvolgente per lei, e non è detto che non sia meglio per lei che siamo in quattro, questa sera, per riportare tutto ad un livello di tranquilla normalità. E poi, c'è sempre il dopo cena... -
- Non importa, è andata così. Vedremo come andrà domani. -
Ricomparvero le ragazze. Avevano un'aria felice, da scolarette all'uscita dalla scuola, e portarono il necessario per apparecchiare la tavola.
Fu una cena divertente. Lisa aveva comperato davvero tante cose ed avevano organizzato un menu vario e gradevole, ma non pesante. Stappai prima una bottiglia di vino bianco che era in frigo da qualche giorno e poi, alla fine della cena, una di spumante. Brindammo alla nostra amicizia e al nostro destino futuro, quale che fosse.
Ravvivai il fuoco nel camino, dopo cena, e ci sedemmo di nuovo sui divani. Elena era in vena di confidenze, e ci raccontò delle

sue tristi serate da sola, nel suo piccolo appartamento, a guardare la televisione o a leggere un libro. Senza pensarci, peccando involontariamente di indiscrezione, osservai che trovavo strano che una ragazza bella e intelligente come lei potesse essere sola. Lei prese un'espressione strana e mi rammaricai subito di quello che avevo detto. Le chiesi scusa, ma lei mi disse di non preoccuparmi: il complimento le faceva piacere e quanto alla sua solitudine, era dovuta solo al suo carattere.

Ci raccontò di un lontano amore appassionato, iniziato quando non aveva ancora diciotto anni e naufragato a causa della sua irrequietezza, del suo desiderio di esprimersi, di far carriera nel giornalismo, di non accettare quel ruolo subordinato che sia il suo primo amore, sia gli altri partner che aveva avuto negli anni successivi avrebbero tutti voluto darle.

Il suo aspetto, in effetti, sembrava attirare gli uomini. Quasi tutti, però, non erano interessati a conoscerla e capirla davvero, ma solo a portarsela a letto. Per questa ragione aveva finito per rimanere sola. Quando ci eravamo conosciuti, aveva accettato la proposta di andare a cena insieme sia perché avevo proposto un incontro in compagnia di altri, sia perché le avevo fatto un'impressione diversa da tanti altri, un po' "da cucciolone buono", e non voleva perdere una potenziale occasione di trovare finalmente un buon amico.

Le feci notare che anch'io ero stato molto attratto dal suo aspetto, quando l'avevo conosciuta.

- Lo so, - disse - si vedeva benissimo; ma c'era qualcosa di romantico nel modo in cui mi guardavi, che stranamente non faceva mettere in moto le difese che mi ero costruita così accanitamente negli anni. -

- E poi hai trovato un altro amico. - aggiunsi.

- Ne ho trovati tre, - disse lei - tutti tanto cari. E con loro ho trovato anche la più incredibile storia in cui una giornalista potesse incappare. -

- E una maga del futuro che ti ha voluto conoscere perché la tua storia si intreccia alle nostre. - dissi.
Lei si volse a Toni, che in quel momento era seduto sul bracciolo del divano, accanto a lei.
- Che la mia storia potesse prima o poi intrecciarsi con la tua - disse rivolta solo a lui - stavo già cominciando a pensarlo, da qualche giorno. -
Lui si chinò verso di lei e le sfiorò la fronte con un bacio, accompagnato da una carezza appena accennata al lato del viso.
Poi la guardò meglio e disse: - Ma non c'è posto per me, su quel divano? - Scoppiammo tutti a ridere, e il tono della conversazione, che stava scivolando nel patetico, tornò ad essere vivace come durante la cena.
Parlammo del giorno successivo e Toni propose, se la giornata fosse stata bella come quella passata, di fare un giro in barca a vela.
- Ma la tua barca non è adatta, in questa stagione - obiettai - ci si bagna tutti! -
- Errore! - disse lui - Ho le chiavi di un cabinato a vela di dieci metri, che è in porto a San Felice. Soddisfatto? -
- A chi le hai rubate? - chiesi.
- A nessuno: è la barca di un mio lontano cugino, e dovevo andarci per installare a bordo uno strumento elettronico. Perché non ci andiamo tutti assieme domani mattina? -
Decidemmo che si poteva fare, se il tempo fosse stato bello come quel giorno.
Poco più tardi, guardando l'orologio, Elena disse che forse era il caso di andar via, tanto più se la mattina seguente dovevamo andare al mare. Ci demmo un appuntamento telefonico per la mattina alle nove e andarono via.
- Finalmente soli - dissi a Lisa mentre chiudevo la porta.
- Hai delle idee? - chiese lei, con aria ingenua.
- Di mangiarti tutta - dissi con voce da orco mentre mi avvicina-

vo a lei con le mani aperte, come per afferrarla.
Lei disse - No! - con un urletto e andò di corsa verso la scala. La raggiunsi mentre saliva al piano di sopra e le posai le mani sui fianchi, trattenendola e dicendo: - Presa! -
- E adesso, vuoi mangiarmi? -
- Anche di più. - risposi, mentre la stringevo a me.
Fu il temporale a svegliarci, verso le sette. Pioveva a dirotto ed era quasi buio, ma di tanto in tanto un lampo illuminava la stanza, seguito poi da un forte tuono.
Cercai il suo corpo con la mano, sotto le coperte, e le accarezzai il fianco, sentendo che un brivido di piacere si risvegliava in me, al contatto con la sua pelle delicata. Lei si avvicinò a me con un gesto assonnato, mi poggiò la testa sulla spalla, e si appoggiò tutta al mio fianco, abbracciandomi dolcemente. Restammo a lungo senza parlare, ascoltando il rumore della pioggia.
- Niente barca, oggi - dissi dopo un po', mentre le accarezzavo pian piano la schiena.
- Forse è meglio. - disse lei stringendomi ancora di più - Potremo restare a coccolarci più a lungo. -
E fu proprio quello che facemmo.
Toni si fece sentire verso le dieci, quando avevamo finito da poco di fare colazione e ci stavamo godendo lo spettacolo dei primi raggi di sole in giardino. Aveva la voce assonnata. Gli chiesi notizie di Riccioli d'oro; lui ridacchiò e mi disse che in quel momento era sotto la doccia.
- Da sola? - chiesi.
- Certo! - rispose; e poi dopo una breve pausa - Ah perché ... non mi dire che ... però, che idea! Ci sentiamo dopo. Ciao! - e riattaccò subito. Lisa era in piedi vicino a me e aveva sentito tutto. Mi guardò e scoppiò a ridere:
- Che buffi che siete, voi due! Sembrate gli eroi del west, ma poi siete timidi anche con la vostra donna. - Poi, fattasi più seria, disse: - Mi fa piacere che le cose siano andate così, fra loro. Sono

due care persone e mi sembra stiano molto bene insieme, non trovi? -
- Sì, sono d'accordo. Ma sai una cosa? Non avevo idea che lei fosse così. -
- Così come? -
- Triste e sola. Aveva un'aria da donna in carriera: intraprendente, decisa e realizzata. In realtà, da quello che ci ha raccontato, tutto questo era solo una facciata. -
- Sì, e come spesso accade, dietro c'era una femmina insicura e malinconica, che aspettava di potersi scaldare al fuoco dell'amore, ma ormai stava cominciando a credere di non trovarlo più. -
- Quanti anni avrà? - chiesi.
- Quasi trentadue. -
- Come lo sai? -
- Abbiamo parlato molto, mentre preparavamo la cena. Mi è piaciuta: è una ragazza coraggiosa, delusa dai contatti col prossimo e che aveva trovato rifugio nel lavoro. Credo che sarà una buona compagna per Toni. Lui ha un carattere forte, ma è sincero e buono d'animo, anche se sembra un po' burbero; sicuramente la tratterà bene e lei saprà rispondere. -
- E io come sono? - domandai.
- Tu sei il mio amore. - rispose.
La giornata passò in fretta, in pieno relax, inframmezzata da momenti di tenerezza e da giochi d'amore. La sera, felici ed appagati, spegnemmo la luce molto presto, pensando alla sveglia prima dell'alba. Io però non riuscivo a prender sonno. Lei sentì che ero sveglio e mi venne vicina. Facemmo l'amore ancora una volta; con dolcezza, prima, e poi con un trasporto crescente, come se una fiamma ci divorasse, come se il nostro tempo fosse finito, come se quella fosse l'ultima volta e la dovessimo ricordare per l'eternità.

19. IL FUOCO

La sveglia suonò alle tre e mezza. Mi alzai faticosamente dal letto ed andai in bagno senza accendere la luce in camera. Avevo la testa pesante e gli occhi che mi bruciavano; avrei proprio voluto restarmene a dormire.
Quando uscii dal bagno la luce era accesa ed Elisabetta era quasi pronta, come se dovesse uscire anche lei. Si era messa un paio di *blue jeans*, una camicia sportiva ed un maglione.
- Perché ti sei alzata? - domandai.
- Non crederai che io ti possa lasciare solo in un momento simile! -
- Ma potrebbe essere pericoloso! -
- Non importa. - disse avvicinandosi a me e guardandomi negli occhi con aria risoluta - Qualunque cosa succeda, saremo vicini. -
La abbracciai e le tenni stretta per un attimo. Non cercai di dissuaderla: sapevo che sarebbe stato assolutamente inutile. Poi la guardai in viso.
- Promettimi che sarai prudente - le dissi.
- Promettilo anche tu - rispose.
Un tenero bacio suggellò la promessa. Arrivammo all'Astra poco dopo le quattro e mezza. Il pesante cancello di ferro, scorrevole su rotaie, che di giorno veniva tenuto aperto, era completamente

chiuso e mi dovetti far riconoscere dai guardiani perché mi aprissero. Parcheggiai e appena sceso dalla macchina mi accorsi che tutti i guardiani, compresi quelli della polizia privata che sorvegliava lo stabilimento nei giorni di pagamento degli stipendi, erano presenti ed erano tutti armati di pistola.

Un mezzo dei vigili del fuoco era parcheggiato nel piazzale in basso, vicino alla porta scorrevole della sala laser, e gruppetti di vigili erano stati dislocati vicino agli ingressi della palazzina della produzione, con scudi parafiamma e mezzi antincendio portatili.

Era arrivata anche una macchina con quattro carabinieri, due dei quali erano scesi e stavano parlando con i sorveglianti, vicino al cancello. Notai che indossavano giubbetti antiproiettile ed erano armati di uno strano fucile mitragliatore di un modello che non conoscevo, alquanto più lungo del solito.

Ci trovavamo con Toni vicino al parcheggio interno, fra i due edifici, dove avevo appena parcheggiato la macchina. Lui era già lì e stava parlando con il capo della sicurezza. Quando ci vide fece un cenno con la mano e poi venne verso di noi.

- Sembra tutto sotto controllo; - disse - De Chiesa ha fatto effettuare dai carabinieri un'accurata ispezione della palazzina e sembra che non ci siano ordigni esplosivi all'interno. Se succederà qualcosa, sarà probabilmente un'azione dall'esterno. -

Guardammo il piazzale esterno, che di giorno era occupato dalle auto dei dipendenti; in quel momento era deserto ed illuminato dalle potenti lampade dell'illuminazione stradale, installate su un palo molto alto posizionato al centro dell'area di parcheggio.

In quel momento, il radiotelefono che Toni aveva in mano emise un rauco "beep" e la voce di uno dei guardiani disse in tono concitato:

- C'è un furgone che si sta fermando al limite del parcheggio laterale. - e poi: - Si stanno aprendo le porte posteriori. Scendono due uomini e uno dei due porta un lungo tubo. -

Un lanciarazzi, pensai; questa non ci voleva! Presi Elisabetta per mano e ci avviammo quasi di corsa verso la casetta dei sorveglianti, che era tutta in cemento armato e poteva costituire un riparo decente. Non eravamo ancora arrivati quando si scatenò l'inferno: il rumore di un razzo in volo, simile ad un fortissimo fruscio, il cupo rimbombo dell'esplosione, i colpi d'arma da fuoco sparati dagli agenti e dai sorveglianti, ma anche dai terroristi, o qualunque altra cosa fossero quei delinquenti lì fuori. Poi un lungo fischio, seguito da un'esplosione molto più forte, che fece scaturire un fiore di fuoco dal tetto della palazzina della produzione. Ci misi qualche secondo a capire cosa stesse succedendo: l'azione con il lanciarazzi era solo una parte dell'azione. Adesso qualcuno stava attaccando l'edificio con un mortaio e nel caos che si era innescato non eravamo assolutamente in grado di capire da dove venissero sparati i colpi.

- Andiamo agli uffici - gridai ad Elisabetta, mentre la tiravo per la mano e ci mettevamo a correre. Ancora il fischio lugubre di una granata in arrivo, e l'ala della palazzina che guardava verso la strada esplose in una palla di fuoco, proprio mentre stavamo per arrivare alla porta dell'edificio principale. Lo spostamento d'aria ci buttò in terra. Mentre aiutavo Elisabetta a rialzarsi, mi tornò in mente lo strano sogno che avevo fatto alcuni giorni prima: era proprio la stessa scena, identica, come era lo stesso il senso di impotenza che avevo provato nel sogno.

- Tutto a posto? - le chiesi, mentre correvamo verso la palazzina.
- Si - disse lei mentre ci infilavamo nell'ingresso. Poi, con spirito pratico aggiunse: - Non è meglio se scendiamo al piano di sotto? Tanto ci sono varie uscite e non credo che potremo restare intrappolati! - Scendemmo. Si sentivano ancora spari ed esplosioni, ma nel giro di uno o due minuti, improvvisamente come era cominciato, finì tutto. Aspettammo alcuni secondi, in un silenzio irreale, poi sentii Toni che ci chiamava. Risposi al richiamo e risalimmo; lo trovammo all'ingresso, che camminava con cautela in mezzo a una gran quantità di frammenti di vetro e si guardava

attorno cercando di capire dove fossimo finiti.

Fuori si vedevano i bagliori dell'incendio che si era sviluppato nella palazzina della produzione, e che i vigili del fuoco stavano già tentando di domare. Incontrammo il capo della sorveglianza che ci chiese se stavamo bene. Lo rassicurammo e lui ci informò che c'erano stati due feriti: uno da un colpo d'arma da fuoco, l'altro da un frammento di muratura della palazzina proiettato in fuori da un'esplosione. Gli attentatori del camioncino si erano dileguati. Di quelli col mortaio nessuna traccia.

Restammo a parlare per qualche minuto, poi ci avvicinammo un poco al cancello ed alla palazzina della produzione, che era in fiamme: il cancello era stato aperto e un'ambulanza stava arrivando con la sirena accesa, evidentemente per caricare i feriti, mentre anche un'altra vettura dei carabinieri stava attraversando velocemente il piazzale, avvicinandosi al cancello.

La palazzina colpita aveva il piano superiore quasi completamente in preda alle fiamme, che uscivano dalle finestre del lato a Sud, che ospitava il magazzino materiali per la produzione, ed anche dalla terrazza sovrastante. Scendemmo la rampa che portava al lato posteriore, ma i vigili ci dissero di tenerci lontani: potevano avvenire crolli improvvisi. Mi sentii preso da un senso di inutilità e di amarezza. Mi appoggiai al muretto che delimitava la rampa, attirai a me Elisabetta e la circondai con le braccia.

- Che siamo venuti a fare ... - mormorai.

- Se non fossimo venuti ti saresti sempre domandato se, essendoci, avresti potuto fare qualcosa. - disse lei.

Era vero.

Decidemmo di tornare a casa: non c'era nulla da fare, lì, e i vigili non ci avrebbero fatto avvicinare alla palazzina danneggiata per molte ore, forse anche per tutta la giornata, ammesso poi che non fosse dichiarata del tutto inagibile. Chiedemmo a Toni se voleva venire con noi e lui accettò, lasciando lì la sua macchina. Quando fummo seduti attorno al tavolo di cucina, ognuno da-

vanti alla sua tazza di caffè fumante, decidemmo di chiamare Susan. Rispose immediatamente e ci disse che aveva seguito l'attentato (sarebbe stato più corretto dire "l'attacco") in diretta, mediante il loro visualizzatore.
Visto che non commentava l'accaduto, le chiedemmo di farlo. Lei ci disse che era presente anche Gustav, e sarebbe stato lui a parlarcene. Fu subito chiaro che tutti i pochi dettagli che erano in loro possesso sull'episodio analogo avvenuto nel loro passato trovavano una perfetta coincidenza nell'accaduto. Chiesi allora perché non ci avessero detto in anticipo come si erano svolti i fatti, in modo che potessimo in qualche modo tentare di contrastarli. Lui ci spiegò che sulle modalità di esecuzione dell'attacco in realtà sapevano poco, in quanto l'unica fonte di informazioni che erano riusciti a trovare era un giornale di Napoli, che era ricco di dettagli sui feriti e sui danni, ma diceva pochissimo sulle mosse dei terroristi. Citava in compenso la nostra presenza sul posto e accennava al fatto che avevamo potuto allertare i vigili del fuoco, in quanto allertati da una telefonata anonima.
In poche parole, Gustav era assolutamente certo che il collegamento visivo che avevano appena avuto era stato praticamente identico allo stesso evento accaduto nel loro passato. Continuava a sembrarmi strano che su un fatto abbastanza clamoroso come questo non avessero trovato dettagli nella stampa Romana e domandai il perché di questa stranezza.
Fu Susan a rispondere, dopo un momento di attesa, informandoci che gli archivi della stampa romana non erano più disponibili. Noi non capivamo come fosse possibile ed insistemmo.
Lei rimase a lungo silenziosa, poi disse:
- Miei poveri amici, so che la notizia che sto per darvi è molto amara e vi sembrerà assurda, ma la Roma che voi conoscete e che probabilmente amate non esiste più da tanto tempo. -
Ci diede il tempo di digerire la notizia; io le chiesi se voleva dire che la città era molto cambiata, in tutti questi anni, ma lei si limi-

tava a ripetere che Roma non esisteva più.

Poi, pressata delle nostre domande che si accavallavano, ci raccontò che alcuni anni dopo l'inizio del nuovo secolo, ma non ricordava esattamente quando, Roma era stata distrutta da un'esplosione termonucleare di enorme potenza. Non si era mai saputo chi avesse organizzato o eseguito l'attentato, ma pochi giorni dopo, una dopo l'altra, anche Tel-Aviv, Bruxelles e Miami erano state distrutte nello stesso modo. Data l'enorme potenza degli ordigni utilizzati e i valori relativamente bassi di fall-out riscontrati, si era ritenuto poco probabile che le bombe utilizzate potessero essere uno sviluppo autonomo di un paese mediorientale o di un gruppo terroristico, mentre appariva più realistico pensare che provenissero dall'arsenale della ex Unione Sovietica. Il Presidente della Russia, però, aveva sempre negato in maniera molto ferma tale possibilità, asserendo che gran parte di quegli arsenali era in via di smantellamento e che comunque tutti i relativi ordigni erano sempre rimasti sotto il loro controllo.

Eravamo ammutoliti.

La mano di Elisabetta che tenevo tra le mie era gelata, e lei mi guardò con uno sguardo angosciato.

Toni aveva lo sguardo fisso sul tavolo, come se le immagini di questa immane distruzione gli stessero passando nella mente.

Chiesi cosa fosse accaduto esattamente, e Gustav proseguì il racconto fornendoci alcuni dettagli: si riteneva che la bomba fosse stata portata su un veicolo e la zona presumibile dell'esplosione era vicino a San Pietro, in una strada verso il Tevere. La distruzione era stata totale per un raggio di circa due chilometri, cancellando dalla faccia della terra due millenni di storia e lasciando una voragine di alcune centinaia di metri di diametro, a lato del fiume, che si era poi trasformata in un lago. Gli effetti distruttivi secondari avevano investito quasi tutta la città, con l'eccezione di alcune zone che erano probabilmente rimaste "schermate" rispetto all'esplosione dall'altimetria molto mossa della città.

La devastazione, però, era stata quasi totale. Il numero dei morti non era noto con certezza, ma sembrava fossero oltre i due milioni; qualcuno diceva addirittura quasi tre. Nei giorni successivi la città era stata praticamente abbandonata dai sopravvissuti, anche se nel caos dei mesi successivi all'esplosione gruppi di sbandati avevano provato ad insediarsi nelle zone poco danneggiate.

Roma, però, non era mai più risorta davvero: priva per lungo tempo di servizi e di infrastrutture, con un piccolo lago rimasto a lungo radioattivo nella zona dell'esplosione, poi dilavato dal fiume, era oramai stata in gran parte abbandonata.

Solo alcuni quartieri periferici, molto lontani dalla zona dell'esplosione, erano col tempo ridiventati zone d'abitazione in cui la vita dei cittadini era tornata ad essere abbastanza normale, ma si trovavano ormai sotto l'amministrazione dei comuni limitrofi. Il resto della città, ormai in rovina, aveva solo un interesse storico e anche se richiamava turisti, che la visitavano come uno dei tanti siti archeologici sparsi per l'Italia, nessuno aveva ancora tentato di riportarla a uno stato simile a quello precedente.

Eravamo sconvolti. Dopo un lungo silenzio osservai ad alta voce che ci restavano solo pochi anni per godercela, anche se, fortunatamente, avremmo potuto allontanarci in tempo, grazie al loro aiuto, e fare anche allontanare anche i nostri amici.

Fu Susan, stavolta, a riprendere la parola, dicendo solo:
- *No, my dear friend. You don't have enough time to do that.* -
Non avevamo abbastanza tempo? Ma perché? Cosa voleva dire? Quale altra diavoleria aveva in serbo per noi il futuro?

Quando riprese a parlare, Susan stava quasi piangendo. Parlò lentamente, interrompendosi spesso, e ci disse che secondo i giornali dell'epoca la nostra vita sarebbe stata stroncata entro pochi giorni da un incidente sul lavoro.

Non era possibile, era un incubo! Forse ci saremmo svegliati presto ed avremmo tirato un sospiro di sollievo!
Come era possibile che morissimo tutti?

- Che tipo di incidente? - mi ritrovai ad urlare nel comunicatore, mentre la mia mente si rifiutava di credere a quello che avevo appena sentito.
E Susan ci spiegò.
Entro pochi giorni, il quindici Marzo, Venerdì, avremmo tentato un esperimento con il laser. Sarebbe stata presente anche Elena; il laser avrebbe prodotto un'emissione anomala di enorme potenza, uccidendoci sul colpo, e poi sarebbe esploso. Era stato (sarebbe stato) su tutti i giornali, anche negli USA.
E la sua voce si ruppe in pianto.

20. UN FILO DI SPERANZA

Eravamo rimasti immobili, nel silenzio della mia cucina, con il comunicatore ancora acceso sul tavolo ma oramai silenzioso.
- Toni ... - disse una voce d'uomo dal comunicatore.
- Sono qui ... *who's calling?* - rispose lui.
- Toni, *Charles Benson speaking, here. Chuck. You may remember me, don't you?* -
Toni lo ricordava benissimo, anche se a noi tutti sembrava già un ricordo lontano. Ma il buon Chuck riuscì in un attimo a calamitare la nostra attenzione.
Ci spiegò che lui non credeva all'ineluttabilità del nostro futuro.
Ci fece un esempio: se il giorno successivo fossimo partiti per la Cina, ben difficilmente avremmo potuto avere un incidente con il laser di lì a pochi giorni! Cercai di obiettare che con l'episodio dell'attentato avevamo cercato di fare qualcosa, ma non c'eravamo riusciti. Lui ribatté che in quel caso, in pratica, noi avevamo semplicemente lasciato che i fatti accadessero: se avessimo preso misure veramente drastiche, l'andamento dei fatti avrebbe potuto essere diverso. Per assurdo, se avessimo noi stessi fatto saltare l'edificio, il giorno prima, la cronaca degli avvenimenti sarebbe stata ben diversa da quella che avevamo vissuto.
Lui sembrava convinto, in definitiva, che gli eventi della loro sto-

ria avessero solo una "forte tendenza" a ripetersi nel nostro mondo, ma questo non implicava un'assoluta necessità. Ma allora, chiesi, era possibile cambiare la loro storia? E cosa sarebbe successo del loro presente? Ma lui ridimensionò il problema: non pensava, in realtà, che si potesse cambiare il loro passato: quello era accaduto, era registrato nei loro libri e nella loro storia, era verificabile con la loro macchina ed appariva necessariamente identico a sé stesso. Lui però negava che il nostro futuro dovesse necessariamente essere del tutto identico; specialmente quando, conoscendo la loro storia, noi avessimo avuto il potere di alterarla: potere che in realtà era mancato, o non era stato da noi esercitato, nel caso dell'attentato. Ci tenne a precisare che su questo punto di vista c'era una significativa discordanza di opinioni fra lui e vari dei suoi colleghi, ma vista l'importanza della cosa per noi, valeva senza dubbio la pena di tentare un esperimento.

Questa conversazione aveva avuto il potere di rianimarci: il colore era tornato sul viso di Elisabetta, Toni appariva abbastanza eccitato ed io sollecitai Chuck a spiegarci che tipo di esperimento voleva tentare. A questo punto, dopo aver richiamato la nostra attenzione, ci disse che, con l'uso combinato delle nostre apparecchiature, riteneva possibile spostarci nel tempo verso il futuro, tirandoci fuori da questo mondo che correva verso la rovina. Saremmo arrivati nel loro tempo, forse un po' alieno per noi, ma ci saremmo trovati fra amici, saremmo stati i primi viaggiatori del tempo, saremmo stati famosi ed avremmo potuto vivere la nostra vita o nella loro comunità o dovunque altro avessimo voluto. Una proposta decisamente allettante, rispetto alle tragiche prospettive di poco prima!

Toni cominciò ad informarsi sulla procedura necessaria per il "salto", come loro lo chiamavano. Apparentemente, avremmo dovuto operare nella stessa modalità usata per ricevere il comunicatore, che portava a coincidere per alcuni secondi una porzione del nostro spazio-tempo con il loro. Avremmo dovuto semplicemente metterci nella zona centrale del primo lobo di luce, in modo da trovarci all'interno della sfera di luce bianca, quando loro l'avrebbero proiettata, e a seguito di un comando sulla loro apparecchiatura noi ci saremmo ritrovati tutti dall'altra parte.

Obiettai che il trasferimento del comunicatore, anche se alla fine era risultato positivo, aveva presentato qualche inconveniente, tanto che il comunicatore non era arrivato nel punto previsto, ma vari metri più in fuori, in prossimità del bersaglio.

Chuck rispose che il problema era stato analizzato a fondo, ed erano arrivati alla conclusione che nel trasferimento indietro nel tempo, che loro non avevano mai sperimentato in precedenza, avevano avuto difficoltà a stabilizzare la sfera sul primo lobo del fascio prodotto dal nostro laser. Il problema si era evidenziato già nella fase iniziale, e aveva infatti richiesto molte regolazioni prima di essere sufficientemente stabile, ed era poi sfuggito di mano quando era stato immesso il comunicatore, che con la sua massa aggiuntiva, anche se piccola, aveva determinato una variazione nel difficile equilibrio trovato in precedenza.

Chiesi se ritenevano di aver risolto questo problema, e lui mi disse di sì, spiegando che i dispositivi che determinavano l'aggancio fra la sfera di luce ed il fascio laser erano stati profondamente modificati ed ora sembravano insensibili alla massa da spostare. Sarebbe stato comunque opportuno, prima di farci trasportare, verificarne il funzionamento con vari oggetti, anche al fine di consentire a loro di impratichirsi nel controllo del trasferimento e, se necessario, di fare ulteriori varianti alla loro macchina.

Toni a quel punto espresse una certa preoccupazione per il fatto che per poter essere trasferiti avremmo dovuto trovarci nel fascio per un periodo di tempo piuttosto lungo, investiti da un flusso di energia forse non sufficiente a farci andare arrosto, ma probabilmente eccessiva e pericolosa. Chuck rispose che non riteneva che fosse necessario lavorare ad alta potenza: il fascio laser poteva essere mantenuto ad una potenza bassissima, in

Destino

quanto la sua funzione era solo quella di consentire la focalizzazione e la stabilizzazione della sfera di luce. Toni però non sembrava affatto convinto. Spiegò che, se la potenza del laser veniva mantenuta molto bassa, l'eccitazione sarebbe andata fuori fase e, a meno di non aumentare il pompaggio, come era avvenuto automaticamente la prima volta, l'emissione sarebbe cessata. La realtà era che il nostro laser, almeno nella sua configurazione attuale, non poteva essere mantenuto in uno stato di emissione stabile in onda continua a bassa potenza: o aumentavamo la potenza, o l'emissione si sarebbe interrotta. D'altra parte, era proprio per questo, apparentemente, che il laser generava le Onde G che avevano consentito il contatto. Se lo avessimo modificato e fossimo riusciti a stabilizzarlo era possibile che l'emissione di onde G venisse a mancare del tutto.

- E se lavorassimo in modalità impulsiva a basso " duty", come abbiamo fatto quando abbiamo provato la modulazione? - chiesi a Toni. Lui ci pensò su per un attimo, poi propose a Chuck questa ipotesi di lavoro. Fu la volta di Chuck a pensarci, e piuttosto a lungo. Poi ci disse che probabilmente la cosa poteva funzionare, e valeva quindi la pena di provare. Se poi non avesse funzionato, lui aveva in mente alcune soluzioni alternative, sicuramente compatibili con il nostro laser.

Il problema principale, a questo punto, era di riuscire a rimettere in funzione il laser nella palazzina devastata. Decidemmo quindi di darci una sistemata e ritornare in ditta, per vedere alla luce del giorno cosa fosse realmente successo. Prima di chiudere il collegamento, però, sentimmo ancora Susan. Sembrava sollevata dalla crisi di sconforto che l'aveva presa in precedenza, ma non sembrò del tutto convinta che la soluzione prospettata da Chuck potesse funzionare, né del fatto che si potesse alterare il passato.

Fu ancora la voce di Chuck a venir fuori dal comunicatore, a quel punto, diretta più a Susan che a noi. Non si trattava di alterare il loro passato: si trattava solo di ottenere un futuro alterna-

tivo per noi, una linea storica che avrebbe cominciato a esistere da quel momento in poi e a divergere dal loro passato. Mi venne da pensare che, se questo fosse stato possibile, sarebbero esistite due "versioni" di noi: quelli che seguivano la linea storica di Susan e noi stessi, che avremmo imboccato una via diversa. Se Susan avesse cercato ancora nel passato, quale delle due "versioni" avrebbe potuto contattare? Poi mi venne in mente che non ci sarebbero state a lungo due "versioni" contemporanee di noi: quelli che erano vissuti nel mondo di Susan erano (sarebbero) morti il 15 Marzo; se noi fossimo sopravvissuti a quella data saremmo stati ancora i soli "noi stessi" viventi.
Ma se invece ci fossimo allontanati da Roma qualche giorno prima dell'incidente?
Le idee a questo punto mi si confusero totalmente, e quando provai a fare un accenno di tutto questo a Chuck lui mi disse solo che non c'erano risposte a questo genere domande: solo noi stessi avremmo potuto vedere quale sarebbe stato il nostro destino. E forse, se fossimo riusciti a discostarci dalla loro storia, nel nostro futuro mondo loro non sarebbero neanche esistiti.
Poi tentò di raccontarci un buffo aneddoto: una specie di paradosso temporale, che non riuscimmo a capire del tutto ma che servì a distrarci un po' dalla tragedia incombente, ed anche a strapparci un sorriso. Ci lasciammo pieni di speranza e con la promessa di risentirci presto.
Il comunicatore si era appena spento quando suonò il telefono. Rimasi un attimo confuso, senza sapere che fare, guardando il comunicatore che avevo in mano. Elisabetta e Toni mi guardarono, poi si guardarono ammiccando e scuotendo la testa.
- No, micione, non è quello, stavolta: è solo il telefono. - disse lei in tono scherzoso, come se volesse sollevarmi il morale.
Mollai il comunicatore e andai a prendere il telefono portatile, che era poggiato sul suo supporto, vicino allo stereo. Era De Chiesa. Commutai il telefono a viva voce, in modo che potessero

sentire anche gli altri.
- Come state? - mi chiese con un tono molto agitato.
Lo rassicurai.
- Meno male! Abbiamo avuto due feriti, ma fortunatamente non sono gravi. Ma voi lo saprete già, visto che eravate qui stanotte. -
- Com'è la situazione? - chiesi - Quando siamo andati via l'incendio non era ancora del tutto spento. -
- Un disastro. - rispose - Tutto il primo piano della palazzina di produzione è completamente devastato. Il magazzino dei prodotti chimici e delle vernici ha bruciato a lungo, il soffitto è crollato e in quella zona anche i muri esterni sono distrutti: un po' dalle bombe e un po' dal fuoco. Le linee di produzione sono state devastate e moltissimo materiale è perso. Non siamo ancora riusciti a valutare i danni, ma sono sicuramente enormi. -
Non avevo il coraggio di chiedere del piano inferiore, dove avevamo il laser, ma riuscii a dire:
- E il resto? -
- Si sta preoccupando del laser, vero? - disse lui. Poi, senza aspettare una risposta, disse: - La sala laser sembra a posto, anche se si sono rotti tutti i vetri delle porte e delle finestre e alcuni condotti dell'aria condizionata si sono sganciati, hanno rotto i pannelli del controsoffitto e ora penzolano in maniera poco simpatica. Rossetti, comunque, dice che le apparecchiature sembrano intatte. -
Tirammo un sospiro di sollievo: quel laser, oltre che il risultato di anni di lavoro, rappresentava ormai per noi, dopo quello che ci avevano detto i nostri amici, sia una minaccia mortale, sia l'ultimo treno per fuggire da questo mondo che si stava tuffando nella follia.
- Quando pensa che potremo riprendere l'attività? - chiese Toni.
- Entro uno o due mesi, immagino. -
Toni fece un gesto di stizza.
- Non è possibile! Dobbiamo assolutamente riuscire riaccendere quel maledetto laser entro un paio di giorni! -

- Non capisco il perché di tutta questa fretta. - ribatté De Chiesa, perplesso. - C'è qualcosa che non so? -
Ritenni fosse il caso di intervenire:
- Abbiamo un esperimento molto delicato in corso - dissi - e l'idea di fermare tutto per un lungo periodo ci seccherebbe moltissimo. Ci scusi se siamo un po' agitati, ma assistere a quello che è successo stanotte è stato piuttosto sconvolgente. -
Lui rimase in silenzio per alcuni secondi. Poi disse:
- Vi capisco: sono sconvolto io, che ho visto solo i risultati. Per voi che eravate qui, al buio e sotto le bombe, deve essere stata piuttosto dura! A proposito: devo darvi una tirata d'orecchie per aver coinvolto la dottoressa Quaranta nella vostra bravata di stanotte. Come vi è venuto in mente? -
Poi, visto che non dicevamo nulla, aggiunse: - Ma forse è stata lei ad averlo deciso, eh? Spirito di squadra, immagino! La nostra fatina a volte è un tipo molto deciso. O mi sbaglio? -
Di nuovo nessuno rispose, ed Elisabetta mi lanciò un'occhiata alzando le sopracciglia e piegando leggermente la testa da un lato, come per dire "Che ci vuoi fare?".
- Va bene, - riprese lui - mi rendo conto che con quello che avete per le mani non vi vada di fermarvi. Vedremo se sarà possibile rimettere tutto a posto al più presto. In fondo possiamo anche cominciare subito a riattivare il piano di sotto e lavorare con calma al resto dei lavori. Spero solo che i vigili del fuoco, che stanno verificando la solidità dell'edificio, non ci impediscano di lavorare! Ovviamente starete senza aria condizionata: la centralina era sulla terrazza ed è stata presa in pieno da una bomba. -
- Grazie, - disse Toni - e arrivederci a fra poco. -
- Prendetevela pure con calma, ragazzi. Per questa mattina sicuramente non sarà possibile fare nulla. Venite pure nel pomeriggio e faremo il punto della situazione; d'accordo? -
Ci dichiarammo d'accordo e lo salutammo.
Un trillo diverso dai precedenti ci fece sobbalzare.

- Quanti altri telefoni spaziotemporali hai? - chiese Toni con l'aria di uno che non ne può più.
- Nessuno. Questo è il citofono: c'è qualcuno al cancello. - risposi mentre mi avviavo verso la porta.
Al cancello c'era la signora Pina che, avendo visto la mia macchina fuori, aveva suonato per non rischiare di capitare in casa in un momento poco opportuno. Le aprii, e lei entrò. Rimase leggermente stupita di vedere Elisabetta e Toni, che non conosceva. Mormorò qualche frase come per scusarsi di averci disturbato, ma le dissi di non preoccuparsi e la presentai ad Elisabetta e a Toni come la mia governante.
- Molto onorata. - disse lei.
Poi mi chiese se poteva riordinare la casa; io le dissi di sì e lei sparì verso la cucina. Poco dopo capitai in cucina per prendere un bicchier d'acqua.
- Mi scusi, ingegnere, ma la signorina bruna ... è lei che è venuta a stare al castello? - Scherzavamo a volte sul fatto che la casa su due piani più sottotetto, con la scala interna, pur essendo così piccola poteva ricordare un po' la struttura di un antico castello.
- Sì, è lei. - ammisi.
- Mi perdoni se sono sfacciata ad impicciarmi, ma le devo proprio dire che la trovo deliziosa. Ha lo sguardo vivace e sincero, un viso da Madonna e una figuretta splendida. Spero solo che lei le voglia davvero bene! -
- Sì, è così - dissi - e sono contento che le sia piaciuta. -
- Allora tanti auguri, ingegnere, e figli maschi ... oh... beh, non subito, magari! - disse con un tono affettuoso.
Poi, presi i suoi attrezzi, uscì dalla cucina canticchiando un motivetto a bocca chiusa.
Tornato in soggiorno sentii che Toni stava telefonando ad Elena; mi avvicinai ad Elisabetta e le dissi che aveva fatto colpo sulla signora Pina. Lei ne sembrò soddisfatta e disse:
- Allora speriamo che continui a venire a lavorare qui: mi sembra

molto efficiente e ci farà .... - e si fermò a metà della frase, con il viso teso e lo sguardo spaventato.
- Ma noi non vivremo qui a lungo. - mormorò.
La presi fra le braccia e la strinsi a me. - Non angustiarti: non sappiamo ancora che cosa succederà, ma qualunque cosa sia lo affronteremo insieme, e avremo un grande aiuto dai nostri nuovi amici. Vedrai che andrà tutto bene! -
Ci credevo? Chi lo sa! Forse non così tanto, ma non volevo assolutamente farmi sopraffare dallo sconforto. Avremmo fatto di tutto, per cercare di sfuggire a quel tragico futuro che tentava di ghermirci.
Toni mise giù il telefono e si avvicinò. Ci guardò e si accorse della nostra espressione preoccupata.
- Problemi? - chiese.
- No, cosette da nulla, - risposi con tono che voleva essere ironico - non mette conto parlarne. -
- Parliamone, invece. - disse lui - Servirà anche a non farci diventare pazzi. Io, nonostante tutto, sono abbastanza ottimista. Certo, la situazione sembra senza via d'uscita, ma non ho dubbi che, conoscendo gli eventi successi nel passato di Susan possiamo alterarli volontariamente e imboccare una strada probabilistica diversa. -
- Partiamo per la Cina? - chiesi.
- Non è necessario. - rispose - In fondo, che cosa ci lega davvero a questo posto, anzi a questo scomodo angoletto dello spaziotempo? Nulla! A me piacerebbe molto vivere nel mondo di Susan: senza delinquenza, tra gente simpatica e socievole e in un angolo pittoresco della California. A voi no? -
- Beh, in fondo ... - dissi io.
- Allora vi dico io che si fa. - riprese con tono animato - Appena riusciamo a rimettere Polifemo in funzione proviamo a passare di là. Se ci riusciamo, bene! Il gioco è fatto. Se non ci riusciamo, ci prendiamo tutti e quattro due settimane di vacanza e ce ne an-

diamo alle Maldive. Cosi nel giorno del "fatale incidente" ce ne staremo tranquilli a crogiolarci al sole, su una spiaggia bianca con le palme. Che ve ne pare? -
- Potrebbe essere un'idea. - disse Lisa - Resta il problema della distruzione di Roma di cui ci hanno parlato. -
- Ma quello dovrebbe succedere di qui a vari anni! - disse Toni - Prima di allora i nostri amici saranno riusciti a mettere a punto il trasferimento e ce ne andremo! Se poi risultasse che è proprio impossibile, ci trasferiamo fin da ora in California, o in qualche altro posto che secondo loro non presenti rischi a breve termine. Ma loro sembrano fiduciosi che il trasferimento possa essere effettuato! -
- Sì, tentare di andare nel futuro sarebbe certamente la soluzione migliore. - disse lei - C'è però un dettaglio al quale forse non hai pensato. -
- E quale? -
- Saremo poveri! Qui abbiamo tutti un buon lavoro, e voi due avete anche una casa di proprietà. Lì saremo dei disadattati; forse saremo anche famosi, come dice Chuck, ma non saremo in grado di svolgere un lavoro produttivo, e vivremo più o meno della carità dei nostri nuovi amici, in una situazione abbastanza sgradevole. -
- Non credo che la cosa sia così drammatica - intervenni io - In fondo, immagino che non saremo più ignoranti di un loro ragazzino del liceo e, se è vero che abbiamo una mente creativa, con un po' di anni di studio dovremmo di nuovo essere in grado di svolgere un lavoro dignitoso. Parlando con loro, d'altra parte, non ho avuto l'impressione di una cultura scientifica così lontana dalla nostra da non poterla assimilare in pochi anni. Per me, poi, la cosa è ancora più facile: il lavoro che ho fatto negli ultimi anni non richiede neanche conoscenze molto approfondite, dal punto di vista scientifico. Non credo che il progresso tecnologico abbia influito molto sulle attività commerciali o di management! Il

problema per voi potrebbe essere un po' più concreto, ma è sicuramente risolubile con un po' di studio. -
- Vuol dire che voi ricconi mi inviterete a cena molto spesso, quando farò lo studente! - disse Toni ridendo.
- Ma se dovrò rimettermi a studiare anch'io chi preparerà la cena? - disse Lisa con tono scherzoso.
- Ti darò una mano io. - risposi.
L'atmosfera si era abbastanza rasserenata. In realtà penso che nessuno di noi riuscisse ad ammettere con sé stesso che il tragico futuro descritto da Susan fosse proprio certo, ineluttabile.
Poco dopo arrivò Elena. Aveva un'aria molto preoccupata. Non sapevo cosa le avesse raccontato Toni al telefono, ma era chiaro che avremmo dovuto comunque riesaminare con lei tutta la situazione. Volle sapere subito dell'attentato e la ragguagliammo. Lei sembrò tranquillizzarsi; era chiaro però che Toni non le aveva ancora raccontato del colloquio avuto con Susan e i suoi amici e fu proprio lei ad accorgersi che, oltre all'episodio dell'attentato, c'era qualcos'altro che ci opprimeva. Così, pian piano, le raccontammo tutto. Rimase sconvolta e ad un certo punto scoppiò a piangere disperatamente. Toni la abbracciò, cercando di consolarla. Lei non smise di piangere, ma con la voce rotta dai singhiozzi ci parlò della felicità e delle speranze che erano cresciute in lei negli ultimi giorni, mentre ora ... il mondo intero, quel futuro pieno d'amore che aveva sognato a lungo, e che aveva finalmente creduto possibile, le si sbriciolava davanti agli occhi.
Fu Elisabetta che trovò le parole giuste per calmarla; si sedette vicino a lei e le spiegò in termini abbastanza semplici quali fossero le nostre speranze. Le parlò della fuga nel futuro o, se quella non fosse risultata possibile, delle possibilità che avevamo per imporre una svolta, almeno momentanea, a quel tragico futuro che ci era stato raccontato.
- Credi davvero che ci sia la possibilità di fuggire? - le chiese Elena con gli occhi pieni di lacrime.

- Sì, ne sono convinta! Susan dice che il trasferimento in avanti nel tempo è molto più semplice di quello all'indietro che hanno eseguito per mandarci il comunicatore. Dobbiamo solo aspettare di poter riaccendere il laser e a quel punto dovremmo poter passare "di là" senza troppi problemi. -
- Ma non potremo portarci nulla. - disse Elena, che aveva smesso di piangere ed aveva un'espressione strana, come se stesse rendendosi conto che forse esisteva un'uscita a questa situazione - Saremo come naufraghi in un mondo che non conosciamo, non avremo una casa, né un lavoro ... -
- Avremo degli amici che saranno fieri di averci salvato e ci aiuteranno ad inserirci nella loro comunità. Secondo loro, saremo addirittura famosi: i primi "fuggitivi del tempo". Ne abbiamo già parlato tra noi ed in effetti è probabile che potremo tutti, dopo un periodo di apprendimento più o meno lungo, riprendere il nostro lavoro. Non siamo da buttar via, dopo tutto, e non lo saremo nemmeno nel nuovo mondo. -
Detto questo rimase silenziosa per un po', mentre anche Elena sembrava raccogliere le proprie idee e cominciare a ritrovare, almeno in parte, la sua abituale serenità.
- E poi - riprese Elisabetta - chi ha detto che non potremo portarci nulla? - e ci guardò con aria soddisfatta, come se avesse trovato la chiave di un problema difficile.
- Che vuoi dire? - domandai - Dovremo sicuramente lasciare qui quasi tutto quello che possediamo, no? -
- Non è detto - rispose lei - Possiamo sicuramente inviare a Susan alcune nostre cose prima di trasferirci: servirà anche a collaudare la sicurezza e la stabilità del canale di trasferimento. Mi dispiacerebbe, per esempio, dovermi separare dai miei vestiti, anche se non sono cose di valore. Poi possiamo trasferire tutti i nostri averi in un conto vincolato su una banca svizzera, controllando con Susan che non abbia problemi negli anni futuri, e recuperarli con un titolo al portatore quando saremo lì. Dovrebbe-

ro anche fruttare non poco di interessi, in tutto questo tempo! - La abbracciai e la sollevai da terra, facendole fare un giro in aria.
- Sei la nostra stratega finanziaria! - dissi dopo averle dato un sonoro bacio sulla guancia, prima di farle posare i piedi in terra - Altro che poveri: saremo ricchi! -
- Peccato però che dovremo abbandonare la casa. - obiettò Toni.
- Credo che per quella non ci sia nulla da fare. - ammisi - Oltretutto, finirà probabilmente in polvere fra pochi anni. Dovremmo riuscire a venderla immediatamente, ma non mi sembra un'ipotesi realistica: mancano solo quattro giorni a Venerdì. -
Continuammo a parlare a lungo. Finalmente avevamo una speranza, un progetto avventuroso fra le mani, qualcosa per cui lottare e in cui mettere a frutto tutta la nostra inventiva. Decidemmo che il pomeriggio sarei andato al lavoro con Toni, mentre le ragazze sarebbero andate a casa loro a preparare dei bagagli da "spedire" a Susan appena possibile.
La porta della cucina si aprì, e comparve la signora Pina: mi ero completamente dimenticato che fosse in casa.
- Mi scusi se disturbo, ingegnere, ma visto che si faceva ora di pranzo e lei stava conversando con i suoi amici, ho ritenuto conveniente preparare un pranzetto. Ho fatto bene? -
- Benissimo, - dissi - la ringrazio molto.
- Allora, se credono, posso apparecchiare la tavola: sarà pronto fra pochi minuti. -
- Ottima idea - disse Toni - dopo tutte queste storie mi è venuta fame! - e si passò una mano sullo stomaco, facendo una faccia buffa.
Scoppiammo a ridere; l'atmosfera angosciosa di poco prima si era quasi dissolta, lasciandoci spossati ma abbastanza sereni e preparati ad affrontare con coraggio il futuro incerto che ci attendeva.

21. RICOSTRUZIONE

L'aspetto della palazzina danneggiata era impressionante: il piano superiore era in varie parti praticamente distrutto e in corrispondenza di tutte le finestre, ridotte a buchi neri, il muro esterno mostrava pesantemente i segni delle fiamme che avevano devastato l'interno. Solo il lato posteriore, sopra la sala del laser, era meno danneggiato. Anche lì non c'era nemmeno una finestra ancora intatta e c'erano alcune tracce del fuoco, ma i muri apparivano integri. Il piano inferiore sembrava invece in buono stato e i vigili del fuoco avevano già dichiarato agibile per attività di manutenzione e ripristino tutta l'ala posteriore, che comprendeva la sala laser.

Entrammo. Rossetti, aiutato da alcuni operai del servizio di manutenzione, aveva installato sul laser alcuni pannelli rigidi di protezione, in modo che si potesse procedere alla risistemazione delle condotte dell'aria condizionata che erano state staccate dalle esplosioni, senza rischiare di danneggiarne le parti più delicate.

Ci spiegò che De Chiesa gli aveva dato istruzioni di rimettere in ordine la sala laser al più presto e lui si era messo subito in moto.

Gli chiedemmo notizie sullo stato del laser.

- Non abbiamo potuto fare controlli elettrici - rispose - in quanto

al momento la palazzina è priva di energia, ma ad un'ispezione visiva sembra che non ci siano stati danni. Potrebbe esserci stata una piccola perdita di gas, perché una bombola di azoto, cascando, ha spezzato il beccuccio della valvola di spillamento. La pressione a freddo, però, sembra normale. Verificheremo quella a caldo appena sarà possibile. -
- Quando pensa che potremo riaccendere? - chiese Toni.
- Non ne sono sicuro - rispose - ma sto facendo passare un cavo provvisorio dalla cabina elettrica fino a qui per avere energia e, se la manutenzione finisce stasera, per domani pomeriggio potremmo anche fare una prova di riscaldamento. Se una volta andati in temperatura risulterà tutto a posto, saremo pronti di nuovo. Se ci sono dei guasti ... beh, dipende dal tipo di guasto. Ma per dopodomani dovremmo essere comunque a posto. -
E così il nostro Polifemo sembrava essersela cavata abbastanza bene, dopotutto.
I guardiani ci avevano avvertito che De Chiesa avrebbe voluto vederci appena fosse stato possibile e così ci recammo nel suo ufficio. Ci accolse amichevolmente, forse più del solito. Sembrò scusarsi del fatto che non aveva creduto molto alla storia dell'attentato, anche se era riuscito comunque a far venire sul posto i vigili del fuoco ed il gruppetto dei carabinieri.
- Forse avrei dovuto darvi più retta - disse - ma per come sono andate le cose, penso che nemmeno l'esercito avrebbe potuto risolvere il problema. -
- Gli attentatori sono stati presi? - domandai.
- No, anche se sembra che uno di quelli del camioncino col lanciarazzi sia stato ferito: sono state trovate tracce di sangue nel punto in cui si erano fermati. -
- E i nostri feriti, chi sono e come stanno? -
- Uno è Di Stefano, della sorveglianza, che è stato raggiunto da un colpo di fucile in una spalla ma non è grave, e l'altro è un vigile del fuoco, che quando è arrivata la prima bomba stava in piedi

accanto alla palazzina ed è stato investito da un frammento del muro esterno, che è stato sventrato dall'esplosione quando la bomba è scoppiata all'interno della sala cablaggi. Nel complesso è stato abbastanza fortunato: ha solo una ferita ad una gamba, ma non grave, anche se ha perso un bel po' di sangue. Secondo i medici fra qualche settimana sarà come nuovo. -
Ci guardò, come per capire cosa pensavamo, poi proseguì:
- Ho chiesto a Rossetti di coordinare i lavori di ripristino in sala laser. Mi è sembrato che ci teneste molto a riprendere la sperimentazione. C'è qualcosa che dovrei sapere? -
Ci guardammo, e Toni mi fece cenno di parlare.
- La situazione è complicata. - dissi - Come ha giustamente intuito abbiamo per le mani qualcosa di assolutamente nuovo; ci muoviamo in un campo in cui non ci sono, per quanto ne sappiamo, esperienze precedenti, e alcuni aspetti fisici e matematici stanno cominciando solo ora a delinearsi in maniera coerente. Ma non mi chieda quali: per me è tutta roba incomprensibile. -
- Lo immagino: per me sarebbe lo stesso. Ma il fascio di luce che si rifocalizza ... si tratta di una distorsione spaziotemporale, non è vero? - mi interruppe lui.
- Si, è chiaro, - ammisi - ma ancora oggi non sappiamo esattamente come e perché si produca e quali siano le sue caratteristiche o i possibili risvolti pratici. -
- Questo spiega almeno in parte la fretta che avete di continuare, ma forse è inutile che io ne sappia di più, almeno per ora. Oltre a voi due, chi è al corrente della cosa? -
- Solo la dottoressa Quaranta; è stata lei ad elaborare il modello matematico che ci ha consentito di procedere con gli esperimenti e di arrivare a questo risultato. -
- Intende dire che la nostra fatina conosce la teoria del fenomeno? -
- Beh, non proprio. Come le avevamo già accennato, lei ha solo ricavato, a partire dalle correlazioni che ha trovato lei stessa fra i

dati pubblicati da Svensson, delle equazioni che apparentemente descrivono i legami matematici fra le grandezze fisiche relative al fenomeno. Questo però non vuol dire conoscere la teoria. Non sappiamo nemmeno se queste equazioni abbiano una validità più generale rispetto al ristretto ambito del nostro esperimento. -
- Ho capito. - Poi, dopo una pausa: - Vorrei avere più tempo libero e buttarmi con voi in questa avventura, ma ormai ... ho altre grane a cui pensare. Va bene; continuate a lavorare e vedremo che cosa ne verrà fuori. Ma mi raccomando: siate prudenti! -
Usciti dalla stanza di De Chiesa ci avviammo verso il mio ufficio. Non sapevo che cosa fare. Non trovavo nulla, nella normale attività di lavoro, che meritasse almeno un po' d'attenzione. Avrei solo voluto bruciare il tempo che dovevamo ancora aspettare prima di tentare il nostro nuovo esperimento: aprire una porta verso il futuro.

Anche Toni sembrava non avesse nulla da fare e mi seguì senza dire nulla. Arrivammo al mio ufficio e diedi un'occhiata alla scrivania: nulla di nuovo. Continuammo a camminare e arrivammo fino alla porta della segreteria. Laura, la mia segretaria, mi salutò e mi chiese come stavo; forse la notizia che fossi stato lì durante l'attentato era stata diffusa da Radio Astra e doveva essere stata ampiamente commentata.

Le risposi con un - Bene grazie, e lei? -
- Non c'è male - rispose. Poi rimase incerta, come se volesse chiedermi qualcos'altro, ma non disse nulla. Ero quasi certo che volesse sapere come era andata durante la notte, ma forse la presenza di Toni la trattenne dal farlo.
- Faccio un giro per lo stabilimento e poi vado a casa - le dissi - Se qualcuno mi cerca, dica che sarò in ufficio domattina, come al solito. -
- Va bene, ingegnere. Buon riposo! -
Le feci un cenno di saluto con la mano e mi avviai verso le scale, sempre seguito da Toni.

- Non vai neanche a vedere il tuo ufficio? - chiesi.
- No, lo conosco già - rispose lui.
Lo guardai in faccia. Se intendeva essere spiritoso, aveva trovato una battuta un po' fiacca; ma evidentemente neanche lui si sentiva molto in forma.
- Che facciamo, ripassiamo in laboratorio? - chiesi.
- Va bene. - fu la laconica risposta.
Il lavoro procedeva bene: il soffitto era stato riparato, il cavo elettrico era già arrivato e gli elettricisti stavano attaccando alla parete un quadro elettrico provvisorio, che avrebbero poi raccordato all'impianto della sala laser.
- Per quanto ne avete, ancora? - chiese Toni.
- Un paio d'ore, forse tre. - disse il caposquadra; poi guardò l'orologio e aggiunse:
- Se non finiamo per le cinque sospendiamo, ma per domattina alle nove è di sicuro tutto a posto. -
- Quanta potenza avremo a disposizione? - chiese Toni.
- Esattamente come prima: in cabina avremmo previsto di allacciare il cavo sugli stessi limitatori. Vi serve più potenza?-
- No, no! Va bene così, grazie. -
Comparve Rossetti.
- Ho controllato tutto quello che si poteva controllare senza accendere il laser e sembra tutto OK. - disse a Toni con tono vivace. - Se crede, domattina possiamo portare tutto in Stand-by e avviare le procedure di test mentre il plasma si riscalda. -
- Va bene Rossetti, ma aspetti il mio arrivo, per i test: vorrei controllarli di persona. -
Poi, vedendo sul volto del tecnico un'espressione piuttosto delusa, aggiunse:
- A proposito: complimenti per oggi, ha fatto un lavoro davvero eccellente. Bravo! -
Il volto di Rossetti si illuminò di soddisfazione. - Grazie, ingegnere. - disse in tono fermo e con un accenno di sorriso.

Quando si voltò per allontanarsi aveva l'espressione fiera e sembrava di una spanna più alto.

Erano solo le quattro, ma decidemmo di andarcene: per quel giorno ne avevamo abbastanza. Dovevamo però rintracciare Elisabetta ed Elena. Provammo a chiamarle ma non c'era nessuno né a casa mia, né a casa delle ragazze e nessuna delle due aveva un telefono cellulare.

- Saranno per strada. - disse Toni - Perché non andiamo a casa tua ad aspettarle? In fondo, sta più o meno diventando la nostra "base operativa". Naturalmente se non ti dispiace! -

- Per me va benissimo, ma non avrei mai pensato che la mia casa si sarebbe trasformata in una base spaziale! -

- Beh, magari più che "spaziale" potremmo considerarla una base "temporale", no? -

Mi guardò con un'espressione buffa, e ci mettemmo a ridere.

22. PREPARATIVI

In casa non c'era nessuno. Trovammo il comunicatore sul tavolinetto, vicino ad un bigliettino che diceva solo: "Torno presto. Baci. Lisa".
- Lisa, eh? - disse Toni.
- Sì, sai come succede... -
- A proposito, sai chi mi ricorda, la tua fatina? -
- No, dimmelo. -
- Mi ricorda Valentina, quella dei fumetti di Crepax. Ma solo da poco tempo, direi quasi da pochi giorni. Prima non avevo mai notato alcuni dettagli del suo aspetto, così sottilmente sensuali. -
- Ma Valentina in quei disegni sembra molto alta. - pensai ad alta voce.
- Beh, non è detto. Secondo me più che altro è molto snella, ma con le curve giuste ai posti giusti. E poi Crepax la disegna spesso seminuda e con vari dettagli della sua anatomia messi in evidenza, in modo da renderla molto provocante, anche se forse con il seno piccolo, direi "alla francese", come sono in genere le ballerine del Crazy-Horse. Molti dettagli della sua figura comunque, come le gambe così lunghe, sono volutamente stilizzati in modo da renderla particolarmente sexy. Ma per quanto riguarda Elisabetta, che è reale e non disegnata, mi sembra che invece ... no,

scusami, non vorrei esagerare. -
Poi mi guardò, come aspettando un mio commento.
Io non dissi nulla, mentre l'immagine di Lisa che camminava nella mia stanza vestita solo dei suoi capelli si mescolava nella mia mente con i ricordi che avevo dei disegni di Valentina.
Era vero: si somigliavano proprio!
Ma Toni interruppe i miei pensieri:
- Comunque è inutile che fai quella faccia da finto tonto: ho già capito che deve essere uno schianto! -
- Sì, è davvero molto bella. - ammisi a bassa voce, quasi parlando a me stesso.
- Ma assomiglia davvero a Valentina o è solo la mia immaginazione che me lo fa credere? - insisté lui.
- Beh, più o meno ... - risposi - ha anche lei un fisico sottile, ma forse la somiglianza che ci vedi è dettata soprattutto dal taglio dei capelli, dagli occhi ... non so. Però, adesso che mi ci hai fatto pensare, mi stupisce davvero quanto alcuni disegni del volto di Valentina assomiglino a certe espressioni di Lisa. -
- Veramente non parlavo solo del volto: lei si veste quasi sempre in modo che non si capisca bene come è fatta, sotto i vestiti, ma specialmente d'estate non è poi tanto difficile accorgersi che ha un corpo snello e ben fatto, col vitino sottile. Le sue curve invece sembrano molto più provocanti di quelle di Valentina. E poi, lo sai come la chiamano quelli dell'officina, vero? -
- Sì, lo so. - dissi sorridendo. - Che devo dire? Ha davvero un corpo fantastico. - E poco dopo aggiunsi: - Sai una cosa? A volte ho anche pensato che tu le stessi facendo la corte e da come ne stai parlando adesso ... -
- Beh, qualche volta un pensierino ce l'ho anche fatto, ma sai ... lei con me ha sempre avuto un atteggiamento limpido e disarmante, e anche se si è sempre dimostrata un'amica sincera (anzi, forse proprio per quello) non me la sono mai sentita di tentare un approccio. E poi è piccolina di statura ed ha quel volto da

bimba ... se ci avessi provato, credo che mi sarei quasi vergognato di me stesso, come se stessi cercando di sedurre una mia sorellina piccola. -
Rimasi per un po' in silenzio, poi dissi:
- A proposito: ed Elena? -
- Elena cosa? - disse lui.
- Dai, non fare finta di non capire: hai fatto l'amore con quella specie di valchiria bionda, che non si può proprio dire che sembri una bimba, e non puoi dirmi nulla, di lei? -
Fu la sua volta di essere incerto nel rispondere, ma poi si decise a parlarne:
- E' molto bella, ma all'inizio era timida e molto riservata. Sai, ha davvero un corpo da vichinga, forte e ben fatto, con delle gambe stupende. Ma a parte l'aspetto esteriore, dentro è timida e delicata e all'inizio mi era sembrata anche molto incerta e piena di paure. E anche se fra noi c'è stata fino da subito una grande simpatia, non è stato facile avere da lei di più di un bacio. Poi a poco a poco si è sciolta, e alla fine è stata una cosa fantastica! -
Smise di parlare e rimase lì in silenzio, con lo sguardo sperso nel nulla ed un sorriso fanciullesco sul volto.
Fu la mia volta di dirgli:
- Pronto! c'è nessuno in casa? -
Lui si riscosse, sorrise e disse:
- Direi che mi ha proprio stregato, ma non mi dispiace affatto! E poi, sai ... non che sia una cosa importante, ma ho potuto constatare che è proprio bionda naturale! -
- Ah si? E come fai a saperlo? - chiesi con aria ingenua.
Lui mi guardò con espressione perplessa, ma poi capì che scherzavo e non disse nulla.
- Io l'avevo immaginato guardandole le ciglia, - dissi - e più ancora le sopracciglia; ma immagino che tu avrai anche altri elementi più significativi. - aggiunsi ridacchiando.
- Ah, - disse lui, cambiando argomento, come se quello prece-

dente lo mettesse un po' in imbarazzo - lo sai che anche a lei piace moltissimo la montagna? -
- E tu lo sai che anche a Lisa piace moltissimo il mare? -
- Abbiamo trovato le ragazze giuste, allora! - e mi diede una gran pacca sulla spalla.
Ressi bene la botta (ogni tanto avere una certa massa fa anche comodo) e proposi di berci su qualcosa.
- Un Cuba-libre? - disse lui.
- Due Cuba-libre, allora! - e mi avviai in cucina a cercare la bottiglia della Coca Cola.
Stavamo sorseggiando con calma la nostra bibita quando arrivarono le ragazze. Avevano un aspetto allegro e le braccia piene di borse e di pacchi.
- Ecco i nostri coraggiosi cacciatori notturni che si ritemprano! - disse Elena.
- Avete rapinato i grandi magazzini? - domandò Toni.
Mi avvicinai ad Elisabetta per aiutarla con i pacchi, e lei si spinse in avanti col viso per darmi un piccolo bacio.
- Abbiamo fatto una scoperta interessante. - mi disse - Non abbiamo abbastanza valigie per le nostre cose. -
- E allora che cosa avete fatto? -
- Abbiamo preparato una valigia ciascuna con le cose più importanti e il resto è in questi pacchi. Ma se potessimo fare un secondo carico domani recupereremmo anche tante altre cosine che ci dispiacerebbe lasciare indietro. -
- Penso che si possa fare. Io comunque ho varie borse e valigie, anche se qualcuna è molto usata; se pensate che vi servano, potete prendere quelle. -
- Benissimo. Dove sono? -
- Nel sottotetto, in cima alle scale, ma fate attenzione ... -
Erano già andate su di corsa.
Guardai Toni, che disse solo:
- Sono belle, vero? Sembrano due scolarette che partono per le

vacanze estive. -
- Speriamo di riuscire davvero a partire. - commentai.
- Ne dubiti? I nostri amici sembrano sicuri del fatto loro. E poi a noi non resta altra scelta: partire ... o morire... -
- Sognare, forse ... - dissi, con una voce alla Amleto.
- Sei allegro? -
- No, - risposi - sto solo facendo gli scongiuri! -
Le ragazze ricomparvero poco dopo trascinandosi dietro due valigie, alcuni borsoni e una sacca da marinaio. Poi Elisabetta aprì una valigia da un lato del tavolo, Elena una dall'altro e cominciarono a riempirle con il contenuto dei pacchi: vestiti, gonne, pantaloni ed altro ... perfino un cappotto.
- Un cappotto! Ma in California fa caldo! - dissi io.
- Non sempre. - rispose Elisabetta - E comunque è un cappotto molto carino e lo avrò messo tre volte in tutto! -
- Già tre volteee? - fece Toni con voce effeminata - Ma allova è da buttave, cava: è stato già visto tvoppo! -
Un'occhiataccia fu la sola risposta.
Fu poi la volta delle scarpe. Non avevo idea che una ragazza potesse averne tante! In due, poi ... ! Riempirono la sacca, mettendo ogni paio in un sacchettino, o forse in due, uno per scarpa, e poi misero quelle rimaste in un borsone.
- A proposito - dissi - come faremo a portare tutte queste valigie in sala laser? -
- Dovremo portarle con le nostre macchine, lasciandole al parcheggio in basso, e poi portarle in sala laser solo sul tardi, quando gli altri se ne saranno andati. - rispose Toni.
La cosa sembrava ragionevole.
Ad un tratto Elisabetta si interruppe, mi guardò e disse:
- Oh! Ci siamo dimenticate di voi! -
- In che senso? - domandai.
- La vostra roba! Avete valigie sufficienti per mettercela? -
- Io credo di avere valigie sufficienti per me - disse Toni - e vedo

che qui è avanzato solo un borsone. Che si fa? -
- Come con la Coca Cola in vetro. - dissi - Vuoto a rendere. -
- Vuoi dire che chiederai a Susan di mandarci indietro qualche valigia? - chiese Elena.
- Mi sembra la soluzione più semplice. -
- Ma ci vorrà tempo. - disse lei.
- Per noi no. - spiegai - Loro possono lasciar trascorrere un tempo qualsiasi e poi ristabilire il contatto con noi quasi nello stesso istante, per noi, nel quale era stato interrotto. Quindi possono vuotare con calma le valigie e rimandarcele. Il giorno dopo le riportiamo piene e le "imbuchiamo". -
- Stai supponendo che abbiamo due giorni di funzionamento del laser prima di quello in cui è previsto l'incidente. -
- Sì, lo so, ma penso che avremo tutto il tempo necessario: oggi è Lunedì e l'incidente sembra si sia verificato di Venerdì. Se domani riusciamo a riaccendere, non dovremmo avere problemi. -
- E sennò ? - chiese Toni.
- In questo caso vuol dire che rinuncerò a un po' di vestiario. -
Poi mi vennero in mente alcuni dettagli importanti:
- A proposito, avete parlato con Susan? - domandai.
- Certo, poco dopo che eravate usciti. - rispose Elisabetta - Abbiamo parlato dei bagagli e lei ha detto che non sarebbe un problema avere dei vestiti nuovi, ma se ci fa piacere avere i nostri, ai quali siamo abituate, sarà lieta di metterli da parte per noi. Poi abbiamo parlato della banca. Lei ci ha fatto i complimenti per l'idea e ci ha consigliato di rivolgerci alla Deutsche Bank, che dovrebbe avere aperto da poco un ufficio finanziario all'EUR e, secondo quello che loro hanno saputo studiando il nostro periodo, su un deposito vincolato per 10 anni ci potrebbe accordare un interesse molto più alto di quello praticato dalle banche svizzere. E poi sembra che si possa ottenere che il deposito venga custodito in Germania, che mi sembra un elemento molto importante, nel nostro caso. Se non la rintracciamo, o se le condi-

zioni che offrono non ci soddisfano, possiamo rivolgerci ad una delle due banche svizzere di cui ci ha detto il nome. -
- Perché solo dieci anni? - chiese Toni.
- Perché da quello che sanno la banca non accetta depositi vincolati a più lungo termine, o almeno loro credono che sia così. Però se il deposito viene lasciato lì più a lungo, gli interessi dovrebbero continuare a correre, anche se con un tasso inferiore. -
- Chi può andare all'ufficio della Deutsche Bank domattina? - domandai.
- Posso andarci io. - disse Elena.
- Bene. Allora proviamo a buttare giù uno schema di azione. Seguite con attenzione: domani mattina, Martedì, dobbiamo trovare un momento per fare tutti un salto alle nostre banche, in modo da avere il saldo aggiornato e prelevare tutto, facendoci emettere un assegno circolare per l'importo corrispondente. Poi, mentre Toni traffica con Polifemo, io raggiungo Elena, che nel frattempo dovrebbe aver rintracciato l'ufficio della Deutsche Bank, e facciamo due depositi vincolati a 10 anni, uno per coppia, con certificato di credito al portatore. Torniamo a Pomezia; se Polifemo funziona proviamo il trasferimento con qualche oggetto inutile e se tutto va bene verso le sette spediamo il primo gruppo di bagagli. Il giorno successivo, Mercoledì, spediamo gli ultimi bagagli e ci imbarchiamo sul primo volo. La mattina successiva, Giovedì, io vorrei dormire fino a tardi! Scherzi a parte, se qualcosa va storto abbiamo in pratica quasi due giorni di riserva: una parte di Mercoledì e tutto Giovedì. Se entro Giovedì non riusciamo a partire, ci facciamo una vacanza e se ne riparla dopo una decina di giorni. Commenti? -
Ci furono alcuni secondi di silenzio, poi Elisabetta disse:
- E chi ti ha detto che a noi ragazze vada bene mescolare i nostri risparmi con i vostri? -
La guardai stupito, poi vedendo che sorrideva capii che stava scherzando, ma decisi di stare al gioco e dissi:

- OK allora: quattro certificati. Altri commenti? -
- Capitano Rainald, sincronizziamo gli orologi! - disse Toni con voce nasale, imitando qualche vecchio film di guerra.
- E sii serio! - disse Elena, mollandogli una sberla sulla nuca.
Poi, rivolta a me: - A me sembra che possa andare. -
- Anche a me. - fece eco Elisabetta.
- Anche al tenente Callagan! - disse Toni, mentre schizzava via veloce dalla poltrona su cui era seduto, evitando di un soffio la seconda sberla di Elena.
- Tenente Callagan, si sieda e la smetta di fare il cretino! - dissi io.
- Sembrate davvero due ragazzini cretini alla scuola elementare! - disse Elisabetta - Ma si può sapere che cosa vi è successo? -
- Siamo stanchi, pieni di speranza, disperati, innamorati, allegri e forse un po' cretini! - risposi. - Spero che questo risponda alla domanda. -
Chiamammo Susan col comunicatore e le raccontammo le ultime notizie con dovizia di particolari. Lei fu contenta di sentire che eravamo più sollevati e fece un accenno ad un dispositivo che Chuck stava progettando per noi, in modo da evitare problemi nel caso il trasferimento risultasse difficile. Parlammo ancora un po', poi ci salutò con una breve frase di auguri e chiuse il collegamento.
Toni ed Elena andarono via presto, dicendo che avevano molto "da fare". Anche noi avevamo da fare, e fu molto piacevole.

23. SCIOPERO

Nel fare il programma per i giorni successivi non mi ero proprio ricordato che la situazione sindacale fosse in fermento. La mattina successiva una certa quantità di bandiere rosse attaccate fuori dal cancello dell'Astra ed un cartello che annunciava scioperi articolati durante la giornata me lo fecero ricordare di botto. Non ci furono problemi ad entrare, però, e dopo aver lasciato Elisabetta all'ingresso degli uffici andai a parcheggiare giù in basso, vicino alla porta piccola della sala laser.
Una squadra di operai stava montando un ponteggio all'esterno dell'edificio, per iniziare alcuni lavori di ispezione al piano di sopra. Entrai; la situazione all'interno non mostrava quasi più traccia dell'accaduto. Toni era già arrivato e stava parlando con Moretti, Lama e Rossetti. Mi unii al gruppo. Stavano esaminando i dati sui test preliminari effettuati poco prima e sembrava tutto regolare, salvo un leggero calo nella pressione del gas.
- Deve essere successo con la caduta della bombola. - disse Moretti - Il beccuccio tranciato ha perso pressione e, prima che la valvola chiudesse, un po' di gas deve essere andato disperso -
- Penso sia preferibile riportarla esattamente al valore degli ultimi giorni - disse Toni. Poi aggiunse: - Dato che abbiamo perso poco

gas, possiamo anche sostituirlo con sola CO_2. La relativa diluizione degli altri componenti non dovrebbe variare di molto la situazione; siete d'accordo? -
Nessuno fece obiezioni.
- Va bene, allora: ci penso io - disse Moretti. - Fra dieci minuti sarà pronto e in mattinata potremo riprovare l'emissione. -
Mi chiamò Elisabetta. Era pronta per andare in banca e propose di andare tutti assieme. La nostra banca è molto vicina allo stabilimento, e la breve passeggiata fu tutto sommato piacevole.
Mentre stavamo andando, assorti nei nostri pensieri, mi venne un dubbio:
- Non si meraviglieranno del fatto che preleviamo tutti i nostri averi senza chiudere il conto? -
- Non credo. - rispose Elisabetta - Dopotutto il nostro stipendio viene versato regolarmente su questa filiale e il fatto che i conti restino a secco non dovrebbe preoccuparli.-
- Sono d'accordo. - disse Toni - Dopo che ho comprato casa, l'anno scorso, il mio conto è rimasto a secco varie volte, nei mesi successivi, e solo da un po' di tempo comincio a rivedere un saldo positivo abbastanza stabile. -
Una volta completate le operazioni, decidemmo che Elisabetta sarebbe andata alla Deutsche Bank con Elena, mentre io sarei tornato in sala laser con Toni.
Ci fu ancora parecchio da fare: quando finalmente fu tutto pronto per attivare la fase di riscaldamento era quasi l'una.
Mentre aspettavamo che il laser arrivasse in temperatura, mi ritrovai seduto alla console di controllo accanto a Gianni Lama. Lui mi guardò come se gli fosse venuto in mente qualcosa di divertente e mi disse:
- Radio Astra dice che in questi ultimi giorni la Quaranta viene in macchina con te, la mattina. -
- E' vero. - risposi - E allora? -
- No, niente, ma che cosa è successo, le si è rotta la macchina? -

Ero indeciso su che cosa rispondere: se avessi ammesso che stavamo insieme, o addirittura che era venuta a vivere in casa mia, il fatto sarebbe diventato la notizia del giorno. D'altra parte ...
- Allora? - insisté lui.
- Allora niente; siccome venendo in ufficio passo vicino a casa sua e abbiamo più o meno gli stessi orari, facciamo il viaggio insieme: è meno noioso. -
- E perché ti guarda con gli occhi dolci? -
- Beh, ... siamo amici, no? -
- Sì sì! E quell'anello che lei sfoggia da alcuni giorni? -
Rimasi incerto troppo a lungo nel rispondere e lui esclamò:
- Bingo! A quando i confetti? -
- Eeeh, come corri! -
- Ma non è troppo giovane, per te? -
A quel punto lo guardai con espressione irritata, ma lui si alzò dalla sedia e con la solita faccia da schiaffi disse ad alta voce:
- Ehi, ragazzi! Lo sapete che Rinaldi e la Quaranta filano e fra un po' si sposano? Lui le ha anche regalato un anello! -
Gli altri lo guardarono con aria interrogativa. Poi Toni disse semplicemente:
- E allora? -
- Niente, niente. Era solo per informarvi. Potremmo anche organizzare per loro una festa di fidanzamento! -
Rossetti, che di solito era un tipo calmo e riservato, ma a volte imprevedibile, venne verso di me e domandò a bassa voce:
- Ma è vero, ingegnere? -
- Beh, - ammisi - qualcosa di vero c'è, ma come al solito Lama sta un po' esagerando. -
- Esagerando? - disse Lama - Ma se si vede che siete cotti! E poi quell'anello non è mica una cosa da uovo di Pasqua. Volete scommettere che prima dell'estate questi si sposano? -
Nessuno rispose, e a me venne in mente che probabilmente entro meno di una settimana non saremmo stati più lì.

L'accensione di alcune lampade spia sulla console ci avvertì che il laser era pronto. Mettemmo gli occhiali di sicurezza e provammo alcuni impulsi, per verificare l'emissione.

- Tutto regolare - annunciò Rossetti.
- Proviamo trenta impulsi al secondo - disse Toni.
- Trenta PPS. - ripeté Lama, che si era seduto davanti ai comandi del modulatore. La nota d'organo ormai familiare si diffuse nella sala.
- Tutto regolare -
- Modulazione a 20 Megahertz. - disse ancora Toni.

Lama confermò la modulazione e, mentre Rossetti annunciava che era tutto regolare, vedemmo che il fascio aveva assunto la forma tipica della focalizzazione ricorsiva.

Tirammo un sospiro di sollievo: funzionava tutto come prima!

Arrivò anche Elisabetta. Era passata dall'ingresso di sicurezza posto dietro il laser, in modo da non costringerci ad interrompere la radiazione, e aveva messo anche lei un paio di occhiali di protezione che doveva aver preso dallo stanzino di transito. Mentre si avvicinava mi fece il gesto "tutto OK" con il pollice della mano destra e batté delicatamente la mano sulla sua borsa: i nostri certificati di credito dovevano essere pronti.

Io le feci una smorfia di approvazione, poi indicai il laser e ripetei il gesto col pollice. Lei annuì e accennò un sorriso, ma non disse nulla.

- Bene, ragazzi. - disse Toni - Mettete tutto in stand-by e andate a pranzo. Io resto a fare alcune verifiche con la dottoressa Quaranta e con Rinaldi. -
- Ma non pranzate? - chiese Lama.
- Abbiamo fatto una cena abbondante ieri sera - risposi io - Dovevamo rifarci delle emozioni provate all'alba. -
- Allora è vero che eravate qui! - ribatté lui - Me l'avevano detto le segretarie, ma avevo qualche dubbio che fosse proprio vero. Come è stato? -

- Frustrante: non potevamo fare assolutamente nulla -
- Avevate "strizza"? -
- Beh, direi proprio di si! - ammisi.
- Mah, io non sarei mai venuto, sapendolo da prima. Poteva essere pericoloso! -
- Sì, certo, ma ... al momento non ci abbiamo pensato, e poi non ci aspettavamo certo un attacco in piena regola! -
- Ho capito. Va bene, ragazzi; allora divertitevi! Io vado a pranzo. - e si allontanò.
Aspettai che fosse uscito dalla sala, poi dissi:
- Potremmo provare ad inviare un oggetto. -
- Hai portato il comunicatore? - domandò Toni.
- Sì, è nella borsa di Elisabetta - risposi, e poi, rivolto a lei: - Puoi prenderlo? -
Lei me lo porse.
Chiamammo Susan, le dicemmo che eravamo pronti ad inviare un oggetto e chiedemmo istruzioni.
Lei ci spiegò che tutto quello che si fosse trovato nella sfera di luce, che sarebbe comparsa nel fascio del laser quando loro si "agganciavano", sarebbe passato "di là" ad un loro comando. Ci suggerì quindi di appendere un oggetto qualsiasi ad un filo e farlo penzolare dentro la sfera.
Decidemmo di provare con un cacciavite. Lo legammo a uno spezzone di filo elettrico e lo sistemammo in modo da farlo penzolare a circa due metri di distanza davanti alla bocca del laser.
Poi accendemmo il laser e ritoccammo la modulazione in modo che il cacciavite si trovasse al centro del primo lobo. Informammo Susan che eravamo pronti; apparve la sfera di luce bianca e dopo un attimo scomparve. Il cacciavite non c'era più ed anche il tratto di filo che si trovava all'interno della sfera era scomparso, come se fosse stato tagliato di netto dalla superficie della sfera.
- *Your screwdriver is here:* "è cui" - disse Susan.
- Si dice "è qui" - la corresse Toni.

- *Ah, my Italian ...* - rispose lei
Le chiesi se potevamo provare ad inviare qualche bagaglio, e lei rispose di sì, ma ci ricordò che dovevamo fare attenzione che si trovasse tutto all'interno della sfera; altrimenti sarebbe stato tagliato di netto, come era successo al filo.

Dopo un minimo di ricerca, trovammo un vecchio panchetto con le gambe di legno, abbastanza alto, che poggiato per terra capovolto avrebbe potuto fare da supporto "spendibile", di cui cioè potevamo perdere un pezzetto alla volta.

Elisabetta era andata a prendere un borsone in macchina.
- Ci sono solo cose di poco conto. - mi disse mentre stava tornando - Anche se si rovinano non è un problema grave. -

Posammo il borsone sul panchetto capovolto e chiedemmo a Susan di lasciarci controllare che entrasse tutto nella sfera, prima di attivare il trasferimento.

Accendemmo il laser, aumentammo l'intensità della modulazione in modo che il lobo aumentasse di diametro, e un attimo dopo apparve la sfera.

Era perfetta, e constatammo che era perfettamente coincidente con il lobo del fascio nel suo punto di massima espansione, come se fossero in qualche modo "agganciati".

Verificammo anche che oltre al borsone si sarebbe portata via solo un pezzetto delle gambe dello sgabello. Dicemmo a Susan di procedere: la sfera scomparve e con essa la borsa; Susan ci confermò che era arrivata e tutto era a posto.

Toni spense il laser e si avvicinò allo sgabello, passando il dito su una delle gambe, che apparivano troncate con tagli molto puliti e che presentavano una piccola inclinazione verso l'interno, nel punto in cui la superficie della sfera le aveva intersecate.
- Il taglio è perfettamente liscio! - commentò - Ma non possiamo perdere una fetta di panchetto ogni volta. Adesso dovremo sollevarlo mettendoci sotto qualcosa, o una fettina del prossimo bagaglio verrà lasciata fuori. Meglio tornare al metodo del filo!

Vado a cercare un supporto adatto. -
Mentre andavo a prendere una valigia dalla mia macchina, Toni andò a prendere un paranchino portatile in officina. Poi legammo il manico della valigia al gancio del paranchino con un filo elettrico piuttosto robusto e ripetemmo l'esperimento.
Anche questa volta, tutto bene. Pochi secondi dopo, la porta principale si aprì di botto e, fra suoni di campanacci, i primi rappresentanti di un drappello di scioperanti entrò nella sala.
Mi precipitai verso di loro urlando:
- Chiudete gli occhi! Subito! -
Noi avevamo gli occhiali protettivi, anche se probabilmente non sarebbe stato necessario, e loro furono certamente impauriti dal rischio che pensavano stessero correndo i loro occhi, visto che li chiusero immediatamente e qualcuno li nascose con la mano.
- Non avete visto la luce lampeggiante, fuori? - dissi mentre rimanevano lì ad occhi chiusi.
- Sì, ma questo è il turno di sciopero di questo piano della palazzina, e siamo entrati per avvertirvi. -
- Avete corso un rischio gravissimo per i vostri occhi. - dissi con tono fermo - Ora teneteli ben chiusi; noi spegneremo il laser e così potrete riaprirli, ma non fate mai più una stupidaggine del genere: lo dico per il vostro bene! -
Mi voltai verso Toni, che aveva messo il laser in stand-by già mentre stavano entrando e se la stava godendo senza dire nulla, e ad alta voce gli dissi di spegnere. Lui rispose che ci sarebbe voluto qualche secondo e fece aspettare ancora un po' quei poveretti, poi mosse alcuni interruttori e disse:
- Va bene, adesso è spento. Potete riaprirli. -
- Avete corso un rischio inutile. - dissi loro - Qui non c'era nessuno da avvertire: siamo tutti dirigenti. -
- Anche la signorina? - chiese uno di loro.
- Praticamente si: la sua nomina è già avvenuta, ed uscirà agli albi fra pochi giorni. -

- Allora ancora non lo è. - insistette quello.
- Errore. - dissi io. - Quello che conta è solo la nomina. - Confabularono fra loro, poi quello col megafono, che all'inizio era rimasto vicino alla porta, venne ad urlarci in faccia a pieno volume il suo solito pistolotto sui diritti dei lavoratori e sulle iniquità della direzione.
Lo ascoltammo con calma: che altro potevamo fare? Quando finì ebbe anche qualche timido applauso dai suoi colleghi. Li salutai gentilmente e se ne andarono.
- Non sapevo nulla di questa storia della dirigenza, - disse Elisabetta - ma come è possibile? Credo di essere troppo giovane e poi sono solo tre anni che ... -
- E' per meriti speciali ... - dissi io ridacchiando.
- Ma sei sicuro? - disse lei alzando un sopracciglio.
- No, per niente, ma volevo togliermeli dai piedi. -
- Sei un istrione! - disse lei venendomi vicino e dandomi un pugno sulla spalla - E io quasi quasi ci cascavo! -
- Speriamo che non gli venga in mente di controllare - disse Toni.
- E anche se fosse? Potrei benissimo aver capito male! -
- Che faccia di bronzo! - disse lui - Ma sono tutti così, al marketing? -
- Anche peggio. - risposi.
Poco più tardi mi avvertirono che De Chiesa mi aveva cercato. Andai al suo ufficio e lo trovai solo, che leggeva un giornale.
- Che notizie? - chiesi entrando.
- Ah Rinaldi! Ha visto "Il Messaggero" di oggi? -
- No. A che proposito? -
- Pare che ci sia stata una rivendicazione dell'attentato. Un uomo che parlava senza particolari inflessioni ha telefonato alla redazione del giornale ed ha rivendicato il fatto a nome di un gruppo chiamato "Movimento Islamico per la libertà dei popoli". Sembra però che la polizia ritenga fasulla questa rivendicazione. Po-

trebbe essere servita solo a distogliere l'attenzione dai veri responsabili. -
- Ma d'altra parte, chi può avercela con noi? - chiesi.
- Me lo sono chiesto anch'io, ma non ho trovato nessuna risposta. Fra l'altro, non vedo proprio perché un movimento islamico debba avercela con noi, visto che non abbiamo mai avuto rapporti con Israele. - disse lui.
- Se dovessimo pensare ad un intrigo tutto italiano, mi verrebbe piuttosto da pensare a qualche strano collegamento tra il personaggio che ho buttato fuori la settimana scorsa e la Mafia. -
- Vorrà dire la Camorra. - disse lui.
- Beh, sì, insomma, un'organizzazione di quel genere. -
- L'idea non è del tutto assurda. Varie volte i giornali hanno sollevato il dubbio di "simpatie" fra alcuni parlamentari del partito del ministro ed alcuni personaggi sospettati di essere dei "boss" della camorra in Campania. -
- Ma addirittura un attacco con mortai ... - obiettai.
- Non ci sarebbe da meravigliarsi. - disse lui - Oggi la criminalità organizzata dispone di armi in quantità, ed un mortaio da 81 millimetri, come quello che pare sia stato utilizzato contro di noi, non dovrebbe essere difficile da trovare ed è abbastanza piccolo da poter essere facilmente trasportato e occultato. -
- Certo che se fosse andata così l'avrei proprio combinata grossa! Ma non avrei mai immaginato che per costringerci a chiudere lo studio avrebbero fatto ricorso alle armi. -
- Non si preoccupi; nessuno potrà accusarla di nulla. Certo, però, che un minimo di indagine su quel bieco personaggio, che fortunatamente non è protetto dall'immunità parlamentare, vale proprio la pena di farla. -
- E in che modo? - chiesi.
- Ho io il modo, mi creda! Posso far leva facilmente sulla curiosità di un alto ufficiale dei Carabinieri che conosco bene. Poi, se frugando nella vita di quel personaggio loro trovano qualcosa di

interessante, la cosa camminerà d'ufficio, senza coinvolgerci. -
- Certo che, se è stato lui a combinarci questo scherzo, non mi dispiacerebbe affatto saperlo al fresco! -
De Chiesa ridacchiò, poi disse:
- Va bene, io vado avanti e vediamo che cosa ne viene fuori. Le farò sapere. -
- A proposito - dissi - volevo avvertirla che ho avuto uno scambio di idee un po' vivace con un gruppo di scioperanti e mi è scappato detto che la dottoressa Quaranta diventerà dirigente fra poco. -
- Ma lo sa bene che non può essere vero. - disse lui con aria alquanto stupita.
- Certo, ma se per caso qualcuno le chiedesse qualcosa in merito la prego solo di essere abbastanza evasivo. -
Mi guardò con un'aria strana, poi ridacchiò e disse solo:
- Va bene, farò così; ma qui stiamo diventando tutti matti. Deve essere proprio il suo cattivo esempio. Aveva ragione il nostro vecchio direttore, che diceva "Diffidate sempre degli uomini del Marketing! Prima o poi vi cacceranno nei guai". - Ma aveva sul volto un sogghigno divertito.
Mi fece un cenno di saluto con la mano, come per congedarmi; io lo ringraziai e tornai in sala Laser.
Riuscimmo a "spedire" le altre cose solo verso le sette, dopo che tutti gli altri se ne erano andati. Dopo pochi secondi, Susan ci avvertì per mezzo del comunicatore che era pronta a rimandarci i "vuoti". Predisponemmo i comandi e borse e valigie, una per volta, cascarono sul materassino morbido che avevamo messo per terra, sotto il fascio del laser.
Le rimettemmo in macchina e dopo aver salutato Toni ci avviammo a casa.
Eravamo emozionati. Il trasferimento aveva funzionato senza intoppi, e l'indomani sera saremmo partiti. Sembrava incredibile!
Mentre andavamo verso casa, Elisabetta mi disse:

- Sai, mi piacerebbe sapere qualcosa di più sul mondo nel quale andremo: pensi che sia simile alla California di oggi? -
- Non ne ho idea. Oggi hanno dei problemi sociali e di infrastrutture che tra duecento anni potrebbero anche essere stati risolti. Se pensi al traffico di Los Angeles, per esempio, quello sul nostro Raccordo Anulare sembra una passeggiata; penso comunque che con duecento anni di tempo potrebbero anche averlo risolto. Per il resto, se il clima non è cambiato, potrebbe essere ancora più o meno come la conosciamo noi. Perché non provi a chiedere a Susan? -
- Buona idea. - rispose - Il comunicatore funzionerà anche in macchina, immagino. -
- Credo di sì, ma comunque prova! -
Susan rispose subito (almeno per noi) e Lisa cominciò a farle domande. Risultò che la sua California era abbastanza simile alla nostra. La zona in cui sorgeva il loro centro di ricerca era una valle molto bella e verde parecchio più a nord di Los Angeles, poche miglia ad Est dall'area della cittadina di Santa Barbara dei nostri tempi. A parte una piccola zona "centrale", sorta negli ultimi cento anni in una pianura che prima era solo campagna e che aveva una struttura modernissima, con grattacieli alti fino a molte decine di piani, le zone di abitazione erano disperse nel verde, con le case o relativamente raggruppate in ampi parchi attorno ad un nucleo centrale di servizi, o semplicemente distribuite lungo le strade locali che si diramavano dalle autostrade.
I centri di servizi erano la logica evoluzione dei centri commerciali dei nostri tempi; in quelli, oltre al classico *"mall"* con i negozi, c'erano in più strutture sanitarie, governative ed organizzative, oltre agli uffici dei servizi di pubblica utilità. Il traffico privato era molto ridotto, grazie ad un sistema di "navette" pubbliche molto efficiente e capillare, in buona parte elettrico; solo i mezzi pubblici, comunque, potevano ancora utilizzare motori a combustione interna, e quelli che lo facevano usavano l'idrogeno come car-

burante, per cui i livelli di inquinamento era stati ridotti in maniera drastica rispetto a quelli dei nostri tempi.

Susan ci disse che da quello che aveva potuto capire della nostra vita dai film di archivio di fine '900, non molto era cambiato, anche se loro vivevano in modo più sereno, almeno in California, e molto più tranquillo del nostro, visto che la delinquenza si era fortemente ridotta.

Stavamo arrivando a casa, e Susan fece un commento buffo: ci disse che poco prima aveva dovuto escludere l'immagine, perché le faceva venire il mal d'auto! Ci spiegò che aveva attivato la visione, quando l'avevamo chiamata, ma aveva avuto qualche problema di aggancio in quanto ci muovevamo. Visto che eravamo in macchina, aveva regolato il punto di vista in modo da trovarsi al centro dell'auto, in mezzo a noi, e vedeva attraverso il parabrezza il paesaggio, che ci veniva incontro a una velocità a cui apparentemente non era abituata. Però da quando avevamo imboccato la via Litoranea, con tutte le sue curve, le era venuto un forte senso di nausea e aveva dovuto spegnere il video.

Ci disse comunque che il paesaggio, in quel tratto di strada, assomigliava molto ad alcune strade costiere della California, in zone non lontane da casa sua e dove lei andava a fare il bagno d'estate. "Allora andremo al mare assieme, qualche volta" le disse Lisa. "Ne sarò molto lieta" rispose lei. Parlammo ancora un po' di mare, di vacanze e di isole tropicali. Poi ci salutammo.

Una volta arrivati a casa ci guardammo attorno: quella casa avrebbe potuto essere il nostro nido d'amore e lo era anche stata, per qualche giorno. Ma ora dovevamo andarcene. Decidemmo di fare un giro per tutte le stanze per raccogliere, oltre alle mie cose, gli oggetti che ci sarebbe piaciuto portare via.

Prendemmo poche cose: portare oggetti tecnologici mi sembrava del tutto inutile, visto dove stavamo per andare, ma decidemmo comunque di prendere il Personal Computer nel quale, giorno per giorno, avevo registrato i miei appunti su questa storia incredibile; in più, una scatola con le mie foto (fino dai tempi della scuola elementare), alcuni ricordi e altri piccoli oggetti a cui ero affezionato, come un classico coltellino svizzero multiuso comprato a Lucerna, che portavo sempre con me quando viaggiavo.

Chiesi a Lisa se volesse anche ripassare da casa sua, ma lei mi rispose di no; le avrebbe solo dato tristezza. Tutto quello che le faceva piacere portare via l'aveva già preso.

Dopo cena rimanemmo a parlare davanti al camino, nella penombra. Avevo aggiunto altra legna, e ben presto si sviluppò una bella fiamma, che illuminava la stanza di fuggevoli bagliori.

Attirai Lisa fra le mie braccia e la baciai. Poi, mentre la accarezzavo tutta e i suoi vestiti, un capo dopo l'altro, scivolavano via, mi ritrovai a coprire di baci, alla luce delle fiamme, la sua pelle vellutata, il suo giovane corpo che rispondeva alle mie carezze, in un crescendo di passione che mi sembrò intrecciarsi con le fiamme del camino e salire alta nel cielo, come un grido di vittoria che era anche un canto d'amore.

Poi le fiamme si chetarono; eravamo stesi sul tappeto, di fronte al camino, fra i cuscini del divano ora disposti alla rinfusa attorno a noi. La mia mano destra riposava sul corpo di Lisa, subito sotto al seno, sfiorandolo appena. Lei aveva la testa poggiata su un cuscino, gli occhi chiusi, l'espressione rapita come in un sogno. Seguii con lo sguardo la linea delicata delle sue labbra, dischiuse nel respiro, le guance da bimba ed il collo sottile. Non avevo il coraggio di rompere quell'incanto, e rimasi a lungo a guardarla, mentre i riflessi del fuoco disegnavano arabeschi sul suo corpo sottile.

24. LE COSE E L'UOMO

Avevo scritto una lettera a Marco De Chiesa, e gliel'avevo spedita per posta, in modo che la ricevesse quando i giochi si fossero ormai compiuti.

Diceva:

"Caro Marco, anche se nella vita di tutti i giorni non ci diamo del tu, ti scrivo come amico: non posso dimenticare i giorni dell'università, quando ci consideravamo tutti colleghi e amici, anche se alcuni, come te, erano più avanti di qualche anno.
Se quando riceverai la lettera saremo ancora insieme, fai finta di nulla: non voglio che i nostri rapporti cambino in nessun modo. Voglio solo informarti di un pericolo che ci minaccia, e del quale sono stato avvisato dalla stessa persona che mi aveva preannunciato l'attentato di Lunedì scorso. Fra pochi anni, non so precisarti quando, ma comunque alcuni anni dopo l'inizio del nuovo secolo, Roma verrà distrutta da un'esplosione termonucleare. Non ci saranno avvisaglie, sarà un fatto improvviso ed apparentemente immotivato, ma ci saranno milioni di morti e la distruzione sarà spaventosa. Non posso dirti come faccio a saperlo: non mi potresti credere, ma sono abbastanza sicuro che anche questo evento, come è successo per l'attentato, avverrà esattamente come mi è stato predetto.

Dato che si tratterà di un evento isolato e non di una guerra nucleare generalizzata, qualsiasi altra città in Italia sarà sicura. Allontanati da Roma e porta in salvo i tuoi cari. Hai tempo per farlo, ed anche per fare in modo che non appaia come una fuga. Se non temi di essere deriso, avverti anche gli amici che ti sono più cari e aiutali a salvarsi.

Io sto già organizzandomi per andar via con i miei amici più affezionati: non volermene, se sparirò senza salutare, ma se accadrà saprai che sarò andato incontro ad un nuovo destino, che spero sia migliore.
Il tuo amico Giorgio

Ormai era sera. La giornata era trascorsa lavorando ancora attorno al laser. Per poter dilatare il fascio tanto da poter contenere una sfera di dimensioni sufficienti per noi quattro senza il rischio di provocare esplosioni come quella del primo giorno, Toni aveva leggermente modificato sia l'ottica di uscita del fascio che i circuiti di controllo della potenza emessa.

Ora poteva dosare con precisione la potenza degli impulsi per mezzo di un controllo manuale a distanza, che poteva essere azionato anche dalla posizione di "transizione", quando saremmo stati sul punto di partire.

Elena ci aveva raggiunto nel pomeriggio; avevamo ormai mandato a Susan tutti i nostri bagagli ed ora ci stavamo preparando a passare noi stessi nel suo mondo.

Prima di farlo, però, avremmo provato a trasferire un animaletto: una cavia di colore bianco e nero, molto carina, che avevamo acquistato al vicino negozio di animali. Se non ci fossero stati problemi con quello, potevamo essere ragionevolmente certi che il trasferimento non avrebbe presentato rischi eccessivi.

Piazzammo la gabbietta con la cavia sul panchetto capovolto già usato il giorno prima. Elena domandò: - Non avrà problemi agli occhi, stando nel fascio laser? -

- No, - rispose Toni. - Noi usiamo gli occhiali solo come precauzione in caso di anomalie, ma l'emissione laser nell'infrarosso lontano, ai bassi livelli di energia che stiamo utilizzando ora, non è dannosa per gli occhi. - Accendemmo il laser, e Toni regolò il fascio in modo che prendesse tutta la gabbia ed anche un altro pezzetto delle gambe del panchetto.

Avvisammo Susan che tutto era pronto; comparve la sfera, e poi sparì. La gabbietta della cavia era sparita, ma la cavia no: era caduta sulla base capovolta del panchetto, e si guardava intorno con aria spaurita.

Toni spense il laser. Mentre Elisabetta andava a prendere l'animaletto chiesi a Susan che cosa fosse successo e lei mi confermò che era arrivata solo una gabbietta vuota. Era chiaro che esisteva un problema: le cose inanimate potevano transitare facilmente da un universo all'altro; gli esseri viventi, no!

Sentimmo nel comunicatore la voce di Chuck: aveva immaginato che potesse verificarsi questo problema, ma non ce ne aveva parlato sia per non preoccuparci troppo, sia in quanto riteneva il problema abbastanza facile da risolvere. Secondo lui, comunque, non c'era di che preoccuparsi. Il fenomeno, ci spiegò, era dovuto al fatto che la materia vivente era dotata di una proprietà particolare rispetto alle onde G, che in qualche modo impediva alla porzione di spazio che essa occupava di arrivare a coincidere con quello di destinazione.

Chiedemmo ulteriori dettagli. Lui ci spiegò che affinché la transizione da uno spazio-tempo all'altro potesse avvenire, era necessario che la polarizzazione delle onde G nello spazio pentadimensionale fosse identica ai due estremi della transizione.

Mentre la materia inerte tendeva in un certo qual modo ad "adattarsi" alla polarizzazione dello spazio di destinazione, gli esseri viventi introducevano una specie di alterazione della polarizzazione nello spazio in cui si trovavano, che impediva la transizione all'altro spazio.

Per risolvere il problema esistevano apparentemente due soluzioni: la prima consisteva nell'aumentare la potenza della nostra sorgente di onde G (il laser) in modo che l'aggancio fra le nostre onde e le loro si rinforzasse tanto da far coincidere "di forza" le polarizzazioni nei due spazi; la seconda consisteva invece nell'usare una sorgente ausiliaria di distorsione spaziale, che avesse un'intensità tale da "pilotare" la polarizzazione delle onde G ai due estremi fino a farla coincidere con la propria, e farla "transitare" da uno spazio all'altro assieme agli esseri viventi.

Domandammo se si trattava di qualcosa che potevamo approntare noi. Risposero di no: la sorgente ausiliaria, che loro chiamavano "concentratore di fase", era un oggetto molto legato alla loro tecnica di produzione delle onde G, che funzionava nella banda delle microonde estreme e richiedeva quindi una tecnologia che noi non possedevamo. Tuttavia, proprio in previsione di questo tipo di problema, loro avevano da tempo progettato una sorgente di questo tipo ed avrebbero potuto costruirla rapidamente ed inviarcela.

L'altra soluzione, d'altra parte, era da scartare, in quanto un aumento dell'energia del nostro laser avrebbe potuto comportare problemi per noi, che immediatamente prima della transizione ci saremmo trovati proprio al centro del fascio.

Decidemmo quindi di provare il metodo del concentratore e chiedemmo loro quanto tempo sarebbe stato necessario per assiemarlo. Chuck rispose che poteva essere un lavoro di un paio di settimane, ma se non avessimo utilizzato il comunicatore, noi avremmo dovuto aspettare solo alcuni secondi.

Ci dichiarammo d'accordo e spegnemmo il comunicatore. Si riaccese con un trillo dopo pochi secondi e Susan disse che il concentratore era stato realizzato e collaudato ed erano pronti ad inviarcelo.

Ci informò anche che si trattava di un'apparecchiatura delicata, ed era importante assicurarsi che non rimanesse danneggiata cadendo per terra dalla sfera. Predisponemmo del materiale da imballaggio nel posto in cui presumibilmente sarebbe caduto e le demmo il via.

Toni accese il laser e stavamo preparandoci a riceverlo, quando una segnalazione rossa si accese sul pannello di controllo degli eccitatori e un allarme si mise a suonare.

Il laser tornò automaticamente in stand-by, e dopo alcuni secondi l'allarme tacque.

Toni si avvicinò al quadro di comando. Azionò alcuni interruttori e ripercorse tutta la sequenza di auto-test.

Buona parte dei test furono positivi, ma ce ne furono due in cui la luce rossa tornò a farsi vedere.

- C'è una forte alterazione nella simmetria di eccitazione. Sembra che sia saltato uno degli eccitatori - disse Toni - e inoltre c'è qualche problema di stabilità della temperatura del plasma. Dovremo rinviare il resto a domani.

Informammo Susan dell'accaduto e le demmo appuntamento per il giorno successivo. Prima di chiudere il contatto, tuttavia, ci chiese di richiamarla in serata, perché aveva delle buone notizie per noi.

Chiedemmo dettagli, ma lei disse che si trattava di una lunga storia, e sarebbe stato preferibile che la chiamassimo dopo cena, sempre che non avessimo intenzione di separarci.

Ci guardammo e dopo una breve consultazione decidemmo che si poteva cenare tutti assieme a casa mia. Il momento era così importante che non sembrava logico ricercare la "privacy" a tutti i costi. A casa mia, oltretutto, c'erano ancora delle provviste, e poteva benissimo, ancora per quella sera, servirci come base operativa. Elisabetta teneva ancora in braccio la nostra cavia e decidemmo di portarla con noi in una scatola di cartone.

Cenammo in fretta e alimentammo la cavia con i biscottini che ci avevano dato al negozio ed in più una bella foglia di insalata. Poi ci sedemmo sui divani e accendemmo il comunicatore: eravamo curiosi di conoscere le buone notizie.

Rispose Susan, come al solito, e ci informò che era con lei anche Gustav, che ci salutò con calore e ci aggiornò sulla situazione nel loro mondo rispetto alla nostra avventura.

Scoprimmo di essere diventati personaggi famosi, in particolare nella comunità scientifica, ma per alcuni aspetti anche fra il pubblico. Per noi l'avventura era durata pochi giorni; per loro, invece, più di un anno; in questo periodo, i loro laboratori di elettroottica avevano tentato invano di realizzare un duplicato del nostro laser ma, nonostante le spiegazioni che Toni aveva fornito a Susan, il loro duplicato, pur funzionando benissimo come generatore di emissione laser all'infrarosso, non produceva assolutamente onde G.

Gli studi che avevano compiuto sulle onde G emesse da Polifemo, d'altra parte, li aveva convinti che non solo l'emissione aveva caratteristiche di stabilità e di coerenza migliori di quelle delle loro sorgenti, ma anche che il nostro laser sembrava aprire nuove possibilità sia negli spostamenti nel tempo che in quelli nello spazio, in quanto avrebbe apparentemente consentito di aprire delle "porte di transito" fra due zone qualsiasi dello spaziotempo, pur di avere ai due estremi due macchine del nostro tipo.

Per tale ragione, la NASA, che aveva nel frattempo allargato enormemente i suoi campi di interesse, offriva a Lisa, Toni e me, se e quando fossimo riusciti a raggiungere i nostri amici, un impiego come ricercatori presso lo stabilimento di Santa Barbara, per riprodurre nei loro laboratori il nostro laser e proseguire l'attività di ricerca verso questo rivoluzionario mezzo di trasporto. Le implicazioni nel campo spaziale erano evidentemente enormi: "In un futuro più o meno lontano - aveva detto Gustav - ci si sposterà istantaneamente fra luoghi comunque distanti del Sistema Solare, semplicemente entrando in una sfera di luce."

La stessa NASA, inoltre, offriva ad Elena un incarico nel settore "relazioni pubbliche e servizi d'informazione" dello stesso Centro di Ricerca, con la qualifica di redattrice e di esperta negli usi e costumi della fine del '900.

Eravamo eccitatissimi. Altro che poveri ed emarginati: avremmo avuto un lavoro e un capitale non trascurabile depositato alla Deutsche Bank.

Ora desideravamo più che mai riuscire a fare questo "salto". Le prospettive che ci venivano offerte erano quanto di più esaltante potessimo mai aspettarci.

Ma non era finita qui, c'era un'altra notizia sensazionale: il governo dell'Unione Europea, una volta che la notizia che stavamo cercando di "passare di là" si era diffusa, aveva avviato delle indagini ed aveva concluso che, dopo l'incidente nel quale eravamo scomparsi, le nostre case, in assenza di eredi o di aventi diritto, erano state vendute all'asta ed il ricavato era finito nelle casse dello Stato. Se fossimo riusciti nel nostro intento, quindi, l'Unione Europea ci avrebbe finanziato, almeno in parte, l'acquisto di una nuova casa, ovunque avessimo voluto, con un'erogazione a fondo perduto di valore equivalente a quello ricavato dalla vendita delle nostre, incrementato di un modesto interesse annuo, forse più simbolico che reale, ma pur sempre significativo, visto il lungo tempo trascorso.

Ma la ciliegina sulla torta doveva ancora arrivare: gli Stati Uniti d'America, se avessimo accettato l'offerta della NASA e fossimo quindi rimasti negli Stati Uniti per lavorare come ricercatori, ci avrebbero facilitato l'acquisto di due eleganti villette nel nuovo complesso residenziale di Santa Barbara, assegnandoci un "premio d'ingaggio" pari alla differenza fra l'erogazione a fondo perduto dell'Unione Europea ed il costo delle villette; in altre parole, avremmo avuto la casa completamente gratis.

Eravamo al settimo cielo. Abbracciai Lisa, che aveva le lacrime agli occhi dalla felicità, e la baciai, poi ci abbracciammo tutti e quattro: era una situazione veramente fantastica.

Susan ci avvertì che chiudeva il collegamento, per lasciarci da soli ad assimilare le notizie, ma aggiunse di richiamarla se avessimo

desiderato ancora parlare con loro.
- La notizia merita un brindisi. - dissi, riscuotendo l'approvazione dei miei amici.

Andai a guardare in frigorifero. C'era ancora una bottiglia di Cartizze: l'ultima di quelle acquistate al supermercato quando c'eravamo stati con Lisa.

La portai in soggiorno e brindammo: alla nuova vita, alla sfera di luce, all'amore.

25. DESTINO

Avevo trovato in soffitta una vecchia gabbietta da criceto e ci avevamo messo dentro la nostra cavia, che adesso stavamo riportando all'Astra.

Davanti allo stabilimento c'erano di nuovo bandiere rosse e cartelli, ma non avemmo difficoltà ad entrare.

Cominciai però a temere che lo sciopero articolato in corso non ci consentisse di completare la riparazione del laser entro la giornata; e l'indomani sarebbe stato il Venerdì fatale.

Cominciai a pensare che forse gli eventi congiuravano contro di noi per fare in modo che il destino già scritto si compisse comunque.

Certo, in teoria avevamo la scelta di fare cose diverse, che rendessero impossibile lo svolgimento delle nostre vicende in maniera identica a quella che per Susan era storia, ma di fatto, per un motivo o un altro, avevamo finora sempre fatto delle scelte che ci portavano a ripercorrere esattamente quel cammino; e cominciavo a dubitare che fosse per libero arbitrio.

Parcheggiai la macchina nello stesso posto del giorno prima, accanto alla porta posteriore della sala laser.

Toni era già arrivato ed aveva anche lui lasciato la macchina in quell'area.

Entrai e trovai Toni al lavoro; mi informò che il guasto sembrava più complesso del previsto. Non solo era saltato un eccitatore, ma ora anche il riempimento di gas sembrava incompleto, come se l'incidente del tubetto tranciato avesse aperto qualche piccola falla dalla quale il gas stesse continuando ad uscire.

A causa degli scioperi, in sala laser con noi c'era solo Moretti, che stava aiutando Toni a sostituire sia l'eccitatore guasto, sia, per sicurezza, il suo alimentatore.

Dai test effettuati, infatti, era risultato che la stabilità dell'alimentatore non era del tutto soddisfacente, ed era meglio evitare che anche il nuovo eccitatore si guastasse proprio per problemi di alimentazione.

Diedi una mano anch'io, ma fu un lavoro lungo, che prese quasi tutta la mattinata. Le parti da sostituire erano voluminose e piuttosto pesanti e trattandosi di un lavoro che nessuno di noi aveva mai fatto di persona non avevamo neanche idee abbastanza precise su quale fosse la procedura più conveniente per farlo. In tarda mattinata, però, l'eccitatore era a posto ed i test furono tutti positivi.

Restava il problema del gas. Era ormai chiaro che si trattava di una fuga molto piccola, che aveva comunque alterato le modalità di funzionamento del laser.

Il problema era come localizzarla.

Fu ancora Elisabetta, che verso fine mattinata era venuta a vedere a che punto eravamo, a trovare una possibile soluzione:

- Se riscaldiamo il plasma alla temperatura di lavoro, - aveva detto - la perdita probabilmente sarà più elevata che a freddo e il gas che esce sarà caldissimo. Usando una camera termica dovremmo essere senz'altro in grado di vedere da dove esce. -

- Sono d'accordo. - disse Toni - Vediamo di recuperare una termocamera MIRC-MK3 dal laboratorio IR e proviamo. -

Diede istruzioni a Moretti di avviare la fase di riscaldamento e andammo assieme al laboratorio Infrarosso (IR), che si trovava all'ultimo piano della palazzina degli uffici.

Non fu facile convincere il Dottor Amati, responsabile del laboratorio di ricerche sui sensori IR, che avevamo un'assoluta necessità della sua nuova camera termica, ma alla fine acconsentì a farcela portar via, con la promessa che gliel'avremmo riportata prima delle quattro di pomeriggio.

La camera termica MIRC-MK3 è un oggetto cilindrico di circa dodici centimetri di diametro e quasi trenta di lunghezza, ed è in grado di fornire un'immagine a colori sintetici su un monitor televisivo. La sua caratteristica tecnica più notevole è una discriminazione termica estremamente raffinata per gli oggetti la cui temperatura è compresa fra quella ambiente ed i 100 - 120 gradi centigradi. Nell'esame ravvicinato di un oggetto, infatti, è in grado di rivelare chiaramente differenze di temperatura anche di pochi centesimi di grado.

Nel nostro caso, quindi, più che visualizzare i gas caldi che probabilmente uscivano dall'ampolla del laser, avrebbe potuto aiutarci a visualizzare la parte meccanica attraverso la quale si verificava la perdita, in quanto il passaggio di gas caldi avrebbe certamente fatto riscaldare la zona incriminata, anche se di poco.

E così fu: la valvola di spillamento, che sembrava un oggetto solido e massiccio, di ottone cromato, presentava chiaramente, all'immagine termica, una linea a zig-zag che percorreva dall'alto in basso quasi tutto il corpo cilindrico della valvola stessa e che, specialmente in due brevi tratti, si presentava decisamente più chiara, e quindi più calda, rispetto al metallo circostante.

Era chiaro che il colpo inferto dalla caduta della bombola, oltre a spezzare il beccuccio, aveva anche prodotto una crepa quasi microscopica nel corpo della valvola ed era da lì che il gas usciva. Il problema di fondo, a questo punto, era come sostituire la valvola senza dover poi effettuare la ricarica completa del gas.

Come succedeva abbastanza spesso in casi di questo genere, Moretti aveva la risposta giusta: equilibrare la pressione con quella atmosferica travasando parte del gas in un pallone attraverso la valvola di immissione, sostituire la valvola "al volo" con una nuova e riportare il gas dal pallone all'ampolla per mezzo di una pompa. Durante la sostituzione, l'ampolla sarebbe stata aperta per qualche secondo, ma era possibile lavorare in un contenitore di polietilene riempito di CO_2, e non avremmo dovuto avere contaminazione del gas da parte dell'atmosfera. L'unico elemento contaminante poteva essere la pompa, che avrebbe sicuramente liberato, sia pure in piccolissime quantità, vapori del lubrificante. Ma alla fine anche per questo trovammo una soluzione: invece di una semplice pompa, un pallone inserito in un contenitore d'acciaio. Il pallone, di tipo floscio, si sarebbe espanso nel contenitore, e una volta sostituita la valvola avremmo immesso aria compressa nel contenitore; questa avrebbe schiacciato il pallone e il gas sarebbe tornato nel laser.

Per farlo, con un intermezzo di campanacci e megafono alle quattordici e trenta, ci vollero varie ore. Verso le cinque, Polifemo poteva finalmente tornare in funzione. Ringraziammo Moretti, che aveva passato tutta la giornata in sala laser, saltando anche il pranzo, ed avviammo la fase di accensione.

Verso le sei eravamo finalmente rimasti soli e provammo ad accendere il fascio. Tutto regolare: avevamo perso una giornata, ma era ancora solo Giovedì ed eravamo pronti per la fase finale. Chiamammo Susan e le chiedemmo di avviare il trasferimento del concentratore. Il lobo aveva un'ampiezza di circa un metro e la sfera di luce che comparve lo occupava completamente. Dopo un attimo, vedemmo un oggetto comparire al centro della sfera e poi cadere sul materiale morbido che avevamo sistemato in terra. Spegnemmo il laser, e in quel momento suonò il telefono installato sul pannello della console di comando. Rispose Elisabetta, che si era seduta lì davanti, disse solo poche

parole e riattaccò;
- E' arrivata Elena. - disse - Un sorvegliante la sta accompagnando qui. -
Il concentratore era un oggetto di forma strana, assimilabile ad una semisfera appiattita al centro, con un interruttore nel mezzo, che in quel momento era in posizione OFF.
Susan ci disse che avremmo semplicemente dovuto metterlo in posizione ON ed appoggiarlo vicino (o sopra) all'oggetto da spedire. Andai a prendere la gabbietta con la cavia e uscendo dalla sala incrociai Elena, che stava arrivando accompagnata da un sorvegliante.
- Va bene, grazie, può andare. - gli dissi - La signorina può restare con me. -
- Ma la signorina doveva incontrare l'ingegner Lamanna o la dottoressa Quaranta - disse lui.
- Sono entrambi qui con me. Non si preoccupi. -
- Va bene, ingegnere. -
Aspettammo che lui si fosse allontanato, poi aprii il portabagagli della mia macchina, presi la gabbietta e rientrammo.
Elena aveva con sé una grossa borsa.
- Le ultime cose da portare - disse a Toni che la guardava con aria interrogativa; poi posò la borsa e gli diede un bacio.
- A che punto siete? - chiese ad Elisabetta, ancora seduta alla console di comando.
- Forse a buon punto: stiamo preparandoci proprio ora a mandare la cavia. -
Andai a sistemare la gabbietta sulle gambe del solito panchetto, che avevamo sollevato dal pavimento poggiandolo su un cassetto rovesciato, mentre Toni regolava alcuni comandi e osservava con aria perplessa le indicazioni di alcuni strumenti.
- Abbiamo ancora qualche problema. - disse - Lo stato di ionizzazione del plasma si presenta irregolare. Non vorrei che avessimo problemi proprio ora! -

- Perché non verifichiamo la composizione del gas? Potrebbe essersi inquinato durante il cambio della valvola, ma comunque è certamente alterata rispetto a quella iniziale in quanto abbiamo già effettuato un'aggiunta di CO_2 - dissi.
- Ma ci vorranno delle ore! - obiettò Toni.
- Può darsi, ma a questo punto preferirei comunque finire oggi: questa attesa è decisamente snervante. D'altra parte, che altro si può fare? Gli eccitatori sono a posto? -
- Sì, sì. - rispose lui - Le uniche letture strane riguardano i livelli di emissione del plasma nel visibile, che sono in continua fluttuazione, come un tubo fluorescente che funzioni male - L'ultima precisazione era sicuramente a beneficio di Elena.
- Penso anch'io che ci possa essere un problema di composizione del gas. - disse Elisabetta - Vado a prendere il tabulato con i risultati dell'analisi fatta subito dopo che avevamo aggiunto lo Xeno. - e si allontanò.
- Per fare un'analisi accurata dovremo spillare un po' di gas e portarlo al laboratorio chimico. - disse Toni - Possiamo usare uno dei soliti sacchetti di policarbonato, ma prima dobbiamo lavarlo con CO_2 in modo che non alteri l'analisi delle altre componenti. Adesso vado a prenderlo. Stacca i riscaldatori, intanto, così il plasma comincia a raffreddarsi. -
Mi avvicinai alla console e staccai tutto. Ci sarebbe voluta almeno un'ora perché il gas fosse abbastanza freddo per poterlo spillare senza problemi.
Ero rimasto solo con Elena nell'enorme sala. Lei mi guardò con un sorriso un po' triste.
- Che stai pensando? - le domandai.
- Tante cose, ma nessuna in particolare. - rispose lei parlando lentamente - Sono solo pochi giorni, in fondo, da quando sono venuta qui con te la prima volta, ma è come se fosse una vita. Ci sono dei momenti in cui mi sento come un piccolo granello di sabbia trasportato in un mare di avvenimenti, che non ricor-

da più da dove viene e perché si trova lì. -
- Siamo tutti in uno stato d'animo di questo genere. - risposi - Stiamo vivendo un'esperienza che va al di là di tutto quello che avremmo potuto immaginarci. Le tragedie incombenti, quella nostra, annunciata per domani, e quella della nostra città, che verrà distrutta dalla follia dell'uomo, hanno alterato la nostra capacità di affrontare gli eventi: siamo diventati più forti, ma solo per non impazzire. -
- Ma tu credi veramente che riusciremo ad andarcene?-
- Lo spero, ma non sono realmente in grado di valutare quante probabilità di successo abbiamo. Se non dovessimo riuscirci, comunque, si sarà semplicemente compiuto il destino che Susan ci ha annunciato. Ormai è questione di ore. –
Poi lo sguardo mi cascò sulla cavia, che ci guardava dalla sua gabbietta.
- Il nostro amichetto peloso forse ci darà qualche speranza in più, se riuscirà a passare. - aggiunsi.
Elena lo guardò. - Posso tirarlo fuori di lì? - domandò.
- Certo; è una bestiola tranquilla. -
- Non gli abbiamo nemmeno dato un nome. - disse lei mentre apriva la gabbia per prenderlo. - A proposito, è maschio o femmina? -
- Non lo so. Non ci ho fatto caso. -
- Ma si vede? -
- Penso di sì, basta guardare certi particolari ... -
Lei lo sollevò, poi lo capovolse un attimo, mentre quello si agitava cercando inutilmente di rimettersi dritto. - Credo che sia maschio. Non ne sono proprio sicura, ma ... sembra proprio. Potremmo chiamarlo Gigio. -
- Come Topo Gigio? Ti ricorda un topone? -
- Sì, anche se in realtà ha anche qualcosa del coniglietto. Forse è più adatto un nome diverso: lo chiamerò Pallino –
Poi, accarezzandolo, disse: - E' morbidissimo, mi piace. -

- Speriamo che sopporti bene il viaggio. -
- Ti ci sei affezionato? -
- Non esattamente: è che se lui riesce a fare il salto e lo sopporta bene, ci sono maggiori speranze che ci riusciamo anche noi. -
Rimanemmo in silenzio assorti nei nostri pensieri, mentre Elena accarezzava Pallino.
Decisi di chiamare Susan e ragguagliarla sulla situazione.
Rispose subito e mi informò che stavano seguendoci con il visualizzatore ed avevano immaginato i dettagli che non avevano potuto ascoltare. Mentre parlavo arrivarono Elisabetta e Toni, e si inserirono nella conversazione.
Toni aveva portato il contenitore per il gas, che appariva gonfio ed aveva una microvalvola collegata al tubetto di riempimento.
Finito di parlare con Susan chiesi a Toni cosa ci fosse nel contenitore.
- Solo CO_2 pura; è servita per il lavaggio del sacchetto ed ora servirà per il lavaggio della valvola di spillamento. -
Con gesti sicuri avvitò il giunto della microvalvola ad un raccordo già fissato alla valvola di spillamento. Poi, prima di stringerlo e sigillare la giunzione, schiacciò il sacchetto facendo defluire tutta l'anidride carbonica attraverso valvola e giunto, in modo da favorirne il lavaggio rispetto al residuo di aria atmosferica che poteva esservi rimasto. Poi aprì con delicatezza la valvola di spillamento e lasciò defluire nel sacchetto una discreta quantità di gas.
- Sarà circa un litro e mezzo. Stimando in meno di 2 cc la quantità di CO_2 rimasta, l'analisi potrà essere sbagliata in eccesso di meno dell'uno per cento per il CO_2, ma potremo avere dosaggi molto precisi per gli altri gas. - disse con aria soddisfatta.
Richiuse le valvole, staccò il giunto e si avviò verso il laboratorio di chimica dicendo:
- Venite anche voi? -.
Andammo tutti.

La macchina per l'analisi automatica dei gas era un oggetto di acquisto recente: un gioiello della tecnologia giapponese, costato quasi duecento milioni di lire. Era in grado sia di effettuare l'analisi computerizzata di qualunque miscela di gas, anche non noti, ma questo richiedeva tempi piuttosto lunghi, sia di verificare la rispondenza di un gas ad una composizione ipotizzata, e di indicare le eventuali differenze rispetto ai dati impostati. Seguimmo direttamente questa seconda via, che avrebbe dovuto essere più rapida.

La macchina confermò rapidamente i dosaggi dei gas principali della miscela indicando le variazioni rispetto ai valori indicati dal tabulato di Elisabetta e indicandoci anche la percentuale esatta di Xeno che avevamo introdotto ultimamente, ma rivelò anche la presenza di una piccola quantità di azoto, che non avrebbe dovuto esserci, e di un altro gas non ancora identificato. Toni era seduto al terminale video della macchina e quando gli apparve sullo schermo il menu di comandi sulle ulteriori operazioni da effettuare si consultò brevemente con noi.

Decidemmo di scegliere l'opzione "Analisi gas non identificato", anche se non era ben chiaro a che cosa ci potesse servire sapere qual era tale gas. La macchina ci annunciò un tempo di analisi di circa quattordici minuti. Elena ed Elisabetta parlarono fra loro a bassa voce, poi Elisabetta disse che sarebbero andate a darsi una rinfrescatina al bagno delle signore e sparirono.

Restai a parlare con Toni e ci chiedemmo quali fossero i possibili mezzi per ripristinare la miscela originale di gas. Indipendentemente da quello ancora non noto che era in corso di analisi, la presenza dell'azoto sembrava indicare che fosse entrata aria nell'ampolla. La mancanza di ossigeno nel risultato dell'analisi poteva non essere significativa, in quanto, alle temperature che assumeva il plasma durante la radiazione, l'ossigeno poteva essersi combinato con alcune parti metalliche interne della macchina, anche se almeno in teoria avrebbero dovuto essere

tutte passivate.
Rimuovere l'azoto in maniera selettiva comunque non era facile. Oltretutto, nessuno di noi aveva una conoscenza approfondita della chimica dei gas ad alta temperatura. La cosa più semplice sarebbe stata effettuare un abbondante lavaggio dell'ampolla con CO_2 e poi aggiungere gli altri componenti uno alla volta, verificando poi la composizione finale della miscela a riempimento effettuato.
Una serie di "Beep" ci avvertì che l'analisi era stata completata. Il messaggio sul monitor, in compenso, era abbastanza sibillino, almeno per noi che non eravamo degli esperti. Toni attivò la funzione Help; il menu di opzioni che apparve non era particolarmente chiarificatore, ma fra le opzioni citate c'era "Probabile formula chimica".
Suggerii a Toni di attivare quella scelta. Mi guardò perplesso:
- Da quando una formula chimica più complicata di H_2O o di NaCl ti dice qualcosa? -
- Succede di rado, - ammisi - ma forse potremo almeno avere un'idea di che cosa si tratta. -
- Va bene, proviamo! -
La formula era di una complicazione notevole, ma mostrava chiaramente alcuni anelli a base carbonio.
- Sembra un idrocarburo aromatico piuttosto complesso; penso si tratti di residui di lubrificante. - dissi.
- Forse si tratta dei vapori del lubrificante usato o per la pompa di riempimento dell'ampolla o per qualche valvola. - commentò Toni
- E' la stessa cosa che era venuta in mente a me. Che percentuale del gas rappresenta? -
- Praticamente tracce: meno dell'uno per mille. -
- E se decidessimo che la causa fondamentale del cattivo funzionamento è quel due per cento di azoto? -
- E' un'ipotesi un po' azzardata, ma possiamo comunque co-

minciare a occuparci di quello. Oltretutto, se facciamo calare l'azoto per diluizione, calerà assieme a quella anche la percentuale dell'altro gas. -
Cominciammo a studiare il processo di lavaggio e ripristino: che quantità si dovesse travasare dei vari gas, in che sequenza ed a quale pressione, e così via. Quando tornarono le ragazze, avevamo praticamente finito i calcoli.
Tornammo in sala laser. Erano quasi le dieci di sera, ed io cominciavo ad essere non solo un po' stanco, ma anche affamato. Proposi agli altri di andare a mangiare qualcosa.
- Ma non volevi finire tutto oggi, in modo da non entrare nella "giornata critica" del Venerdì? - chiese Toni.
- Sì, è vero, ma ... non so; penso che ci farebbe anche bene rifiatare un momento. -
- Facciamo così: - disse Elena - mentre voi due lavorate al laser noi andiamo a comperare qualcosa da mangiare e quando torniamo vi fermate anche voi per qualche minuto e mangiamo assieme. Va bene? -
- Sei un tesoro di ragazza! - disse Toni - Se mi trovi una pizza ti do un bacio! -
- A quest'ora più che una pizza non troveremo di sicuro! - disse Elisabetta sorridendo. E poi aggiunse: - Come usciamo di qui? -
La guardai con aria perplessa. Poi capii: eravamo venuti con la mia macchina, che essendo quella di un dirigente poteva essere parcheggiata all'interno, ma la sorveglianza avrebbe forse trovato da ridire se era lei ad usarla per uscire e poi per rientrare.
- Proviamo a chiamare la portineria. - dissi prendendo il telefono.
Trovai il capo della sorveglianza, che dopo l'episodio dell'attentato ci trattava con molta simpatia, e gli spiegai il problema. Lui mi disse che avrebbe avvertito i guardiani della cosa e non ci sarebbero stati problemi.
Poi, con un tono preoccupato, disse: - Ma la dottoressa esce da

sola, a quest'ora? -
- No, non si preoccupi, non è sola: è con la nostra ospite. -
Lui si ricordò improvvisamente che la nostra ospite era ancora con noi e si mostrò molto perplesso, vista l'ora. Gli spiegai che stavamo per completare un esperimento ed avevamo concordato che la signorina Poggi, che avrebbe dovuto fare un articolo sulla nostra ricerca, avrebbe assistito. Sentito questo lui si tranquillizzò, ma mi propose di accompagnarle fuori dalla ditta come scorta.
Lo ringraziai, chiedendogli anche scusa per il disturbo.
- Si figuri, ingegnere. Fra noi che insieme ne abbiamo viste succedere tante! -
Sembrava proprio che aver fatto insieme la "campagna di Pomezia" ci avesse fatto diventare vecchi commilitoni. Il fatto che lui accompagnasse le ragazze, comunque, non mi dispiaceva affatto.
Il lavoro di ripristino della miscela di gas nell'ampolla fu più lungo del previsto. Ci interrompemmo solo pochi minuti per mangiare le pizze che le ragazze avevano portato, ma quando Toni tornò dal laboratorio di chimica con la nuova analisi del gas, la mezzanotte era già passata da un pezzo. Esaminammo l'analisi: le percentuali dei gas erano quasi perfette; l'azoto era ridotto a meno dello zero virgola cinque per mille, l'alto gas era ridotto a "tracce non quantificabili".
Fummo d'accordo sull'ipotesi che potesse funzionare a dovere, ma comunque ben difficilmente avremmo potuto fare di meglio, a meno di non ricominciare tutto da zero.
Chiamai Susan mentre Toni riavviava il laser; il riscaldamento avrebbe richiesto poco più di un'ora, poi avremmo provato a mandare Pallino. E poi, se tutto avesse funzionato a dovere ...
L'accensione del laser fu regolare. Tutti i test positivi.
Poggiammo il concentratore sopra la gabbietta di Pallino e mettemmo il suo interruttore su ON.

Toni attivò l'emissione e regolò l'ampiezza del fascio in modo da prendere dentro con sicurezza la gabbietta e un altro pezzetto delle gambe del solito panchetto, ridotto ormai ad un'altezza da nanetti. Poi dissi a Susan che eravamo pronti.
Comparve la sfera di luce, stavolta molto più brillante delle volte precedenti, poi scomparve: Pallino e la sua gabbietta non c'erano più.
- *It's done, Giorgio. Your pet is here!* -
Il nostro piccolo amico era arrivato a destinazione.
Mi informai del suo stato. Susan mi chiese di aspettare: sembrava che stesse bene, ma lo avrebbero esaminato con cura. Il comunicatore si spense.
Mentre aspettavamo Toni disse:
- Avete visto com'era brillante la sfera? Non l'avevo mai vista così luminosa -
- E' vero, disse Elisabetta. Potrebbe essere un effetto della presenza del concentratore. - Restammo in silenzio e dopo pochi secondi il comunicatore si riaccese. Susan ci disse che da loro erano passate circa quarantotto ore; Pallino stava benissimo e sembrava proprio che non avesse riportato alcun danno. Erano pronti a rinviarci il concentratore per tentare il passaggio.
Noi sistemammo il solito materassino morbido al posto del panchetto e accendemmo il laser. Anche questa volta, la sfera di luce fu molto luminosa; poi, mentre il concentratore cadeva sul materassino, sentimmo suonare un allarme ed il laser tornò da solo in stand-by.
- Che diavolo è successo? - domandai.
- Sono scattate le protezioni sull'energia di ritorno - disse Toni osservando alcune segnalazioni. - Sembra quasi che la sfera di luce agisca come uno specchio, nei confronti del laser, e che rifletta all'indietro una notevole quantità di energia che fa scattare la protezione e spegne il fascio. -
- Se capita una cosa del genere mentre stiamo "transitando" noi,

Dio solo sa cosa può succedere. - commentai.
- Ma se escludiamo la protezione il laser può esplodere! - ribatté lui con aria preoccupata.
Chiamammo ancora Susan e chiedemmo anche di Chuck. Era già lì. Spiegammo il problema.
Per loro era chiaro che proprio la presenza del concentratore, che rafforzava la distorsione spaziotemporale e la rendeva coerente ai due estremi del collegamento, produceva questo "effetto specchio" del tutto indesiderabile.
Ne discutemmo a lungo, poi Chuck chiese a Toni per quanto tempo il laser avrebbe sopportato senza danni l'energia del raggio di ritorno.
Toni rispose che per calcolarlo avremmo dovuto sapere che percentuale dell'energia sarebbe rientrata, e Chuck suggerì di fare il calcolo ipotizzando che tutta l'energia emessa fosse riflessa. Questo avrebbe dovuto comportare un significativo margine di sicurezza.
Toni chiese ad Elisabetta di aiutarlo nei calcoli; si sedettero al tavolo vicino al calcolatore e furono a lungo immersi nel loro lavoro.
Poi Toni si avvicinò al comunicatore e disse a Chuck che, dato che stavamo operando ad un valore molto basso di potenza media, si poteva essere ragionevolmente certi che per almeno tre secondi non sarebbe successo nulla di strano.
Tale stima trovava una conferma indiretta nel fatto che, durante l'ultimo trasferimento, le sicurezze erano scattate dopo poco più di cinque secondi dalla comparsa della sfera.
La situazione sembrava poter entrare invece in una fase decisamente critica fra i sette e i dieci secondi, oltrepassati i quali, se non fosse intervenuto il dispositivo di sicurezza, la temperatura del plasma avrebbe cominciato ad arrivare a livelli davvero critici e si rischiava veramente che il laser potesse esplodere.
Chuck disse che tre secondi erano più che sufficienti per il tra-

sferimento, a patto che ci sincronizzassimo bene. Ci propose di tenere il comunicatore acceso e di contare gli ultimi cinque secondi prima dell'accensione del laser. Appena acceso, loro avrebbero attivato la sfera in meno di un secondo e nel secondo successivo ci avrebbero trasferito. Sarebbe ancora rimasto un secondo di margine in assoluta sicurezza, più almeno tre o quattro secondi a sicurezza marginale.
A questo punto stava a noi decidere se tentare.
Ci guardammo in faccia: eravamo arrivati al momento cruciale, e nessuno aveva il coraggio di dire quello che tutti pensavamo: ormai era Venerdì, anche se era ancora notte, e un eventuale insuccesso, che per noi avrebbe potuto significare la morte, avrebbe ancora una volta dimostrato che, per una ragione o per l'altra, pur essendo stati avvertiti, avremmo comunque fatto nostro quel tragico destino che per Susan era solo storia.
E il nostro libero arbitrio? Perché dovevamo affrontare quella prova proprio in quel giorno? Avremmo potuto spegnere tutto, goderci il week-end in pace, in modo da spezzare quella spirale perversa, e ritentare Lunedì.
Fu in quel momento che sentimmo un rumore molto forte. Era come se al piano di sopra qualcuno avesse rovesciato un camion pieno di pietre.
- Che sarà stato? - chiese Elisabetta.
- Sembra che sia crollato qualcosa. - risposi.
- Vado a vedere. - disse Toni. Si avviò di buon passo verso il fondo della sala, dove una porta in ferro dava accesso alla scala interna; mise la mano sulla maniglia e tirò: una nuvola di polvere irruppe dalla porta, mentre pezzi di mattone e calcinacci rotolavano rumorosamente all'interno.
- Una parte del piano di sopra è crollata! - urlò lui ritraendosi in fretta e cercando di riaccostare la porta.
Mi avvicinai e lo aiutai a scostare i rottami e richiudere. In quel momento suonò il telefono: era il capo della sorveglianza.

- La parte alta della palazzina sta cominciando a crollare! - disse eccitato - Dovete uscire subito di lì! -
- Ma qui sotto è tutto a posto - risposi - e le travi del soffitto sono robustissime; non c'è nessun pericolo. -
- No, ingegnere, senta! La responsabilità è mia e vi chiedo di uscire al più presto. Ho visto che avete ancora la luce lampeggiante fuori dalla porta, ma vi prego: spegnete subito il laser e mettetevi al sicuro. -
- Va bene, - dissi per tranquillizzarlo - ma ci vorrà ancora qualche minuto. -
- Io intanto chiamo i pompieri - disse lui con un tono di voce molto agitato e chiuse il telefono.
Ancora rumori al piano di sopra, poi un grosso tonfo. Un pannello del controsoffitto si staccò e cadde sul pavimento, evitando per un soffio di colpire il laser e scoprendo una grossa crepa che si stava formando nell'intonaco del soffitto, a ridosso di una trave. Guardai i miei compagni. Avevano il volto teso, e sembrava che aspettassero da me una decisione.
- Sembra che la baracca stia per crollare. - dissi con il tono più distaccato che riuscii a trovare.
- Ora o mai più, allora. - disse Toni.
- Se ancora funziona, perché non ci sbrighiamo? - disse Elena.
- Voglio ricontrollare alcuni strumenti. - rispose Toni - Ci vorrà meno di un minuto -
- Facciamo andare avanti e indietro il concentratore ancora una volta e vediamo cosa succede. Così possiamo anche verificare la sequenza di tempi. - proposi.
- Buona idea. - disse lui - Chiedi a Susan che ne pensa. -
Susan fu d'accordo: tutto quello che poteva servire a garantire la sicurezza della procedura andava fatto.
Trovammo una scatola di cartone sulla quale poggiare il concentratore in modo che si trovasse all'altezza giusta e ci preparammo all'invio.

Toni contò gli ultimi cinque secondi prima dell'accensione: - *Five, four, three, two, one,* GO! - Comparvero i lobi del laser, poi, dopo circa un secondo, la sfera bianca, luminosissima. Dopo un altro secondo sparì e con quella sparì anche il concentratore e la metà superiore della scatola.
- *It's OK* - disse la voce di Chuck dal comunicatore.
La sfera era rimasta "accesa" per poco più di un secondo; le protezioni del laser non erano scattate e tutto sembrava normale.
Susan ci chiese di lasciare il laser acceso: avrebbe rimandato il concentratore immediatamente.
Ancora la sfera, di nuovo per circa un secondo, e quando quella scomparve lasciò lì non solo il concentratore ma anche il pezzo di scatola di cartone che lo aveva accompagnato e che riprese esattamente il suo posto, sopra la parte tagliata che era rimasta da noi.
Mettemmo il laser in stand-by e ci guardammo.
- Sembra che funzioni tutto bene - disse Toni.
- E forse abbiamo anche una possibilità di riserva - disse Elisabetta; poi mentre la guardavamo per capire cosa volesse dire si avvicinò al comunicatore e chiese ai nostri amici quanto tempo avrebbero avuto a disposizione loro, per tentare di "riagganciare" quei due o tre secondi utili di spazio-tempo nei quali saremmo stati "trasferibili", nel caso il primo tentativo non riuscisse.
Chuck rispose che non capiva perché pensassimo a un eventuale insuccesso. Poi disse che, almeno in teoria, loro avrebbero potuto in qualunque momento, nel loro futuro, ritornare a quei due o tre secondi e ritentare il trasferimento: anche dopo anni ed anni.
Questo mi fece venire in mente che, se l'esperimento fosse andato male, e cioè se ci avessimo rimesso le penne, il fatto che loro potessero ripescarci vivi anche dopo alcuni dei loro anni

avrebbe comportato un piccolo paradosso temporale; ma non mi sembrò il momento di fare il pignolo e rimasi in silenzio.

Chuck suggerì a Toni di portare nella sfera il comando manuale della protezione del laser, e attivarlo comunque verso i quattro o cinque secondi, se qualcosa non avesse funzionato. In questo modo, se nei tre secondi non fosse avvenuto il trasferimento, avremmo almeno eliminato il rischio di un'esplosione.

Ancora rumori al piano di sopra e un altro pannello del controsoffitto si staccò, finendo rumorosamente sopra il tavolo vicino alla console di comando.

- La baracca ci sta crollando addosso. - disse Toni - Se non partiamo ora, potremmo non avere un'altra opportunità. -

Decidemmo di tentare. Mentre Toni predisponeva il circuito manuale di esclusione della protezione e lo univa con del nastro adesivo alla scatoletta del comando a distanza del laser, io sistemavo in corrispondenza della posizione occupata dal lobo del fascio una grossa piattaforma di legno abbastanza alta, che veniva usata dagli elettricisti per accedere ai circuiti di alimentazione degli eccitatori disposti nella parte alta del laser.

Toni mi ricordò che il massimo diametro del lobo che riuscivamo a produrre era di poco meno di tre metri; sembrava tanto, a dirlo, ma non era poi molto, per contenere quattro persone. Avremmo dovuto stringerci sulla piattaforma e fare in modo da essere ben sicuri di rimanere tutti completamente all'interno del fascio, o meglio della sfera di luce che si sarebbe formata. Poi accese il fascio per regolare il modulatore e dilatò il lobo fino al suo massimo diametro, intercettando la piattaforma.

- Siamo al diametro massimo. - disse - Controlla il centraggio del lobo rispetto alla piattaforma e il diametro della sua intersezione con il piano di legno. Potrebbe essere necessario sollevarla di più, se l'intersezione è troppo piccola. -

Mi avvicinai alla piattaforma; il lobo disegnava un cerchio azzurro di poco più di un metro di diametro, che giudicai suffi-

ciente a noi quattro per poggiarvi i piedi.
Centrai bene la piattaforma rispetto al fascio, spingendola con una scopa, e controllai ancora il cerchio di intersezione: era quasi tangente ai lati più lunghi della piattaforma e ben centrato.
Feci cenno a Toni di spegnere. Poi presi un pennarello e tracciai nel modo più accurato possibile i limiti del cerchio che avevo appena osservato, vicino ai bordi della piattaforma; poi, con l'aiuto di un pezzo di filo elettrico, trovai il centro e tracciai la circonferenza dentro la quale avremmo dovuto tenere i piedi.
Eravamo molto emozionati. Abbracciai Lisa e la baciai, poi ci abbracciammo anche con Toni ed Elena.
Avevamo tutti gli occhi lucidi.
Indossammo di nuovo gli occhiali protettivi. Salutai Chuck e poi Susan e le dissi di non dimenticarsi di noi, se non fossero riusciti a trasferirci. Lei rispose che se non ci fossero riusciti subito avrebbero riprovato sempre, anche per tutta la vita.
- In quei tre secondi, in quella piccola porzione dello spazio-tempo voi sarete vivi per sempre. - ci disse con un filo di voce.
- Anche se non ci riusciamo subito, prima o poi riusciremo sicuramente a portarvi via di lì, miei cari amici, ve lo prometto. - Poi la sua voce si ruppe nel pianto, che non riusciva più a trattenere, e sentimmo che si allontanava. Infilai il comunicatore ancora acceso nel taschino della giacca.
Facemmo salire prima le ragazze ed affidammo loro il concentratore, che Elena mise nella sua borsa a tracolla.
Si misero al centro del cerchio, una di fronte all'altra, tenendosi abbracciate e sistemando tra loro la borsa col concentratore.
Poi salii io e mi sistemai a fianco delle ragazze; avevo con me sia il personal computer sul quale giorno per giorno avevo scritto la nostra storia che la valigetta ventiquattr'ore con i nostri certificati di credito, appunti vari ed alcuni disegni costruttivi del laser. La sistemai fra i miei piedi e constatai che il suo vertice posteriore arrivava quasi a filo del segno circolare tracciato

col pennarello.
Poggiai un braccio sulle spalle di Lisa e l'altro su quelle di Elena. Toni si mise dall'altro lato e poggiò le braccia sulle mie. Nella mano destra teneva il telecomando.
Ci guardammo in viso, mentre chiusi in quell'abbraccio andavamo incontro al nostro destino.
Toni mi fece un cenno col capo. Chinai la testa verso il comunicatore e chiamai Chuck:
- *We are ready* - dissi.
- *We too.* - disse lui - *You may start the countdown.* -
Feci cenno a Toni e lui cominciò a contare i secondi che mancavano all'accensione:
- *Five, four, three, two, one, GO!* - e premette un pulsante sul telecomando.
La luce azzurra del laser ci avvolse: era come trovarsi in una bolla di plastica azzurra. Poi, dopo un attimo, la luce diventò bianca e molto più intensa: eravamo nella sfera di luce.
Gli oggetti del laboratorio erano appena visibili; i rumori cessarono del tutto e ci ritrovammo lì, abbracciati, in una nuvola di luce che ci faceva sentire tagliati fuori dal mondo, mentre anche il tempo sembrava essersi fermato.
Guardai verso la bocca del laser, che risplendeva come una stella azzurra. Quanti secondi erano passati? Tanti, sembrava; ma perché non succedeva nulla?
Poi, però, mentre continuavo a guardare il nostro laser, la cui immagine stava pian piano dissolvendosi in una nebbia luminosa, ebbi per un attimo, prima che tutto svanisse nella luce bianca, l'impressione di vederlo suddividersi in tanti frammenti, che si allontanavano molto lentamente l'uno dall'altro, in un modo del tutto innaturale e in assoluto silenzio, mentre un sole arancione scaturiva dal suo interno.

26. IL RACCONTO DI EMMA

Santa Barbara, USA - Anno 2225

Avevo appena finito di leggere il contenuto del pacchetto che papà mi aveva dato due sere fa, dopo la conclusione della festa per il mio diciottesimo compleanno, e l'emozione che avevo provato era stata enorme. Certo, sapevo fino da quando ero piccola che mamma e papà erano arrivati a Santa Barbara dall'Italia, quasi venti anni fa, attraverso un primo esperimento di viaggio spazio-temporale e avevo anche capito che doveva essersi trattato di una vicenda molto avventurosa, ma non potevo certo immaginare che un giorno avrei avuto la possibilità di leggere per intero la loro avventura, raccontata giorno per giorno e che riportava anche una cronaca piuttosto dettagliata e molto intrigante della loro storia d'amore.

La sorpresa era arrivata alla fine della festa, quando anche gli ultimi ospiti erano già andati via. Stavo ormai per ritirarmi in camera mia per andare a letto, quando la mamma aveva detto:
- Aspetta, Emma. Tuo papà ha un regalo per te. -
- Ma lui mi ha già dato il vostro regalo, ed è davvero stupendo! - avevo risposto, sfiorando con le dita la bellissima collana che lui stesso mi aveva messo al collo, subito dopo il brindisi che

avevamo fatto con tutti gli ospiti.
La mamma mi aveva sorriso; aveva negli occhi una luce particolare, come se ci fosse qualcosa di molto divertente che io dovevo ancora scoprire, e rispose:
- Lo so, c'ero anch'io. Ma quest'altro è un regalo speciale: una cosa che abbiamo tenuto da parte per te per quasi venti anni. Spero che ti piaccia, come a suo tempo è piaciuto a noi. -
- Quasi vent'anni ... ma questo vuol dire che lo avevate già ancora prima che io nascessi. -
- Sì, è così. -
Vidi che mio padre stava tornando in sala e aveva in mano un pacchetto di un formato abbastanza grande ma poco spesso, tenuto chiuso da un nastro dorato.
- Questo è per te. - mi disse - C'è dentro un libro che ho finito di scrivere quasi vent'anni fa e racconta la nostre ultime settimane passate in Italia. Ora sei abbastanza grande per poterlo leggere. Ci sono anche altre due cose: un ritaglio di giornale e una lettera. Contengono la conclusione di quella vicenda, come l'ha vissuta un nostro vecchio amico che ora non c'è più; però aspetta a leggerli fino a quando avrai prima finito il libro. -
Presi il pacchetto che mi porgeva; lui poggiò le sue mani attorno alle mie spalle, in un gesto delicato e che mi sembrò pieno d'amore, mi guardò negli occhi con un sorriso e mi sfiorò la fronte con un bacio. Sembravano entrambi commossi, in quel momento, ma solo dopo aver letto il libro ho capito perché.
Mi sentivo emozionata anch'io, anche se non capivo bene che cosa stesse accadendo. Li ringraziai e la mamma mi strinse per qualche secondo fra le sue braccia, in un abbraccio tenerissimo, senza più dire nulla.
Andai nella mia stanza ma ero impaziente di capire di più e aprii subito il pacchetto. Come papà aveva detto, c'era un libro non molto spesso, chiaramente stampato in casa e con una rilegatura un po' rudimentale, sul tipo di quelle che fanno da Staples, e

c'erano anche un vecchio ritaglio di giornale, scritto in italiano, e una lettera indirizzata a mio papà, in una busta già aperta.
Guardai subito il libro. Si intitolava "Destino" e aveva sulla copertina il nome di mio padre scritto in alto, dove in genere c'è il nome dell'autore. Era anche quello in italiano. Il primo capitolo si intitolava "Il campo" e cominciava con queste parole: "Era una mattina di fine Febbraio, ma nel clima mite della campagna romana, con un bel sole quasi primaverile ed il cielo azzurro, non sembrava proprio che fossimo ancora in inverno."
Mi sdraiai sul letto, poggiata sui cuscini, e rimasi a leggerlo per almeno un paio d'ore, ma a quel punto mi sentivo stanchissima e decisi di mettermi a dormire. Erano quasi le quattro di notte.
La mattina seguente, però, ripresi la lettura e continuai per quasi tutto il giorno, arrivando alla fine solo a tarda sera. Nel libro c'erano parti abbastanza tecniche, alle quali dedicai poca attenzione, ma raccontava anche lo sbocciare della storia d'amore fra mamma e papà, che trovai molto intrigante, e le loro vicende in ufficio, con i loro colleghi, fino al drammatico finale, che mi lasciò un nodo in gola.
Quando finii di leggerlo avevo le lacrime agli occhi. Adesso capivo bene i legami che univano i miei alla zia Elena e allo zio Toni, ed anche alla zia Susan, che tanta parte aveva avuto nel portarli via da quel mondo che stava affondando nella pazzia.
Andai a cercarli e li trovai in camera loro, che stavano cominciando a prepararsi per andare a dormire.
- Ho finito di leggere il libro. - dissi, con la voce che tremava.
Mi avvicinai a loro ancora di più e ci abbracciammo, restando per un po' in silenzio. Poi dissi: - Non mi avevate raccontato quasi nulla, di tutto quello che c'è scritto lì. -
- No, è vero. Avevamo deciso di aspettare che tu fossi abbastanza grande per poterlo leggere da sola e vederlo nella sua giusta luce. Ti è piaciuto? -
- Sì, tanto! Non potevo immaginare che aveste avuto tutte quel-

le avventure. E anche la vostra storia ... è tenerissima! -
- Hai letto anche il ritaglio di giornale e la lettera? -
- No, ma adesso mi sento troppo piena di emozioni. Penso che li leggerò domani. Grazie di avermelo dato: è stato davvero fantastico, poterlo leggere. -
E un prolungato abbraccio che non aveva bisogno di altre parole aveva concluso la giornata di ieri.
Questa mattina, appena alzata, ho preso subito la lettera e il ritaglio di giornale, che in realtà sembrava la fotocopia di un collage di piccoli ritagli presi da una pagina più grande.
C'era scritto:
"Dal quotidiano La Repubblica" del 16 Marzo".
"Una grave sciagura sul lavoro ha funestato la giornata di ieri presso lo stabilimento di Pomezia della società Astra. Quattro persone, tre ricercatori dell'Astra e una giornalista, hanno perso la vita in un incidente dalle caratteristiche molto particolari, verificatosi prima dell'alba. Le vittime della sciagura sono: Antonio Lamanna, trentanove anni, capo del gruppo di ricerca; Elisabetta Quaranta, ventotto anni, ricercatrice; Giorgio Rinaldi, trentasei anni, program-manager, ed Elena Poggi, trent'anni, giornalista scientifica. Lo stabilimento nel quale è avvenuto l'incidente è lo stesso nel quale lunedì scorso è stato compiuto un attentato terroristico, rivendicato il giorno successivo da un sedicente "Movimento Islamico per la libertà dei popoli".
Il nostro cronista Cesare Fantoni è riuscito ad avere una breve intervista con il Direttore dello Stabilimento, l'Ingegner Marco De Chiesa. Riportiamo qui di seguito il testo integrale della registrazione audio, lasciando ai lettori eventuali commenti:
(CF) Ingegnere, può spiegarci come è avvenuto l'incidente?
(MDC) Sì, anche se la sequenza degli eventi ci è nota solo per sommi capi. I nostri ricercatori stavano lavorando da tempo ad un laser di tipo molto innovativo, accanto al quale è avvenuto l'incidente, che ha prodotto anche l'esplosione del laser.
(F) Ci può spiegare di che tipo di laser si tratta?

(DC) Un laser al plasma, capace di emettere un fascio di energia di enorme potenza nella banda dell'infrarosso.
(F) A che tipo di applicazioni sarebbe destinato questo laser?
(DC) Si trattava di un laser da ricerca, ma l'applicazione più interessante per questa tipologia di laser è certamente nel campo della produzione di energia pulita mediante fusione nucleare.
(F) Ci sono voci che sostengono fosse un laser sviluppato per lo "scudo spaziale" americano. Che cosa può dirci in merito?
(DC) Posso solo confermare quanto ho già detto in precedenza: si trattava di un laser da ricerca, anche se il suo sviluppo è iniziato all'epoca in cui si parlava molto del cosiddetto scudo spaziale.
(F) Quale è stata la dinamica dell'incidente?
(DC) Da quello che siamo riusciti a ricostruire, le vittime sono state investite da un fascio laser di potenza enorme, molto più alta di quella che si pensava che il laser potesse emettere, tanto che il laser stesso è esploso alcuni secondi dopo aver iniziato l'emissione.
(F) Quindi sarebbe stato il raggio laser ad uccidere le vittime, e non l'esplosione? Come fa ad esserne certo?
(DC) Perché la radiazione emessa è stata così intensa che i loro corpi si sono letteralmente vaporizzati.
(F) Intende dire che non si sono trovati i corpi?
(DC) E' proprio così: gli unici resti ritrovati sono un pezzettino di un tacco di una scarpa da donna, lungo circa due centimetri, e un angolino molto piccolo di una valigetta 24 ore, che pensiamo fosse quella dell'Ingegner Rinaldi.
(F) Come può spiegare la presenza in laboratorio della giornalista?
(DC) Era stata qui alcuni giorni orsono per preparare un articolo per la sua rivista.
(F) Ma come mai era qui ieri, e ad un'ora così insolita?
(DC) Non ne ho idea.
(F) Le vittime avevano parenti?
(DC) Per quanto mi risulta, nessuno dei quattro aveva parenti prossimi, almeno qui a Roma.

(F) Ingegnere, non c'erano dispositivi di sicurezza per evitare questo tipo di incidenti?

(DC) Sì, ma sembra che per qualche strana ragione ieri fossero stati disinseriti.

(F) E' possibile che si tratti di un suicidio di gruppo?

(DC) No, lo escludo nel modo più assoluto: erano giovani molto brillanti, pieni di entusiasmo, e stavano ottenendo risultati molto importanti nelle loro ricerche.

(F) Però è stato proprio il prodotto della loro ricerca a ucciderli. Pensa ad un errore umano?

(DC) Non credo; mi sembra più logico pensare ad un guasto meccanico o di qualche apparecchiatura elettronica. In definitiva credo che sia stata solo una crudele beffa del destino.

(F) Come le piacerebbe ricordare gli scomparsi?

(DC) Come li ho visti negli ultimi giorni: entusiasti e pieni di vita. Erano persone fantastiche!

(F) Ingegnere, lei crede nella vita dopo la morte?

(DC) Non so che dirle; se me lo avesse chiesto qualche giorno fa le avrei forse risposto di no, ma ora non so proprio che cosa dire: mi sembra impossibile che tre menti così brillanti, quattro con la giovane giornalista, si siano spente per sempre.

(F) La ricerca su questo tipo di laser continuerà?

(DC) E' difficile dirlo, ma temo di no: la disponibilità di fondi per continuare era già in discussione e ritengo che dopo un incidente del genere non sia realistico pensare di ottenerli. Oltretutto, il laser è andato completamente distrutto e i due ricercatori scomparsi erano i soli che conoscessero a fondo gli aspetti fisico-matematici relativi alla sua realizzazione.

(F) Se lei potesse mandar loro un ultimo messaggio, quale sarebbe?

(DC) Dovunque essi siano, qualunque cosa essi siano ora, se possono ancora provare emozioni, vorrei augurare loro tanta felicità. Che Dio vi benedica e vi accompagni ovunque voi siate, miei cari amici! Nel mio ricordo, voi vivrete per sempre."

Erano convinti che loro fossero morti! Vaporizzati! Non avevano assolutamente capito che avevano invece trovato un modo per fuggire da lì. Ma d'altra parte, come avrebbero potuto? La tecnologia di quegli anni, per quel poco che ne sapevo, era lontanissima dal poter offrire un'opportunità di quel genere.

Poi aprii la lettera, che era indirizzata a papà e il cui mittente, scritto sul retro della busta, era quel Marco De Chiesa che, come avevo appreso dal libro, era allora il direttore dello stabilimento in cui lavoravano sia mamma e papà che lo zio Toni.

Dentro c'era un solo foglio, scritto a mano ma con una grafia accurata e molto regolare, facile da leggere, che diceva:

"*Caro Giorgio, non so se questa lettera potrà mai arrivarti, ma la scrivo nella speranza che prima o poi questo possa accadere.*

Subito dopo l'intervista con il cronista di Repubblica (della quale ho allegato una copia, tratta della nostra Rassegna Stampa) sono tornato nel mio ufficio e ho trovato sul tavolo la tua lettera.

Ho visto subito che il mittente eri tu e mi sono chiesto se potesse avere una qualche relazione con l'incidente. L'ho letta e riletta, per cercare di capire bene quello che volevi dirmi.

Il cosiddetto incidente era dunque una cosa voluta? Una fuga nello spazio ... o forse nel tempo?

Avevo ancora sul tavolo i due piccoli oggetti ritrovati sul luogo dell'incidente: un pezzettino di tacco a spillo lungo pochi centimetri, che immagino fosse di una scarpa della giornalista, o forse della dottoressa Quaranta, e un angolino della tua valigetta ventiquattr'ore.

Li ho presi in mano e li ho osservati accuratamente: la linea di taglio era per entrambi perfettamente liscia e priva di sbavature. Non sembravano affatto il prodotto di un'esplosione, ma piuttosto il risultato di un taglio effettuato con un laser industriale.

Poi mi sono ricordato anche della strana anomalia presente nella piattaforma di legno, che durante l'incidente doveva trovarsi davanti alla bocca del laser e sulla quale erano stati trovati entrambi quei pezzetti di materiale: si vedeva benissimo il segno di una circonferenza tracciata poco prima con un pennarello e subito all'interno di quella iniziava una cavità: una perfetta calotta sferica, non molto profonda ma grande quasi esattamente come la traccia del pennarello, sembrava fosse stata asportata. E anche in quel caso, il taglio nel legno era pulito e nettissimo, senza sbavature e senza tracce di bruciatura, come solo un laser può fare.

Mi sembrava quasi di poterti vedere, anzi di potervi vedere, mentre stavate in piedi su quella piattaforma, aspettando che uno di quegli strani lobi del fascio laser vi portasse via.

Avevate tracciato la circonferenza appena un po' più grande di come sarebbe stato opportuno e ci avete rimesso un pezzetto di tacco e un angolino della tua valigetta, ma voi e il vostro appoggio di legno dovevate essere "volati via" senza danni, dato che non era rimasto null'altro di voi o delle vostre cose.

Dove siete andati? O forse, visto quello che avevate scoperto e che non mi avete mai raccontato in dettaglio, "in quale tempo" siete andati?

Quel laser era certamente molto di più di un semplice laser al plasma di alta potenza e quando vi avevo chiesto se quello strano effetto che avevate osservato fosse una distorsione spazio-temporale voi me lo avevate anche confermato, anche se poi non mi avevate detto nulla che mi aiutasse davvero a capirne di più.

Temo che non saprò mai che cosa è successo veramente, ma se un giorno riceverai questa lettera, saprai che non ho creduto alla storia dell'incidente.

Ma veniamo al resto: non ho ignorato la tua raccomandazione e da circa un anno sono riuscito a farmi trasferire in un altro stabilimento dell'Astra, a Nerviano, e vivo con la mia famiglia in una graziosa villetta non troppo lontana dalla fabbrica. L'evento tragico che tu avevi predetto non si è ancora verificato, ma almeno, se e quando accadrà, qui dovremmo essere al sicuro.

Anche mio fratello Luca, il mio unico parente che vivesse a Roma, si è trasferito in un'altra città.

Nessuno dei pochi amici ai quali lo avevo detto ha invece voluto cre-

dermi, ma almeno io un tentativo in quel senso l'ho fatto, per cui la mia coscienza è abbastanza tranquilla, anche se so che mi piangerà il cuore, se e quando quella tragedia dovesse realmente accadere.

Affido questa lettera indirizzata a te a un famoso studio notarile di Milano che ha oltre un secolo di onorata attività sulle spalle ed accetta anche incarichi poco usuali, come questo. Ho dato loro istruzioni di fartela recapitare se e quando il tuo nome "salterà fuori" in futuro, in qualsiasi parte del mondo e senza limiti di tempo. Spero tanto che prima o poi gli impiegati di quello studio riescano ad avere tue notizie e fartela avere.

Addio, amico mio, e grazie per avermi avvisato del pericolo.

Tu e i tuoi amici resterete per sempre nel mio cuore.

Il tuo amico Marco."

FINE

La postfazione dell'autore si trova a pagina 251.

Alfredo Bacchelli

POSTFAZIONE DELL'AUTORE

Questo racconto, scritto nei primissimi anni '90, è stato il primo risultato concreto della mia attività di romanziere. Narra le vicende di un piccolo gruppo di amici che lavorano presso una divisione periferica ma fortemente specializzata di un'importante quanto immaginaria industria elettronica, situata nei dintorni di Roma. Un giorno il protagonista della storia, Giorgio Rinaldi, si trova di fronte a un evento imprevisto, molto strano e totalmente al di fuori delle normali esperienze: una situazione "da film di fantascienza". Ne parla con i suoi amici, che come lui rimangono colpiti dall'eccezionalità dell'evento (e come non esserlo?) ma che lo vedono soprattutto come una straordinaria opportunità di avanzamento scientifico e tecnologico. Lo affrontano assieme a lui con grande entusiasmo, mettendo nell'impresa il meglio delle loro capacità professionali.

Certo, per come li ho immaginati e descritti nel libro non sono proprio "gente comune", ma non sono nemmeno super-eroi: sono brillanti, nel loro lavoro, ma non più delle varie persone d'ingegno che ho realmente incontrato nella mia vita lavorativa. Li ho inseriti in un ambiente immaginario che ho però cercato di rendere abbastanza realistico e per vari aspetti somigliante ad una delle aziende per le quali ho effettivamente lavorato.

Quello che ho cercato però di rendere maggiormente credibile, nel racconto, sono i tanti aspetti tecnici della vicenda, anche se qui resi "fantastici" dall'aggiunta di un elemento chiave del tutto immaginario: le "onde G".

Laser a gas di alta potenza, paragonabili per alcuni aspetti a quello descritto nel racconto, sono stati realmente sperimentati negli ultimi decenni e molti dei dettagli tecnici riportati nel testo non sono tanto lontani da una possibile realtà.

Le "Onde G" e i loro legami con lo spazio-tempo sono invece (almeno per le mie attuali conoscenze fisico-matematiche) un elemento di pura fantasia, che ho comunque cercato di rendere abbastanza "digeribile" anche per i lettori dotati di conoscenze scientifiche. Spero di esserci riuscito.
Questo libro nel suo insieme è comunque un'opera di fantasia. Anche se la descrizione dei luoghi può corrispondere, e in alcuni casi corrisponde realmente, a luoghi esistenti, i personaggi descritti e le situazioni che vi appaiono sono del tutto immaginari. La loro eventuale somiglianza con persone reali o con fatti realmente accaduti, se riscontrabile, è quindi da ritenersi puramente casuale.

Alfredo

Nota aggiuntiva:
Dalla rivista "Le Scienze" del 17 Marzo 2014:
"Annunciata oggi ad Harvard la rilevazione degli effetti diretti delle onde gravitazionali sulla radiazione cosmica di fondo, l'eco fossile del big bang. La scoperta, effettuata grazie all'osservatorio BICEP2 in Antartide, conferma dal punto di vista sperimentale l'esistenza di questo tipo di onde previste dalla teoria della relatività generale di Einstein e rafforza la teoria cosmologica dell'inflazione, secondo cui l'universo ..."
La notizia è stata successivamente ridimensionata e almeno in parte smentita (poteva essere basata su dati affetti da rumore dovuto alla polvere esistente nello spazio interstellare), ma l'analisi dei dati sperimentali dai quali è stata originata è ancora in corso.
Si attendono approfondimenti ...

Riferimento:
http://www.lescienze.it/news/2014/03/17/news/radiazione_cosmica_fondo_onde_gravitazionali_teoria_inflazione_bicep-2056515/

L'AUTORE

Alfredo Bacchelli è nato a Roma nel 1941. Appassionato di tecnica e di scienze fino dai primi anni della scuola, ha frequentato il liceo classico e si è poi laureato in Ingegneria Elettronica presso l'Università "La Sapienza" di Roma.

Ancora studente, ottenne da una ditta romana un incarico di consulenza tecnica che lo portò a frequentare la maggior parte degli istituti di ricerca operanti a Roma e dintorni. Tra questi, il laboratorio di Elettronica dell'Istituto Superiore di Sanità, allora diretto dal Prof. Marco Frank, che poi lo accolse come "ricercatore ospite", impegnato per oltre due anni sia nel progettare e realizzare l'apparecchiatura elettronica oggetto della sua tesi di laurea, sia nel contribuire al progetto di altre apparecchiature digitali nel campo della strumentazione per ricerche biomediche e alla stesura di articoli tecnici e pubblicazioni.

Entrato nell'industria elettronica all'inizio degli anni '70 come esperto di radar, poi dirigente dal 1981, ha ricoperto negli anni vari incarichi, in prevalenza nell'area del marketing tecnico.

Appassionato divulgatore delle tecniche e tecnologie impiegate nei prodotti oggetto del suo lavoro, è autore di vari articoli e di molte conferenze a carattere specialistico su questi argomenti. Interessato anche all'evoluzione degli strumenti tecnologici a disposizione del pubblico, ha scritto all'inizio degli anni '90 un libro sull'impiego casalingo del Personal Computer, pubblicato in Italia dall'editore Tecnodid e destinato a lettori anche del tutto privi di conoscenze tecniche.

La sua attività di scrittore di romanzi è iniziata subito dopo, nel 1991, con questo romanzo breve, dal titolo "Destino", che a quel tempo nessuno dei tanti editori da lui interpellati ha accettato di pubblicare, con motivazioni che andavano dal lapidario "è troppo breve" alla più strana ma ricorrente frase "non pubblichiamo opere di autori inediti".

Nonostante questo, pochi anni dopo si è lanciato nella scrittura di un romanzo più impegnativo, dal titolo "Il ritorno di Davinia" che, in mancanza di un editore interessato, ha lui stesso stampato in un piccolo numero di copie, che ha fatto poi circolare fra i suoi amici e colleghi di ufficio, ricevendo commenti molto positivi e un caldo incoraggiamento a continuare questa attività.

Il romanzo successivo, dal titolo "Un cielo pieno di stelle" è stato completato qualche anno dopo e costituisce il proseguimento della storia narrata nel precedente. Anche per questo romanzo, i commenti dei tanti amici che lo hanno letto sono stati molto positivi e questo lo ha incoraggiato a ricercare la possibilità di pubblicare tutti i suoi romanzi e renderli finalmente accessibili al pubblico. Recentemente la soluzione per poterlo fare senza dover spendere un piccolo capitale è stata finalmente trovata e al momento i tre romanzi sono disponibili sui siti Amazon di molti paesi (Italia, Francia, Germania, UK, USA ed altri), sia in forma cartacea *(paperback)* che in forma elettronica *(Kindle)*.

Questi romanzi, classificati nel genere "fantascienza", sono tutti ambientati in immaginarie aziende elettroniche situate nell'area attorno a Roma, simili ad alcune di quelle in cui l'autore ha realmente lavorato, e presentano scorci, per alcuni versi abbastanza realistici, di un particolare settore dell'industria moderna: quello della ricerca scientifica legata alle tecnologie avanzate e allo spazio. Un ambiente più sereno e forse anche più genuino rispetto al frenetico mondo degli affari e nel quale, a volte, si può perfino essere portati a credere che i sogni di un giovane ingegnere, di qualunque genere essi siano, possano un giorno diventare realtà.

Destino

Printed in Great Britain
by Amazon